午 夜 文 库

阿加莎·克里斯蒂

赫尔克里·波洛系列

阿加莎·克里斯蒂

Agatha Christie (1890—1976)

无可争议的侦探小说女王，侦探文学史上最伟大的作家之一。

阿加莎·克里斯蒂原名为阿加莎·玛丽·克拉丽莎·米勒，一八九〇年九月十五日生于英国德文郡托基的阿什菲尔德宅邸。她几乎没有接受过正规的教育，但酷爱阅读，尤其痴迷于歇洛克·福尔摩斯的故事。

第一次世界大战期间，阿加莎·克里斯蒂成了一名志愿者。战争结束后，她创作了自己的第一部侦探小说《斯泰尔斯庄园奇案》。几经周折，作品于一九二〇年正式出版，由此开启了克里斯蒂辉煌的创作生涯。一九二六年，《罗杰疑案》由哈珀柯林斯出版公司出版。这部作品一举奠定了阿加莎·克里斯蒂在侦探文学领域不可撼动的地位。之后，她又陆续出版了《东方快车谋杀案》《ABC 谋杀案》《尼罗河上的惨案》《无人生还》《阳光下的罪恶》等脍炙人口的作品。时至今日，这些作品依然是世界侦探文学宝库里最宝贵的财富。根据她的小说改编而成的舞台剧《捕鼠器》，已经成为世界上公演场次最多的剧目；而在影视改编方面，《东方快车谋杀案》为英格丽·褒曼斩获奥斯卡大奖，《尼罗河上的惨案》更是成为几代人心目中的经典。

阿加莎·克里斯蒂的创作生涯持续了五十余年，总共创作了八十余部侦探小说。她的作品畅销全世界一百多个国家和地区，累计销量已经突破二十亿册。她创造的小胡子侦探波洛和老处女侦探马普尔小姐为读者津津乐道。阿加莎·克里斯蒂是柯南·道尔之后最伟大的侦探小说作家，是侦探文学黄金时代的开创者和集大成者。一九七一年，英国女王授予克里斯蒂爵士称号，以表彰其不朽的贡献。

一九七六年一月十二日，阿加莎·克里斯蒂逝世于英国牛津郡沃灵福德家中，被安葬于牛津郡的圣玛丽教堂墓园，享年八十五岁。

阿加莎·克里斯蒂 侦探作品年表

波洛系列

1920 The Mysterious Affair at Styles《斯泰尔斯庄园奇案》

1923 Murder on the Links《高尔夫球场命案》

1924 Poirot Investigates《首相绑架案》

1926 The Murder of Roger Ackroyd《罗杰疑案》

1927 The Big Four《四魔头》

1928 The Mystery of the Blue Train《蓝色列车之谜》

1932 Peril at End House《悬崖山庄奇案》

1933 Lord Edgware Dies《人性记录》

1934 Murder on the Orient Express《东方快车谋杀案》

1935 Three—Act Tragedy《三幕悲剧》

1935 Death in the Clouds《云中命案》

1936 The ABC Murders《ABC 谋杀案》

1936 Murder in Mesopotamia《古墓之谜》

1936 Cards on the Table《底牌》

1937 Dumb Witness《沉默的证人》

1937 Death on the Nile《尼罗河上的惨案》

1937 Murder in the Mews《幽巷谋杀案》

1938 Appointment with Death《死亡约会》

1938 Hercule Poirot's Christmas《波洛圣诞探案记》

1940 Sad Cypress《H 庄园的午餐》

1940 One, Two, Buckle My Shoe《牙医谋杀案》

1941 Evil Under the Sun《阳光下的罪恶》

1943 Five Little Pigs《五只小猪》

1946 The Hollow《空幻之屋》

1947 The Labours of Hercules《赫尔克里·波洛的丰功伟绩》

1948 Taken at the Flood《顺水推舟》

1952 Mrs. McGinty's Dead《清洁女工之死》

1953 After the Funeral《葬礼之后》

1955 Hickory Dickory Dock《山核桃大街谋杀案》

1956 Dead Man's Folly《弄假成真》

1959 Cat Among the Pigeons《鸽群中的猫》

1960 The Adventure of the Christmas Pudding《雪地上的女尸》

1963 The Clocks《怪钟疑案》

1966 Third Girl《第三个女郎》

1969 Hallowe'en Party《万圣节前夜的谋杀》

1972 Elephants Can Remember《大象的证词》

1974 Poirot's Early Stories《蒙面女人》

1975 Curtain—Poirot's Last Case《帷幕》

马普尔小姐系列

1930 The Murder at the Vicarage《寓所谜案》

1932 The Thirteen Problems《死亡草》

1942 The Body in the Library《藏书室女尸之谜》

1943 The Moving Finger《魔手》

1950 A Murder Is Announced《谋杀启事》

1952 They Do It with Mirrors《借镜杀人》

1953 A Pocket Full of Rye《黑麦奇案》

1957 4.50 from Paddington《命案目睹记》

1962 The Mirror Crack'd from Side to side《破镜谋杀案》

1964 A Caribbean Mystery《加勒比海之谜》

1965 At Bertram's Hotel《伯特伦旅馆》

1971 Nemesis《复仇女神》

1976 Sleeping Murder《沉睡谋杀案》

1979 Miss Marple's Final Cases《马普尔小姐最后的案件》

其他系列及非系列

1922 The Secret Adversary《暗藏杀机》

1924 The Man in the Brown Suit《褐衣男子》

1925 The Secret of Chimneys《烟囱别墅之谜》

1929 Partners in Crime《犯罪团伙》

1929 The Seven Dials Mystery《七面钟之谜》

1930 The Mysterious Mr. Quin《神秘的奎因先生》

1931 The Sittaford Mystery《斯塔福特疑案》

1933 The Witness for the Prosecution and Other Stories《控方证人》

1934 Why Didn't They Ask Evans?《悬崖上的谋杀》

阿加莎·克里斯蒂 侦探作品年表

1934 The Listerdale Mystery《金色的机遇》

1934 Parker Pyne Investigates《惊险的浪漫》

1939 Murder Is Easy《逆我者亡》

1939 And Then There Were None《无人生还》

1941 N or M?《桑苏西来客》

1944 Towards Zero《零点》

1945 Sparkling Cyanide《闪光的氰化物》

1945 Death Comes as the End《死亡终局》

1949 Crooked House《怪屋》

1950 Three Blind Mice and Other Stories《三只瞎老鼠》

1951 They Came to Baghdad《他们来到巴格达》

1954 Destination Unknown《地狱之旅》

1958 Ordeal by Innocence《奉命谋杀》

1961 The Pale Horse《灰马酒店》

1967 Endless Night《长夜》

1968 By the Pricking of My Thumbs《煦阳岭的疑云》

1970 Passenger to Frankfurt《天涯过客》

1973 Postern of Fate《命运之门》

1991 Problem at Pollensa Bay《神秘的第三者》

1997 While the Light Lasts《灯火阑珊》

出版前言

纵观世界侦探文学一百七十余年的历史，如果说有谁已经超脱了这一类型文学的类型化束缚，恐怕我们只能想起两个名字——一个是虚构的人物歇洛克·福尔摩斯，而另一个便是真实的作家阿加莎·克里斯蒂。

阿加莎·克里斯蒂以她个人独特的魅力创造着侦探文学史上无数的传奇：她的创作生涯长达五十余年，一生撰写了八十余部侦探小说；她开创了侦探小说史上最著名的"黄金时代"；她让阅读从贵族走入家庭，渗透到每个人的生活中；她的作品被翻译成一百多种文字，畅销全球一百五十余个国家，作品销量与《圣经》《莎士比亚戏剧集》同列世界畅销书前三名；她的《罗杰疑案》《无人生还》《东方快车谋杀案》《尼罗河上的惨案》都是侦探小说史上的经典；她是侦探小说女王，因在侦探小说领域的独特贡献而被册封为爵士；她是侦探小说的符号和象征。她本身就是传奇。沏一杯红茶，配一张躺椅，在暖暖的阳光下读阿加莎的小说是一种生活方式，是惬意的享受，也是一种态度。

午夜文库成立之初就试图引进阿加莎的作品，但几次都与版权擦肩而过。随着午夜文库的专业化和影响力日益增强，阿加莎·克里斯蒂的版权继承人和哈珀柯林斯出版公司主动要求将版权独家授予新星出版社，并将阿加莎系列侦探小说并入午夜文库。这是对我们长期以来执着于侦探小说出版的褒奖，是对我们的信任与鼓励，更是一种压力和责任。

新版阿加莎·克里斯蒂作品由专业的侦探小说翻译家以最权威的英文版本为底本，全新翻译，并加入双语作品年表和阿加莎·克里斯蒂家族独家授权的照片、手稿等资料，力求全景展现“侦探女王”的风采与魅力。使读者不仅欣赏到作家的巧妙构思、离奇桥段和睿智语言，而且能体味到浓郁的英伦风情。

阿加莎作品的出版是一项系统工程，规模庞大，我们将努力使之臻于完美。或存在疏漏之处，欢迎方家指正。

新星出版社

午夜文库编辑部

Agatha Christie

Over the next few years, we plan to celebrate two very important Agatha Christie anniversaries. In 2015, it is the 125th anniversary of her birth in Torquay, South Devon, England, and in 2020 it will be 100 years after her first book, THE MYSTERIOUS AFFAIR AT STYLES, featuring her famous detective, Hercule Poirot, was published. This is therefore a very appropriate moment to publish a new edition of her works, and I am delighted that HarperCollins has chosen to work with New Star on these new editions. New Star is China's top crime publisher, and has a strong and dedicated editorial staff and a confirmed passion for Agatha Christie, making them the ideal partner. It is the right time to make these classic books available in modern translations and so to bring Agatha Christie's books anew to her many fans in China, giving them a new reason to re-read these much-loved stories, as well as introducing them to a whole new audience. How delighted Agatha Christie would have been that her stories (as she called them) are still giving so much pleasure to so many people all over the world!

I think there are two very remarkable things about Agatha Christie's stories. The first is that they are so adaptable. It doesn't really matter which language they appear in, the stories and the plots still give the same thrill, still provide the same puzzles, and the characters still have the same attraction. Readers in China will I am sure enjoy Hercule Poirot and Miss Marple just as much as we do in England, and readers in China will still be transfixed by the surprises and horrors of AND THEN THERE WERE NONE, one of the great classics of 20th century detective fiction, as we are here.

Agatha Christie

The second is that the stories give a wonderful picture of England, particularly rural England, at the time Agatha Christie lived. She wrote books from 1920 until 1970 but it is sometimes hard to tell which part of her life each book was written in. Her characters and the life they lived were very much the same. The life we all live is changing very quickly these days but "the Agatha Christie world" stays the same. Perhaps the Miss Marple stories provide the best example of this, and in some ways, THE BODY IN THE LIBRARY and NEMESIS are quite similar, despite the fact that thirty years elapsed between the time they were written.

Perhaps I might end by mentioning three Agatha Christies (other than the ones mentioned above) which I think demonstrate why she is so popular, even in the twenty-first century. The first is MURDER ON THE ORIENT EXPRESS, one of the most famous with one of the most ingenious and human plots. Read this on one of your long train journeys in China! Next is A MURDER IS ANNOUNCED, a Miss Marple which was her 50th book. It has my favourite murderer in it! And last is ENDLESS NIGHT a story about evil and how it affects three young people, written at the time when I knew her best, and understood how deeply she cared and sympathised with young people and the world they lived in.

Whichever are *your* favourites I hope you enjoy these stories that New Star are introducing to you again. I think it is a great publishing event.

Mathew

Grandson of Agatha Christie

Chairman of Agatha Christie Ltd

致中国读者

（午夜文库版阿加莎·克里斯蒂作品集序）

在未来的几年中，我们将要筹备两个非常重要的关于阿加莎·克里斯蒂的纪念日。二〇一五年是她的一百二十五岁生日——她于一八九〇年出生于英国的托基市；二〇二〇年则是她的处女作《斯泰尔斯庄园奇案》问世一百周年的日子，她笔下最著名的侦探赫尔克里·波洛就是在这本书中首次登场。因此，新星出版社为中国读者们推出全新版本的克里斯蒂作品正是恰逢其时，而且我很高兴哈珀柯林斯选择了新星来出版这一全新版本。新星出版社是中国最好的侦探小说出版机构，拥有强大而且专业的编辑团队，并且对阿加莎·克里斯蒂的作品极有热情，这使得他们成为我们最理想的合作伙伴。如今正是一个良机，可以将这些经典作品重新翻译为更现代、更权威的版本，带给她的中国书迷，让大家有理由重温这些备受喜爱的故事，同时也可以将它们介绍给新的读者。如果阿加莎·克里斯蒂知道她的小故事们（她这样称呼自己的这些作品）仍然能给世界上这么多人带来如此巨大的阅读享受，该有多么高兴啊！

我认为阿加莎·克里斯蒂的作品有两个非常重要的特征。首先它们是非常易于理解的。无论以哪种语言呈现，故事和情节都同样惊险刺激，呈现给读者的谜团都同样精彩，而书中人物的魅力也丝毫不受影响。我完全可以肯定，中国的读者能够像我们英国人一样充分享受赫尔克里·波洛和马普尔小姐带来的乐趣；中国读者也会和我们一样，读到二十世纪最伟大的侦探经典作品——比如《无人生还》——的时候，被震惊和恐惧牢牢钉在原地。

第二个特征是这些故事给我们展开了一幅英格兰的精彩画卷，特别是阿加莎·克里斯蒂那个年代的英国乡村。她的作品写于二十世纪二十年代至七十年代间，不过有时候很难说清楚每一本书是在她人生中的哪一段日子里写下的。她笔下的人物，以及他们的生活，多多少少都有些相似。如今，我们的生活瞬息万变，但“阿加莎·克里斯蒂的世界”依旧永恒。也许马普尔小姐的故事提供了最好的范例：《藏书室女尸之谜》与《复仇女神》看起来颇为相似，但实际上它们的创作年代竟然相差了三十年。

最后，我想提三本书，在我心目中（除了上面提过的几本之外）这几本最能说明克里斯蒂为什么能够一直受到大家的喜爱。首先是《东方快车谋杀案》，最著名，也是最机智巧妙、最有人性的一本。当你在中国乘火车长途旅行时，不妨拿出来读读吧！第二本是《谋杀启事》，一个马普尔小姐系列的故事，也是克里斯蒂的第五十本著作。这本书里的诡计是我个人最喜欢的。最后是《长夜》，一个关于邪恶如何影响三个年轻人生活的故事。这本书的写作时间正是我最了解她的时候。我能体会到她对年轻人以及他们生活的世界关心至深。

现在新星出版社重新将这些故事奉献给了读者。无论你最爱的是哪一本，我都希望你能感受到这份快乐。我相信这是出版界的一件盛事。

阿加莎·克里斯蒂外孙

阿加莎·克里斯蒂有限责任公司董事长

马修·普理查德

二〇一三年二月二十日

阿加莎·克里斯蒂侦探小说全集57

赫尔克里·波洛的丰功伟绩

The Labours of Hercules

Agatha Christie®

[英]阿加莎·克里斯蒂 著
六翼天使 译

新 星 出 版 社 NEW STAR PRESS

献给爱德蒙·考克[1]，

我代表赫尔克里·波洛对其所做的贡献深表感激，并谨以此书为谢。

①爱德蒙·考克是阿加莎·克里斯蒂的经纪人。早年间是他帮助阿加莎找到了新的合作公司柯林斯出版社。他举止得体，为人诚实，深受作者欣赏，与其做了四十多年的好友。

目 录

序幕

赫尔克里·波洛的公寓装潢完全是现代风格的，四处闪耀着金属的光芒。房间里的安乐椅尽管铺着舒适的垫子，外形轮廓却都是方方正正的，一丝不苟。

其中一把椅子上坐着赫尔克里·波洛——他把自己收拾得干净利落，端坐在椅子的正中间。对面的椅子上坐着万灵学院院士伯顿博士，正在细细品尝着波洛奉上的一杯木桐酒庄[①] 的葡萄酒。伯顿博士可毫无干净利落可言。他身材臃肿，衣着邋遢，一头乱蓬蓬的白发下面有一张红润而慈祥的笑脸。他笑起来呼哧带响，对身上和身旁撒落的烟灰习以为常。尽管波洛在他周围摆满了烟灰缸，却都是徒劳。

伯顿博士正在问问题。

“告诉我，”他说，“你为什么要叫赫尔克里？”

“您是指我的教名吗？”

“那可真不能说是个教名，”对方反驳道，“明明是个异教徒的名字[②] 。可为什么要取这么一个名字呢？我就是想知道这一点。是令尊的突发奇想？还是令堂的灵机一动？或者是家族传统？我的记性不如以前了，如果我没记错的话，你曾经有个叫阿基里[③] 的兄弟，对不对？”

---

①木桐酒庄（Château Mouton Rothschild）为法国五大名庄之一。

②“教名”的英文是“Christian name”，字面意思是“基督徒的名字”，而波洛的教名赫尔克里（Hercule）和希腊神话中的赫拉克勒斯（Hercules）仅仅相差一个字母。后者显然不是基督徒，而是毫无疑问的“异教徒”，因此在严谨的学者伯顿博士看来，由此衍生出的“赫尔克里”不是个合格的“教名”。

③与波洛一样，阿基里（Achille）与特洛伊战争中的半神英雄阿喀琉斯（Achilles）只差一个字母。

波洛的脑海中闪过了传说中的阿基里·波洛的一生[①]。那件事确实真实发生过吗？

“阿基里·波洛，只存在了很短的一段时间。”他回答道。

伯顿博士巧妙地把话题从阿基里·波洛转移到了别处。

“人们给孩子取名的时候应当多费点心思，”他思忖着说，“我有一群教子教女。其中有一个叫布兰雪[②]的，却黑得像个吉卜赛人！还有一个叫迪尔德丽[③]的，‘忧伤的迪尔德丽’——可她快活得像一只蟋蟀。至于小佩兴丝，当初真应该取名叫英佩兴丝[④]，那才名副其实！还有戴安娜……噢，戴安娜……”精通古典文学的老学者不禁打了个寒战。“现在就已经十二石重了[⑤]……她才十五岁啊！居然有人说这是婴儿肥，我可不那么认为。‘戴安娜’！他们本来还想给她取名叫海伦[⑥]的，可我表示坚决反对。我知道她父母长什么样！还有她奶奶那副样子！我努力要给她取个诸如玛莎或是朵尔卡丝之类的更靠谱点的名字……但是没用……白费口舌。这些当父母的都是一群不可理喻的怪人……”

他忽然发出一阵低沉的笑声——那张胖胖的小脸都笑得皱了起来。

波洛向他投去探询的目光。

“想象一下这样一个场景：令堂和传说中的那位福尔摩斯太

---

①这段故事发生在《四魔头》（新星出版社，2017）一书中。

②布兰雪原文 Blanche，有“白色”之意。

③迪尔德丽是爱尔兰传说中的一位身世悲惨的女子；《忧伤的迪尔德丽》（*Deirdre of the Sorrows*）是爱尔兰剧作家 J.M. 辛格根据这段传说创作的三幕悲剧。

④佩兴丝原文为 patience，有耐心的意思。英佩兴丝是 impatience，没耐心的意思。

⑤戴安娜是罗马神话中的月亮女神和狩猎女神。十二石约为七十六点二公斤。

⑥海伦是希腊神话中人间最美的女人，特洛伊王子帕里斯在美神的协助下将其劫走，因此引发著名的特洛伊战争。

太[1] 坐在一起，边缝着小衣服、织着小毛衣，边念叨着‘阿基里、赫尔克里、歇洛克、迈克罗夫特……’”

波洛无法欣赏他朋友的这种幽默感。

“我想您的意思是不是说，就外表而言，我一点也不像英雄赫拉克勒斯？”

伯顿博士把赫尔克里·波洛上下打量了一番，打量着眼前这个穿着条纹长裤和合身的黑色夹克、打着精巧时髦的领结、收拾得干净利落的小个子。从波洛那双锃亮的黑漆皮鞋向上，一直望到他那蛋形的脑袋和点缀在嘴唇上方的特大号唇髭。

“坦率地说，波洛，”伯顿博士说，“你一点儿也不像！我估计，”他又加了一句，“你没怎么花过时间研究古典文学吧？”

“的确如此。”

“太可惜了！太可惜了！你错失了多少宝贵的财富啊！依我之见，人人都应该读点古典文学！”

波洛耸了耸肩。

“不过[2]，可我不懂古典文学日子照样过得不错啊。”

“过日子！过日子！这根本就不是过日子的问题。这个观点从根本上就错了！古典文学不是现代函授课程——通往成功的快速阶梯那种东西！它与你的工作和事业关系不大，而与你的闲暇生活关系密切。我们经常搞错的就是这一点。就拿你来说吧，你日子过得不错，如果想从日常事务中解脱出来，想活得轻松自在些——你会在业余时间干些什么呢？”

波洛对此早有计划。

---

①当然是指柯南·道尔笔下的著名侦探歇洛克·福尔摩斯及其哥哥迈克罗夫特·福尔摩斯的母亲。此处属伯顿博士的玩笑虚构。

②原文为法语。原文多处使用法语，本书以仿宋表示。

“我打算——我是认真的——专心栽培西葫芦。”

伯顿博士大吃一惊。

“西葫芦？你指的是什么？就是那种绿乎乎、圆滚滚、块头挺大、吃起来淡而无味的玩意儿吗？”

“哈，”波洛兴奋地说，“关键就是这一点。要让它们吃起来不再淡而无味。”

“哦！我知道怎么办，撒上点奶酪末或是洋葱碎，淋上点白酱汁也行。”

“不，不，您理解错了。我打算改良西葫芦本身的口味。让它具有，”波洛眯起了眼睛，“酒香味。”

“老天！伙计，那又不是葡萄。”说起酒香味，倒使伯顿博士想起了搁在手边的那杯酒。他慢慢地啜饮品鉴。“真是好酒。醇香四溢。好极了。”他赞赏有加地点了点头。“不过西葫芦的事……你不是当真的吧？你不会打算……”他用略带嫌恶的口吻说道，“你真打算亲自上阵，”他把手叠放在臃肿的肚皮上，带着怜悯和嫌恶之情继续说道，“弯腰塌背、铲粪施肥、浇灌洒水，以及所有那一套吗？”

“看来，”波洛说道，“您对栽培西葫芦还挺在行的……”

“我在乡下住的时候看园丁那么干过。不过说真的，这算什么业余爱好啊！跟这个相比……”他的声音里忽然充满了赞赏和满足之情，“在一间摆满了书的低矮幽长的房间里——必须是间幽长的房间，不能是正方形的——燃起木柴，坐在炉火前的一张安乐椅上。周围皆被书海环绕，斟一杯波特酒，手捧一册打开的书卷。读着书，时光都能随之倒流了。”接着，他声音洪亮地吟诵起来。

Μήτ δ' αὖτε κυβερνήτηζ ἐνὶ οἴνοπι πόντῳ
νῆα θοὴν ἰθύνει ἐρεχθομένην ἀνέμοισι

念完他又翻译道："'舵手在漆黑的大海上再次靠技能拨正那艘被狂风冲击的轻舟。'当然，翻译过来就体现不出原文的神韵了。"

此刻，沉浸于自我陶醉之中他忘掉了波洛。波洛静静地看着他，突然感到一阵疑惑——一阵刺痛。自己是不是真的错失了什么呢？某些宝贵的精神财富？一阵惆怅涌上心头。没错，自己该多了解一些古典文学的……早该如此……可现在，唉，太晚啦……

伯顿博士打断了他惆怅的思绪。

"你真的打算隐退吗？"

"是的。"

对方咯咯地笑起来。

"你不会的！"

"可我向您保证——"

"你办不到的，伙计。你对你这份工作太感兴趣了。"

"不，实际上——我已经安排好了。再接几个案子，几个精挑细选的案子。明白吗，不是随便一件送上门来的案子，只接那些对我有吸引力的！"

伯顿博士咧嘴一笑。

"还是那一套。只接一两起案子，只再接一起……如此再三。你绝对不会像首席女歌唱家举行告别演出那样就此告别舞台的，波洛！"

博士咯咯地笑了笑，慢慢地站起来，像个和蔼可亲的白发精灵。

“你要做的和赫拉克勒斯不一样，不是那些苦差事。”他说，“你做的是你喜欢的、心甘情愿去做的。你等着瞧我说得对不对。我敢打赌，再过十二个月你还在这儿待着，而西葫芦也仍然是……”他顿了一下，“老样子。”

向主人道别后，伯顿博士离开了规规矩矩、四四方方的房间。

伯顿博士从此就从故事里消失而且不会再出现了。我们需要关心的只是他此次到访留下来的东西——一个想法。

因为他走后，赫尔克里·波洛就像个梦中人那样慢慢坐了下来，喃喃自语道：“赫拉克勒斯的苦差事……没错，这倒是个好主意，这……”

第二天，赫尔克里·波洛便忙于研读一本小牛皮封面的大部头和一些薄一点的著作，时不时地匆匆瞥一眼一堆打了字的小纸条。

他吩咐秘书莱蒙小姐把一切与赫拉克勒斯有关的资料搜集起来给他。

尽管对此毫无兴趣（她不是那种爱打听“为什么”的人），莱蒙小姐依然以惊人的效率出色地完成了这项任务。

赫尔克里·波洛一头扎进了有关赫拉克勒斯——“一位著名的英雄，死后进入众神行列、享有神圣的荣耀”——那令人眼花缭乱的古代传说的汪洋大海之中。

开始一切都还顺利，但很快情况就不那么一帆风顺了。足足两小时，波洛专心致志地读书、记笔记，不时皱着眉头翻阅那些小纸条和参考书。最后他仰靠在椅子上，摇了摇头。前一天晚上的兴致已荡然无存。这是个什么人啊！

说说这位赫拉克勒斯吧——一位英雄！确实是位英雄！然而也不过就是个肌肉发达、智力低下，还有犯罪倾向的大块头！波洛不禁想起了一八九五年在里昂受审的叫阿道夫·杜朗的屠夫——一个杀害了好几个孩子，像公牛一样健壮有力的家伙。当时的辩护理由是他患有癫痫病——这一点倒是没有疑问——不过关于他究竟是癫痫大发作还是小发作的问题争论了好几天。古时候这位赫拉克勒斯多半得的是癫痫大发作。不，波洛摇了摇头，这是古希腊人心目中的英雄，就不能按照现代的标准来衡量。古典文学中的行事方式令他感到震惊。那些男女神祇似乎都跟现代的罪犯一样，有许多不同的化名。实际上，他们也绝对可以归属为各种不同的罪犯。酗酒、放荡、乱伦、强奸、抢劫、杀人、欺诈……足以让预审法官忙得没有一丝空闲。他们没有体面正派的家庭生活，没有秩序，没有条理，甚至在他们的犯罪行为当中也没有秩序和条理！

“好个赫拉克勒斯！”赫尔克里·波洛说着，垂头丧气地站了起来。

他环视房间，感觉相当满意。一个方方正正的房间，陈设着方方正正的现代家具——有一件精美的现代雕塑作品，是一个立方体立在另一个立方体上面，顶端是由一根铜线绕成的规则的几何图形。而他本人，就在这间明亮而整洁的房间的正中央。他打量着镜子里的自己：这是一位现代的赫拉克勒斯——外形跟那个一身肌肉、挥舞着棍棒，赤身裸体、不讨人喜欢的家伙截然不同。他矮小精干，像个都市居民应有的样子，穿戴得体，还蓄着漂亮的唇髭——赫拉克勒斯做梦也不会想到要蓄起的唇髭——一副壮丽而精美的唇髭。

然而，赫尔克里·波洛和那个神话传说中的赫拉克勒斯之间还是有一点相似之处的，他们两位毫无疑问都一直在清除世上的害群之马……他们俩都可以说是他们所生活的这个社会的恩人……

昨晚伯顿博士临走时怎么说的来着？“你要做的和赫拉克勒斯不一样，不是那些苦差事……”

哈，这他可说错了，这个老化石。赫拉克勒斯的伟业应当重现一次——由一位现代的赫拉克勒斯完成。这真是一种巧妙而有趣的自负！隐退之前，他将再接办十二桩案子，不多也不少。这十二桩案件必须精心挑选，以便与古代那位赫拉克勒斯的十二桩功业有所关联。[①] 没错，这不仅会很有趣，还富有艺术性乃至宗教意义！

波洛拿起那部《经典辞书》，再次沉浸在古老传说中。他不打算过分效仿那位原型人物。不需要有女人，不需要有涅索斯的衬衫[②]……只要那些丰功伟绩就可以了。

那么，第一桩大事就是涅墨亚狮子。

“涅墨亚狮子。”他一板一眼地念了几遍。

当然他并不指望会有一桩涉及一头有血有肉的真狮子的案件送上门来。要是真有动物园负责人找他侦破一桩跟一头狮子有关的案件，那未免也太巧合了。

不，应当是象征意义上的。第一桩案件应该涉及某位声名显

①赫拉克勒斯的十二功业出自希腊神话，被妻子逼疯的赫拉克勒斯失手杀死了自己的孩子，为了赎罪，他接受了敌人欧律斯透斯（Eurystheus）提出的十项任务。如果成功，他的罪孽就将被净化，并获得不朽。但完成后欧律斯透斯不承认其中两项，因此赫拉克勒斯又不得不再完成两项附加任务。此十二项任务便被称为“赫拉克勒斯的十二功业”。

②涅索斯（Nessuss）是希腊神话中渡旅客过冥河的半人半马的怪物，因调戏赫拉克勒斯的妻子，被赫拉克勒斯用毒箭射死。它临死前欺骗赫拉克勒斯的妻子，将自己的血染在给赫拉克勒斯穿的内衣上。后来赫拉克勒斯因沾上衣服上残余的箭毒而身亡。

赫的公众人物，要极具轰动性，其重要性不言而喻！也许是某个手段高明的罪犯——或者是被公众视为狮子一样的人物。某位有名的作家、政治家、画家——或许是位皇室成员？

他喜欢皇室成员这个想法……

不必着急，他会等待，等待一桩极其重要的案件成为他甘愿承担的第一项艰苦的任务。

第一章　涅墨亚的狮子[①]

①欧律斯透斯安排的第一项任务是杀死住在涅墨亚附近山洞里的狮子。这头狮子会把妇女抓进洞里当人质，前来营救的人全部丧命。赫拉克勒斯一边寻找狮子一边做了些箭，但他并不知道这头狮子的金色皮毛刀枪不入，因此失败了几次。最后，赫拉克勒斯将狮子住的山洞一头封住，等它进洞后，以黑暗为掩护迅速靠近狮子。一种说法是赫拉克勒斯趁狮子被吓到的一刹那掐住其脖子，以蛮力勒死了它。另一种说法是他将箭射进了狮子的嘴里。
杀死狮子后，赫拉克勒斯欲剥掉狮皮，无奈任何工具都不奏效，最终在雅典娜的提示下，借用狮爪剥下了狮皮。
历经十三天，赫拉克勒斯带着死狮来见欧律斯透斯，后者被吓坏了，并将赫拉克勒斯驱逐出城，让他自生自灭，并且扬言接下来的任务会更加艰险。

1

“莱蒙小姐，今早有什么有意思的事吗？”第二天早上，波洛走进办公室时问道。

他信任莱蒙小姐。这女人虽然缺乏想象力，却有一种直觉。只要她觉得什么事值得注意，通常来说，那事准值得注意。她是个天生的秘书。

“没什么特别的，波洛先生。只有一封信我觉得您可能会感兴趣。我把它放在文件的最上面了。”

“是什么事呢？”波洛兴致勃勃地向前迈了一步。

“一个男人来信请您调查他太太的狮子狗失踪事件。”

波洛的脚还在半空中就停住了。他瞥了莱蒙小姐一眼，目光中充满了深深的责备。但她压根儿没注意到，因为她早已自顾自地打起字来。打字速度之快、精准度之高，堪比一挺高速射击的坦克机枪。

波洛震惊了，既震惊又失望。莱蒙小姐，能干的莱蒙小姐，辜负了他！一只狮子狗！一只狮子狗！就在他昨晚刚做完那个梦之后——今早当他的男仆为他送来热巧克力时，他正梦见自己接受完私人答谢，准备离开白金汉宫！

一句刻薄的俏皮话到了嘴边，但他没说出来。因为莱蒙小姐已全身心投入到飞速而又高效的打字工作中，想必也不会听见。

波洛极不情愿地咕哝了一声，拿起放在书桌边上那一小堆文件顶端的信。

没错，正像莱蒙小姐所说的那样。信是从城里寄过来的——以谈生意的态度提出了一项冒失无理的要求。主题是关于一只狮子狗的绑架事件。就是一只那种被阔太太们整日娇生惯养的眼睛鼓鼓的宠物狗。赫尔克里一边看信，一边轻蔑地撇起了嘴。

没什么不同寻常的情况，没什么不对头的地方，也没有……且慢，没错，没错，莱蒙小姐说得没错，有一个小细节令人生疑。有一个小小的细节的确非同寻常。

赫尔克里·波洛坐了下来，把这封信慢慢地、仔细地读了一遍。这不是他感兴趣的那种案子，更不是他精心挑选打算去侦破的那种案子。无论怎么看这都不是什么重要的案件，实际上简直平淡乏味到了极点。这不是——这才是他对这个案子充满抵触情绪的症结所在——这不是一件堪比赫拉克勒斯伟业的案件。

但是不幸的是，他很好奇……

没错，他很好奇……

他提高嗓门，好盖过莱蒙小姐打字的声音，让她听见。

“给这位约瑟夫·霍金爵士打个电话，”赫尔克里吩咐道，“约个时间，照他希望的那样，我去他的办公室见见他。”

像往常一样，莱蒙小姐的判断又一次被证明是对的。

“我是个平凡的人，波洛先生。”约瑟夫·霍金爵士说。

赫尔克里·波洛抬起右手打了个意义不明的手势。既可以理解为（如果你愿意这样理解的话）对约瑟夫爵士事业有成的仰慕和对他表现出的虚怀若谷的赞许；也可以理解为对他这番过于谦逊的表述的委婉反对。但赫尔克里·波洛无论如何都不会泄露此刻内心的真实想法：约瑟夫爵士的确很符合“平凡”这个词的字面意思，他是一个相貌平平的人。赫尔克里·波洛挑剔的目光落在他的双下巴、猪眼睛一样的小眼睛、蒜头鼻子和紧闭的嘴巴上。这副尊容让他想起了某个人或某件事，可一时之间他又想不起究竟是什么人或什么事了。他只隐约记得那是很久以前的事……在比利时……肯定与肥皂有关……

约瑟夫爵士继续说着。

“我不摆什么臭架子，说话也从不兜圈子。大多数人，波洛先生，都不会计较这件事。把它当作一笔烂账，一笔勾销，忘掉了事。但这不是约瑟夫·霍金的作风。我是个有钱人——这么说吧，两百英镑对我来说根本不算事儿……”

波洛敏捷地插嘴道：“我祝贺您！”

“嗯？”

约瑟夫爵士停了一下，那双小眼睛眯得更紧了一些。他厉声道：“但我也没有乱花钱的毛病。该花的钱我花，但也是照市价给——多一个子儿都没门！”

赫尔克里·波洛说道：“您知道我收费很高吧？”

“没错，没错。不过这件事，”约瑟夫爵士狡猾地望着他，“不过是小事一桩嘛。”

赫尔克里·波洛耸了耸肩膀，说道：“我从不讨价还价。我是一名专家。找专家办事，您就得付专家的价。”

约瑟夫爵士坦率地说道：“我知道你是处理这类事情的顶尖人物。我打听过了，人家告诉我你是最合适的人。我就想把这事查个水落石出，不在乎花多少钱。所以我才找你。”

“您很走运。”赫尔克里·波洛说道。

约瑟夫爵士又“嗯？”了一声。

“相当走运。”赫尔克里·波洛斩钉截铁地说道，“我可以不必过分谦虚，我正处于事业的巅峰状态。我打算不久后就隐退了——隐居乡间，偶尔出游，到世界各处去看看。另外，或许会搞点园艺，特别是西葫芦的品种改良工作。西葫芦是非常好的蔬菜，就是缺少点独特的风味。当然，这不是我要说的重点。我说这些不过是为了解释清楚这件事：我在隐退之前给自己定了一个特殊的任务。我决定再接办十二起案子——不多不少十二起。自封为‘赫拉克勒斯的苦差事’，如果可以这样形容的话。约瑟夫爵士，您的案子是这十二起案子中的第一件。我之所以会被它吸引，”他叹了口气，“是因为它实在是太微不足道了。”

“你想说的是至关重要吧？”约瑟夫爵士问道。

“我说的是微不足道。我侦办过各式各样的案子——谋杀案、无法解释的死亡事件、抢劫案、珠宝盗窃案，等等。可这还是头一回有人要我施展才能去调查一桩狮子狗绑架案。”

约瑟夫爵士嘟囔着：“你可真叫我吃惊！你不知道女人们会为了她们的宠物狗没完没了地纠缠吧！”

“这我倒是知道。不过做丈夫的出面找我办这种案子可是平生头一回。”

约瑟夫爵士颇为赞赏地眯起了他的小眼睛，说道：“我开始明白人家为什么向我推荐你了。你是个十分精明的家伙，波洛先生。”

波洛喃喃道：“您现在能跟我讲讲案情吗？那条狗是什么时候丢的？”

“刚好一周之前。”

“我想尊夫人现在急得都快疯了吧？”

约瑟夫爵士瞪圆双眼，说道：“你还没明白。那条狗已经给送回来了。”

“送回来了？容我冒昧地问一句，那您还找我来干吗？”

约瑟夫爵士的脸涨得通红。

“因为我他妈的不能就这么被人敲诈！好啦，波洛先生，我这就把这整件破事儿的经过讲给你听。狗是一个星期以前被人偷走的——我太太的女伴带它出去遛的时候，在肯辛顿公园被人剪了绳子弄走的。第二天我太太接到索要两百英镑的通知。你听听——两百英镑！就为了这么一条整天在你脚底下绊来绊去吱哇乱叫的小畜生！”

波洛小声说道：“那您是不同意掏这笔钱的喽？”

“绝对不掏——应该说，我要是能早点知道的话，是绝对不会掏的！可我太太米丽也很清楚这一点，她什么也没跟我说，直接就把钱——按要求全给的是一英镑面额的钞票——送到指定的地址去了。”

“然后狗就给送回来了？”

“对。当天晚上，门铃一响，那条畜生就坐在门前的台阶上。可其他的连个鬼影子都没有。”

“很好。请接着讲。”

“当然啦，米丽只得坦白了自己做的蠢事，我也发了点脾气。但是过了一会儿，我也就心平气和了——毕竟事已至此，再说你也不能指望女人做事能有点理智——要不是在俱乐部碰上了老萨缪尔森，我敢说我早就把这破事抛到脑后了。”

“怎么回事呢？”

“这他妈的根本就是不折不扣的敲诈！他也碰上了一模一样的事。他们从他太太那儿敲走了三百英镑！好嘛，这简直欺人太甚！我决定彻底制止这种事，于是便请你来了。”

“可是说实在的，约瑟夫爵士，最恰当同时也更经济的做法不是报警吗？”

约瑟夫爵士揉揉鼻子说道：“你结婚了吗，波洛先生？”

“啊，”波洛答道，“我没那福气。”

“哼，”约瑟夫爵士说道，“还真不敢说是什么福气，你要是结过婚，就会知道女人是种荒唐可笑的生物。只要一提警察，我太太就会歇斯底里——她脑子里已经认定了，只要报了警，她那心肝宝贝‘山童’就会遭遇不测。她坚决不同意那样做——而且实际上她也不愿意请你来调查。可是在这一点上我的态度非常坚决，她也就让步了。不过我得提醒你，她并不赞成这样做。”

赫尔克里·波洛轻声说道：“情况的确比较微妙。或许我最好去见见尊夫人，从她那里再了解一些更详细的情况，同时也可以安抚她一下，让她不必为她的宝贝小狗今后的安全担心。”

约瑟夫爵士点点头，站起身说：“你现在就跟我一道坐车去。”

2

在一间宽敞、闷热、装潢过度的客厅里坐着两个女人。

约瑟夫爵士和赫尔克里·波洛走进房间的时候，一条狮子狗立刻狂吠着冲了过来，并且不怀好意地在波洛的脚踝周围转来转去。

“山——山，过来！到妈妈这边来，小宝贝……卡纳比小姐，去把它抱过来。”

另一个女人急忙奔了过去。赫尔克里·波洛小声嘟哝道：“还真像头狮子！”

刚刚捉住“山童”的那个女人气喘吁吁地附和道：“没错，

真格的，它真是一条相当出色的看家狗。不管什么事，也不管是什么人，都别想吓住它。真是个可爱的好孩子！”

简要的几句介绍之后，约瑟夫爵士说道：“好了，波洛先生，接下来你就看着办吧。”他稍一点头，离开了屋子。

霍金夫人是个看上去脾气很差的矮胖女人，染着一头棕红色的头发。她的女伴、忐忑不安的卡纳比小姐胖胖的、面相和善，年纪在四十岁到五十岁之间。她对霍金夫人言听计从，显然对她怕得要死。

波洛说道：“那么，霍金夫人，请您把这桩卑鄙罪行的整个经过讲给我听听吧。”

霍金夫人顿时满面红光。

“我真的很高兴听到您那么讲，波洛先生，因为那的确是一种罪行。狮子狗相当敏感——像小孩子一样敏感。不用别的，光是吓也能把可怜的‘山童’吓死了。”

卡纳比小姐上气不接下气地连声附和道：“就是的，真恶毒——简直太恶毒了！”

“请讲讲实际经过。”

“嗯，是这样的。‘山童’跟着卡纳比小姐到公园去散步……”

“哦，天哪，没错，都怪我。”那位女伴又连声附和道，“我怎么那么蠢、那么粗心大意……”

霍金夫人尖刻地说道：“我并不想责怪你，卡纳比小姐，可我确实觉得你本该更警觉点儿才对。”

波洛的目光移向那位女伴。

“出了什么事？”

卡纳比小姐开始滔滔不绝但有点颠三倒四地叙述了起来。

“那简直是一件最不可思议的事情！我们正沿着鲜花小道走着——当然了，‘山童’跑在前头。它刚刚在草地上跑了一阵子，我们正准备掉头回家，这时一个躺在婴儿车里的小娃娃把我吸引住了——多可爱的小宝宝啊，他冲我直笑，可爱的小脸蛋粉扑扑的，一头漂亮的鬈发。我忍不住跟那位保姆聊起来，问她孩子多大了，她说十七个月了——我敢说我只跟她聊了一两分钟，接着我低头一看，山山不见了。狗绳让人齐齐割断了……”

霍金夫人冷冷地说道：“如果你对你的本职工作多上点心的话，根本不会有人能溜过来割断那根狗绳。”

卡纳比小姐看上去马上就要哭出来了。波洛急忙插嘴道：“接下来又怎么样了？”

“哦，当然啦，我到处去找，高声呼唤！我还问了问公园看门人有没有见到有人带着一条狮子狗，可他根本没注意……我真不知道该怎么办……只好接着到处找，最后，当然了，我只好回家了……”

卡纳比小姐的叙述戛然而止。可是波洛已经能够想象出此后的情景了。他接着问道：“接着你们就收到了一封信？”

霍金夫人接过了话茬儿。

“信是第二天早晨随第一班邮件送来的。信上说如果我想见到‘山童’活着回来，就必须准备两百英镑现款——全都要一英镑面额的——用不挂号的包裹寄到布卢姆斯伯里大街广场三十八号柯蒂兹上尉处。信上还说如果钱上做了记号或是报了警……那么……‘山童’的耳朵和尾巴就会被……割掉！”

卡纳比小姐开始抽泣。

“太可怕了，”她喃喃道，“怎么会有人这样狠毒！”

霍金夫人接着说道：“信上说如果我立刻把钱送去，‘山童’

当天晚上就会被安然无恙地送回来；但是如果……如果我事后去报警，‘山童’将再次遭殃……”

卡纳比小姐眼泪汪汪地嘟囔道：“哦，天哪，我直到现在还在担心……当然了，波洛先生不算是警察……”

霍金夫人不安地说道：“所以，波洛先生，您必须非常小心谨慎才行。”

赫尔克里·波洛马上打消了她的顾虑。

“说到我嘛，我不是警察。我的调查工作将会非常小心谨慎地悄悄进行。您尽管放心，霍金夫人，‘山童’会非常安全。这一点我可以向您保证。”

这个充满魔力的字眼似乎让眼前的两个女人都大大地松了一口气。

波洛接着问道：“那封信您还留着吗？”

霍金夫人摇了摇头。

“没有，信中指示说信必须和钱一并寄回。”

“您照办了？”

“是的。”

“嗯，真可惜。”

卡纳比小姐灵机一动说道：“可我还留着那根狗绳呢。我去把它拿来好吗？”

接着她便走出了客厅。波洛趁她不在的时候问了几个关于她的问题。

“艾米·卡纳比吗？哦，她人还行。人品不错，当然就是太笨了。我先后雇过好几位陪伴，全都是些笨蛋。不过艾米是真心喜欢‘山童’的，这件事可把她给吓坏了——当然她也活该如此，净顾着在婴儿车旁边瞎晃荡，不管不顾我的小宝贝！这帮老处女全都一个样，看到小娃娃就跟着了魔似的！不，我敢肯定她不会跟这事有什么牵连。”

“看起来的确不太可能，”波洛表示同意，“不过狗是在她照管时丢的，总得弄清楚她是否老实。她在您这儿工作多久了？”

“快一年了。我有封推荐信证明她品行特别优良。她照顾了老哈廷菲尔德夫人十年，直到老太太去世。后来有一阵子她在照顾一个生病的姐姐。她真是个挺老实的人——不过，就像我说过的，实在是笨到家了。”

这时艾米·卡纳比气喘吁吁地回来了，她向波洛展示了那条被割断的狗绳，然后郑重其事地把绳子递给了他，同时满怀期望地看着他。

波洛仔细地检查了一番。

“没错，”他宣布道，“是被割断的。”

眼前的两个女人满怀期望地等待着。波洛接着说道：“那我先留下这个。”

他郑重其事地把它放进了口袋。两个女人都松了一口气。毫无疑问，他做了一件她们俩期望他做的事。

3

赫尔克里·波洛的习惯是对所有情况逐一调查核实，绝不遗漏任何一点。

虽然从表面上看，卡纳比小姐正如她看起来的那样，只是个蠢笨的、脑子相当糊涂的女人，不太可能有什么深藏不露的地方，但波洛还是设法约见了一位多少有点令人生畏的女士——已故的哈廷菲尔德夫人的侄女。

“艾米·卡纳比？”马尔特拉弗斯小姐说道，“当然了，我清清楚楚地记得她。她是个好人，一直照顾朱莉娅姑妈直到入土为安。她非常喜欢狗，善于大声朗读。也挺懂得通融世故，从不跟病人闹别扭。她出什么事了吗？但愿她没遇上什么麻烦。大概一年前我把她介绍给了一位太太……姓好像是‘H’开头的……”

波洛连忙说明卡纳比小姐眼下还在那儿工作，只是最近因为一条丢失的小狗遇上了点麻烦。

“艾米·卡纳比非常喜欢狗。我姑妈原来有一条狮子狗，去世后把它留给了卡纳比小姐，卡纳比小姐十分宠爱它。后来那条狗死了，我想她一定伤心极了。哦，没错，她是个好人，当然，不算聪明。”

赫尔克里·波洛表示赞同，恐怕不能说卡纳比小姐有多聪明。

接下来他又去寻找出事那天下午跟卡纳比小姐谈过话的那个公园看门人。这倒没费多大力气，而且那人还记得那件事。

“一位中年女士，胖胖的，看起来跟普通人没什么两样——丢了条狮子狗。我对她非常眼熟，她基本上每天下午都来遛狗。我看见她带着狗进来的。狗丢了以后，她有点不知所措，居然跑来问我有没有看见有人牵着一条狮子狗？哈，您倒是说说！我可以跟您讲，这个公园里到处都是狗——各种各样的狗，什么小猎狗、狮子狗、德国腊肠……甚至还有那种俄国大狼狗——可以说我们这儿什么狗都有。我怎么可能单单注意到一只狮子狗呢？”

赫尔克里·波洛若有所思地点了点头。

他动身前往布卢姆斯伯里大街广场三十八号。

三十八号、三十九号和四十号已经合在一起改成了“巴拉克拉瓦私人旅馆”。波洛走上台阶，推开了门。里面光线昏暗，一股煮甘蓝的气味混合着早餐留下的咸鱼味儿扑面而来。在他的左首，一张桃花心木的桌子上放着一盆惨不忍睹的菊花。桌子上方有一个硕大的贴着绿色台面呢的架子，上面胡乱塞着不少信件。波洛若有所思地注视了架子片刻，然后推开了右首的一扇门。这扇门通往一间貌似休息室的房间，里面有几张小桌子和几把所谓的安乐椅，上面铺着图案令人不快的印花布。三位老太太和一位相貌凶恶的老头儿抬起头来，恶狠狠地盯着闯进来的不速之客。赫尔克里·波洛窘迫地退了出来。

他顺着过道走下去，到了楼梯口。在他的右首垂直分出一条小过道，通向的地方显然是餐厅。

沿这条过道走不多远就有一扇门，门上标着“办公室”字样。

波洛轻轻叩了叩门，却没人回应。他推开门，向里面望去。屋里有一张摆满了文件的大书桌，却没有一个人影。他退了出来，重新关好门，径直走进了餐厅。

一个愁眉苦脸的姑娘围着条脏围裙，正拎着一篮刀叉走来走去，在桌子上逐一摆放。

赫尔克里·波洛满怀歉意地开口说道：“打扰一下，我能见一下你们的老板娘吗？”

姑娘用无神的双眼看了他一下。

她说道：“这我可说不好，真的。”

赫尔克里·波洛说道：“办公室里一个人都没有。”

“哦，我也不知道她眼下在哪儿，真的。”

“也许，”赫尔克里·波洛耐心而坚定不移地说道，“您可以帮我找一下，好吗？”

姑娘叹了口气。她的日常工作原本就够沉闷乏味的了，增加了这个新任务之后就显得更加沉重。她幽怨地说道：“好吧，我尽量找找看吧。”

波洛谢过她之后又退回到门口的大厅里，不敢再去面对休息室里那几位先到者充满恶意的目光。

他正盯着那个贴着绿呢的信件架时听到一阵衣裙婆娑之声，还伴随着一股浓烈的德文郡紫罗兰香水的气味，这表明老板娘到了。

哈特太太满怀歉意地高声说道：“太对不起了，我刚才没在办公室里。您要订房间吗？”

赫尔克里·波洛喃喃道：“其实不是的。我是来打听一下我的一个朋友柯蒂兹上尉最近是不是住在您这里？”

“柯蒂兹？”哈特太太大声说道，“柯蒂兹上尉？让我想想看，好像在哪儿听过这个名字？”

波洛没有给她更多的提示。她颇为伤神地摇了摇头。

波洛说道：“也就是说最近没有一位柯蒂兹上尉在您这里住过了？”

“嗯，至少最近没有。可是，说起来，这名字听着还真有点耳熟。您能跟我形容一下您这位朋友吗？”

“哦，”赫尔克里·波洛答道，“这倒有点困难。”他接着问道：“我想有时会有这种情况吧，信寄到了这里，但实际上收信人却不住在这儿？”

“确实会有这种情况。”

“那这些信件您会怎么处理呢？”

“哦，我们会保留一阵子。您知道，也许收信人过几天就会到。当然，长时间无人认领的信件或包裹都会被退回邮局。”

赫尔克里·波洛若有所思地点了点头。

“我明白了。”接着他又补充道，“其实是这么回事，我给一个住在这儿的朋友写了封信。”

哈特太太露出一副恍然大悟的表情。

“这就对了。我准是在某个信封上见到过柯蒂兹这个名字。可是，我们这儿住着很多退伍军人，来来去去的——让我查查看。”

她端详着墙上那个信件架。

赫尔克里·波洛说道：“那封信没在这儿。”

“那大概已经被退回邮局了。太对不起了，但愿不是什么要紧事吧？”

“不，不，不是什么要紧事。”

他朝门口走去，哈特太太带着满身刺鼻的紫罗兰香水味儿紧追不舍。

“万一您的朋友来了……”

“大概不会来了，我想必是搞错了……”

“我们的房价很公道，”哈特太太说，“餐后咖啡免费。您也许想参观一两套我们的卧室起居室两用客房……”

赫尔克里·波洛费了不少力气才脱身出来。

4

萨缪尔森太太家的客厅比霍金太太家的更宽敞，装潢更富丽堂皇，暖气更是闷热得令人窒息。赫尔克里·波洛在一张张金漆雕花案几和成群的雕塑之间眼花缭乱地择路而行。

萨缪尔森太太的个子比霍金太太高，头发用双氧水漂过。她的狮子狗叫南基波，正瞪着两只鼓鼓的眼睛傲慢地审视着波洛。卡纳比小姐有点矮胖，萨缪尔森太太的女伴基布尔小姐却骨瘦如柴，但她讲起话来同样滔滔不绝而且也有点气喘吁吁的。同样的，她也因为弄丢了南基波而受到了责备。

“真的，波洛先生，这真是件令人吃惊的事。全都发生在眨眼之间。就在哈罗德公园外面。有位看护问我几点了。”

波洛打断了她的话：“一位看护？医院里的那种吗？”

“哦不，不是的……是一位看孩子的保姆。那个孩子也是可爱极了！一个可爱的小家伙！粉嘟嘟的小脸蛋！据说伦敦的孩子看起来都不太健康，可我敢肯定——”

“艾伦！”萨缪尔森太太喊了一声。

基布尔小姐脸红了，嘟囔了几声就没了动静。

萨缪尔森太太尖刻地说道：“就在基布尔小姐弯着腰看一辆同她一点关系都没有的婴儿车的时候，那个胆大包天的恶棍割断了狗绳，把南基波偷走了。”

基布尔小姐眼泪汪汪地嘟囔道：“全都是在一瞬间发生的。我转身一看，宝贝狗狗就不见了……只剩下半截狗绳在我手里晃悠。也许您想看一下那根狗绳吧，波洛先生？”

“不必了。”波洛连忙说道，他无意收集一大堆被割断了的狗绳。“我明白了，”他接着说道，“很快您就收到了一封信，是吧？”

接下来的经过一模一样：勒索信、威胁割掉南基波的耳朵和尾巴。只有两点不一样：这次勒索的款项是三百英镑，这次送钱的地址是——肯辛顿区克隆梅尔花园七十六号，哈林顿旅馆布莱克利海军中校收。

萨缪尔森太太接着说道：“南基波被平安送回来以后，我亲自到那个地址去了一趟，波洛先生。不管怎么说，三百英镑可不是个小数目。”

“那是。”

“我一眼就看见装着钱的信封还塞在大厅里的信件架上。等老板娘的时候，我顺手把那封信塞进了自己的手提包。可惜的是……”

波洛替她说道：“可惜的是，您打开信封一看，里面装的只是一沓白纸。”

“您是怎么知道的？”萨缪尔森太太充满敬畏地望着他。

波洛耸了耸肩膀。

“很明显嘛，*亲爱的夫人*，那个贼人把狗送回来之前肯定先要把钱弄到手。他把钞票换成白纸，再把信封塞回信件架上，免得有人发现那封信不见了。”

“根本就没有什么布莱克利中校在那儿住过。”

波洛微微一笑。

“当然啦，我丈夫对这事极为恼火。实际上，他气得脸都青了，真的青了！”

波洛小心翼翼地轻声问道：“您采取果断行动之前……呃……没跟他商量吗？”

“当然没有。”萨缪尔森夫人肯定地说。

波洛不解地望着她。那位夫人连忙解释道：“我绝不能冒那个险。男人在涉及钱的问题上总是特别古怪。雅各布肯定会坚持报警的。我不能冒那个险。我那可怜的宝贝儿南基波，天知道它会出什么事！当然，事后我不得不告诉我丈夫，因为我得解释为什么我在银行透支了。”

波洛轻声说道：“理所当然……理所当然。”

“我从没见过他发那么大的脾气。男人啊，”萨缪尔森太太一边说，一边重新整理了一下她那漂亮的钻石手镯，转了转手指上的几枚戒指，“除了钱，什么都不放在心上。”

5

赫尔克里 · 波洛乘电梯上楼来到约瑟夫 · 霍金先生的办公室。他递上名片，却被告知约瑟夫爵士此刻正忙，不过很快就能见他。最终，一位高傲的金发女郎从霍金先生的办公室里昂然而出，手上捧着一摞文件。她从这个古怪的小个子身边经过时不屑地瞥了他一眼。

约瑟夫爵士坐在他那巨大的红木书桌后面，下巴上还有块口红印。

“哦，波洛先生，请坐。给我带来什么好消息了？”

赫尔克里 · 波洛说道：“整个案子干得相当干净利落。每起案件里赎金都是被送到那种寄宿公寓或者私人小旅馆去的。那种地方没有门房或者前厅服务员，总有大批客人进进出出，其中包括一大批退伍军人。谁都可以随随便便走进去把信从墙上的信件架上抽出来，无论是直接拿走，还是把信里的钞票换成白纸再放回去，都不费吹灰之力。因此，每起案件的线索到这面墙上就都断了。”

“你的意思是你想不出这事是谁干的？”

“我倒是有些想法。不过还得花几天时间查查。”

约瑟夫爵士饶有兴趣地看着他。

“好样的。等你查出什么来……”

“我就到您府上汇报。”

约瑟夫爵士说道：“你如果真把这事查清楚了，那可是件了不起的成就。”

赫尔克里 · 波洛说道：“一定会查清楚的，绝对没有问题！赫尔克里 · 波洛从不失败！”

约瑟夫·霍金爵士望着这个小个子，咧嘴一笑。

“对自己很有信心嘛。”

“我有十足的把握。”

“好吧，”约瑟夫·霍金爵士往椅子上一靠，说道，“骄兵必败，你知道的。”

6

赫尔克里·波洛坐在他的电暖炉前给他的男仆兼管家下达指示，暖炉那规整的几何形外观让他感到心满意足。

“听明白了吗，乔治？”

“一清二楚，先生。”

“很可能是一套公寓或是一栋两层小屋。范围有限，肯辛顿公园以南，肯辛顿教堂以东，骑士桥营以西以及富勒姆路以北。”

“全都听明白了，先生。”

波洛喃喃道：“一件让人很感兴趣的小案子。种种迹象表明作案人很有组织才能。当然啦，还有案件中那位明星成员——涅墨亚狮子——可以这么称呼他，令人惊奇地隐身在幕后。没错，一件挺有意思的小案子。我真希望能对我的委托人更有好感一点。但遗憾的是他让我想起了以前列日[①]的一位肥皂制造商。那家伙为了娶他的金发女秘书而毒死了他的太太，是我早年间侦办的案子之一。”

乔治摇了摇头，沉痛地说道：“那些金发女郎，先生，惹出了不少麻烦。”

①比利时的一座城市。

7

三天过后，可贵的乔治汇报说：“这就是您要的地址，先生。”

赫尔克里·波洛接过递给他的纸条。

“太棒了！好样儿的乔治。是星期几？”

“周四，先生。”

“周四，今天正巧是周四。那就别耽搁啦。”

二十分钟过后，赫尔克里·波洛爬起了楼梯。这栋偏僻的楼房隐藏在一条狭窄的街道里，这条街通往一片更加时髦的住宅区。罗休姆大厦十号在三层，也是顶层，没有电梯。波洛艰难地沿着螺旋形楼梯一圈一圈往上爬。

他在楼梯顶端停下来喘了口气。这时，十号的门后突然传出一个声音——狗吠声，打破了四周的寂静。

赫尔克里·波洛带着一丝微笑点了点头，按下了十号的门铃。

狗叫得更厉害了——一阵脚步声走到门口，门开了……

艾米·卡纳比小姐吓得退了一步，手按在自己丰满的胸脯上。

“我可以进去吗？”赫尔克里·波洛问道，没等对方回答就跨进了门槛。

右边是间起居室，他走了进去。卡纳比小姐木然跟在他身后。

房间很小，拥挤不堪。一堆家具中间藏着一个人影，一位上了岁数的女人躺在一张被拖到煤气炉附近的沙发上。波洛进来的时候，一条狮子狗从沙发上跳了下来，冲到他面前，发出一阵充满怀疑的吠叫。

“啊哈，”波洛说道，“大主角！向你致敬，我的小朋友。”

他俯下身子，伸出了手。那条狗闻了闻他的手，一双机灵的眼睛紧紧盯住他的脸。

卡纳比小姐有气无力地小声说道："您都知道了？"

赫尔克里·波洛点了点头。

"对，我都知道了。"他望着沙发上的那个女人，"我想那位是您的姐姐吧？"

卡纳比小姐呆呆地答道："是的，埃米莉，这位……这位是波洛先生。"

埃米莉·卡纳比倒抽一口凉气，惊呼道："哦！"

艾米·卡纳比说道："奥古斯特斯……"

那条狮子狗看了看她，摇了摇尾巴，又继续认真地检查起波洛的手来，接着又轻轻摇了摇尾巴。

波洛轻柔地把小狗抱了起来，坐下来，把它放在膝盖上。

"我终于逮住了这头涅墨亚狮子。任务也算完成了。"

艾米·卡纳比声音嘶哑地问道："您真的什么都知道了吗？"

波洛点了点头。

"我想是的。您策划了整个行动——由奥古斯特斯协助您完成。您带着您雇主的狗出门散步，把狗带到这儿来，然后带上奥古斯特斯前往肯辛顿公园。公园看门人看见您不过是像往常一样带着一条狮子狗散步。那个保姆，如果真有那么一位保姆的话，也会说您跟她谈话时确实牵着一条狮子狗。然后，您趁聊天的时候割断狗绳。而奥古斯特斯，您早就训练好它了，它会立刻溜走，原路返回到家里来。几分钟之后，您就惊呼狗被偷走了。"

沉默片刻。卡纳比小姐带着一种可悲的尊严挺起身来，说道："没错。就是这样的。我……我没什么可说的。"

沙发上那个孱弱的女人轻声哭了起来。

波洛说道："真没有什么可说的了吗，小姐？"

卡纳比小姐说道："没什么可说的。我做了贼……现在被人发现了。"

波洛轻声说道："难道没有什么要为自己辩解的吗？"

艾米·卡纳比惨白的脸颊上突然显出了红晕。她说道："我……我对自己干的事一点也不后悔。我觉得您是一个心地善良的人，波洛先生，所以您也许能理解。您知道吗，我一直非常非常担忧。"

"担忧？"

"是的，我想，对一位绅士来说这是很难理解的。您知道，我并不聪明，也没受过任何专业培训，可是岁数越大——我越对将来充满恐惧。我攒不下钱——我还有埃米莉要照顾，哪攒得下钱呢？等我更老、更不中用的时候，谁还会雇我呢？他们会要更年轻能干的。我……我认识不少像我这样的姐妹，没人愿意雇用你，你只能蜷缩在一间小屋子里，连生火取暖都办不到。也没多少吃的东西，到最后连房租也付不起……当然，是有些所谓的机构，可那不是想进就能进的，除非你有门路，但是我没有。有不少像我这种情况的人——给人做女伴的穷姐妹，没受过培训的没用女人，我们都对将来充满恐惧，什么指望都没有……"

她声音颤抖地继续说道："因此……我们一部分人……聚在一起……我想出了这个主意。其实是因为有奥古斯特斯，我才想出这个主意的。您知道，对大多数人来说，狮子狗都长得差不多，就跟我们觉得中国人都长得差不多似的。当然，这很荒谬。只要是认识它的人，都不会把奥古斯特斯错当成南基波或者山童或者任何一只别的狮子狗。它比别的狗聪明得多，也漂亮得多。但就像我说的，在大多数人看来，狮子狗就是狮子狗。奥古斯特斯给了我灵感——同时也是因为想到许多有钱的女人都养狮子狗。”

波洛带着一丝不易察觉的微笑说道：“这想必是桩挺赚钱的……买卖！你们……你们这伙人有多少个啊？或许我还是问问你们得手了多少次比较好。”

卡纳比小姐简洁地答道：“‘山童’是第十六次。”

赫尔克里·波洛扬起眉毛。

“那得祝贺你们啦。你们这个组织干得相当出色。”

埃米莉·卡纳比说道：“艾米一向很有组织才能。我们的父亲——他生前是埃塞克斯郡凯林顿教区的牧师——总是说艾米有做策划人的天分。她一直负责组织安排社团聚会、义卖什么的。”

波洛微微鞠躬，说道：“我完全同意。作为罪犯，小姐，您也是一流的。”

艾米·卡纳比惊叫道：“罪犯！哦，天哪！我想我的确触犯了法律。可……可我从来没有觉得我是个罪犯。”

“那您觉得是怎么回事呢？”

“当然，您说得对。这是犯法的。可是要知道——我该怎么解释呢？几乎所有雇用我们的女人都非常傲慢无礼，难以相处。就拿霍金夫人来说吧，对我什么话都说得出口。有一天，她说她熬的补药味道不对，几乎是在诬蔑我做了手脚。诸如此类的事多得很。”卡纳比小姐的脸涨得通红，“真叫人气愤！可我又什么也不能说，甚至连反驳都不行，这就更让人耿耿于怀。您明白我的意思吗？”

“完全理解。”赫尔克里·波洛答道。

“眼看着钱就那么一点一点被挥霍掉——真叫人看不下去。约瑟夫爵士有时还会吹嘘他刚在金融城里捞了一票，可有时在我看来——当然我知道自己完全是女人见识，我不懂金融——那是某种非常不诚实的勾当。嗯，您知道，波洛先生，这都……这都让我心里很不平衡，于是我就想从这些家伙身上弄点小钱出来，反正他们不在乎也从来不会费心思去计较这点钱。嗯，好像这根本没有多大的错似的。”

波洛轻声说道：“一位现代侠盗罗宾汉！告诉我，卡纳比小姐，您有没有被迫实施信中的那些威胁呢？”

“什么威胁？”

“有没有被迫照您信中所说的那样残害那些小家伙啊？”

卡纳比小姐一脸惊恐地望着他。

“当然没有！我压根儿想都不会想！那不过是……不过是一种艺术手段。”

“非常富有艺术性。也相当有效。”

“那当然，我知道肯定有效。我明白自己对奥古斯特斯是怎样的感情，我必须确保那些女人不会在事前告诉她们的丈夫。计划每次都进行得十分顺利。十有八九，装钱的信封会交给女伴们去投寄。我们一般都用蒸汽把信封打开，取出钞票，换上白纸。也有一两次，那些女人亲自去投寄。当然啦，这样一来，那个女伴就得去旅馆一趟，从信件架上把信取走。不过那也容易得很。”

“看孩子的保姆那一套呢？还是说真的每次都有个保姆在场？”

“您知道，波洛先生，大家都觉得老处女们全都傻乎乎地宠爱娃娃。因此，如果她们被小宝宝吸引而忽视了别的事，似乎很自然。”

赫尔克里·波洛叹了口气，说道：“您的心理分析十分出色，组织能力也是一流的，您本人还是一名非常优秀的演员。我跟霍金夫人见面那天，您的表现无懈可击。永远不要小看自己，卡纳比小姐。您可能会被说成那种没受过专业培训的女人，可您的头脑和勇气却十分出众。”

卡纳比小姐淡淡一笑。

“可我还是被逮住了，波洛先生。”

“只是被我逮到了而已。当然这是不可避免的！跟萨缪尔森太太面谈时，我意识到‘山童’绑架案只是一系列案件中的一起。此前我已经听说有人留给您一条狮子狗，您还有位生病的姐姐。我只需要让我那位了不起的仆人在特定范围内寻找到一套小公寓，里面住着一位病弱的女士，她养着一条狮子狗，还有个妹妹在每周休息那天去看她。这很简单。”

艾米·卡纳比挺直了身子，说道：“您心地非常善良，因此我才斗胆向您提个恳求。我知道我肯定要为我做的事接受惩罚。我想我大概会进监狱。不过如果可以的话，波洛先生，您能不能尽量避免公开这件事。这会让埃米莉和我们寥寥无几的几位老朋友非常难堪的。我想，我大概不能用个假名入狱吧？也许我不应该提出这种要求。”

赫尔克里·波洛说道：“我想我还能多帮一点忙。但是首先，我得把这一点讲清楚：这个勾当必须停止。今后不准再有什么丢狗的事件发生。所有这一切就此结束！”

“没问题！当然没问题！”

“您从霍金太太那里弄到的钱也得退还。”

艾米·卡纳比穿过房间，打开一张书桌的抽屉，拿回来一包钞票交给了波洛。

“我本打算今天把它存进我们的基金里。”

波洛接过钞票清点了一下，然后站了起来。

“我想，卡纳比小姐，也许我能说服约瑟夫爵士不提起诉讼。”

“哦，波洛先生！”

艾米·卡纳比双手紧握在胸前。埃米莉高兴得喊了出来。奥古斯特斯也跟着汪汪叫了起来，还不停摇晃着尾巴。

“至于你，我的朋友，”波洛对着小狗说，“我倒希望你能给我一样东西——就是你那巧妙的隐身外衣。所有这些案件中，没有人想到过还有另一条狗参与其中。奥古斯特斯像狮子一样，拥有可以隐形的皮毛！①”

“当然啦，波洛先生，传说狮子狗一度就是狮子。它们至今还拥有狮子的心灵！”

“我猜奥古斯特斯就是哈廷菲尔德夫人留给你的、被误传已经死掉的那条狗吧？难道你从不担心它独自穿过车流回家吗？”

“哦，不用担心，波洛先生。奥古斯特斯非常聪明，能处理交通问题。我精心训练过它。它甚至掌握了单行道的规则！”

“在这一点上，”赫尔克里·波洛说道，“它比大多数人类还强呢！”

8

约瑟夫爵士在书房里接待了赫尔克里·波洛。他问道：“怎么样啊，波洛先生？你夸下的海口兑现了吗？”

“容我先问您一个问题，”波洛一边坐下来一边说道，“我知道罪犯是谁了，我想我也能拿出足够的证据来给那个人定罪。可是那样一来，您大概就拿不回您那笔钱了。”

①狮子的皮毛有助于它在草原上捕猎时隐藏自己，所以说是“隐形的皮毛”。

“拿不回我的钱?!”

约瑟夫爵士整张脸都紫了。

赫尔克里·波洛接着说道:“但我不是警察。在这个案子里,我只为了您的利益行事。我想我能把那笔钱分文不少地追回来,如果您不再追究下去的话。”

“嗯?”约瑟夫爵士说道,“这我倒要好好考虑考虑。”

“完全由您说了算。严格来讲,我觉得您应该起诉控告,为公众利益考虑嘛。大多数人都会这么说的。”

“我敢说他们会那么讲的,”约瑟夫爵士厉声说道,“又不是他们的钱打了水漂。我最恨的事就是被人敲走了钱,还从来没人能敲走我的钱还带着钱跑掉的。”

“那么,您决定怎么办呢?”

约瑟夫爵士用拳头砸了一下桌子。

“我还是要钱!谁也别想从我这儿捞走两百英镑!”

赫尔克里·波洛站起身来,穿过房间走到书桌前,开出一张两百英镑的支票递给了约瑟夫爵士。

约瑟夫爵士有气无力地说道:“哦,该死的!那家伙到底是谁?”

波洛摇了摇头。

“您如果收下了钱,就不能再问了。”

约瑟夫爵士把支票折好,放进衣服口袋里。

“太遗憾了。不过钱还是最实在的东西。我该付你多少钱,波洛先生?”

“我的费用没多少。就像我说过的那样,这个案子实在是微不足道。”他停了一下,又加上了一句,“我侦办的案子几乎都是谋杀案……”

约瑟夫爵士微微一惊。

“那一定挺有意思的吧？”

“有时候是的。很奇妙的是，您让我想起了早年间在比利时办过的一桩案子，很多年以前的事了——男主人公跟您长得很像。他是一个阔绰的肥皂制造商，为了跟女秘书结婚，把他太太毒死了……没错，简直太像了……”

约瑟夫爵士的唇间发出一丝微弱的声响，两片嘴唇都变成了奇怪的青色，脸颊上那健康红润的色泽也褪去了。他的两只眼睛几乎鼓了出来，死死地盯着波洛。身子在椅子里滑下去了一点。

接着他用一只发抖的手在衣服口袋里摸了半天。他掏出那张支票，把它撕成了碎片。

“两清了——明白了？就算是你的酬劳吧。”

“哦，可是约瑟夫爵士，我的酬劳哪有那么多啊。”

“没关系。收下吧。”

“我会把钱捐赠给一个合适的慈善机构。”

“你他妈的爱送哪儿就送哪儿去吧。”

波洛俯身说道：“我想用不着我给您指出来，约瑟夫爵士，处在您这样的地位，您得特别特别小心才行。”

约瑟夫爵士的声音微弱得几乎让人听不到。

“不必担心，我会十分小心的。”

波洛离开了那幢房子。走下台阶时他暗自思量道：看来，我早就猜对了。

9

霍金夫人对她丈夫说道：“怪事，这补药的味道跟以前大不一样了，没有那股苦味了。真想知道到底是怎么回事……”

约瑟夫爵士咆哮道：“药剂师！都是些粗心大意的家伙！配的药每次都不一样！”

霍金夫人满怀疑虑地说道：“可能真是那么回事吧。”

“当然是那样啊！还能有什么别的原因吗？”

“那个人弄清楚‘山童’的事了吗？”

“弄清楚了。他把钱给我追回来了。”

“到底是谁干的啊？”

“他没说。这个赫尔克里·波洛，是个口风很紧的家伙。不过不用再操心了。”

“他倒是个挺滑稽的小个子，是吧？”

约瑟夫爵士微微打了个哆嗦，向斜上方瞥了一眼，仿佛觉得有一个看不见的赫尔克里·波洛就站在他身后似的。他想，今后会永远觉得那个身影站在那里了。

他说道：“那家伙可是个该死的聪明透顶的魔鬼！”

与此同时他暗自思量着：让葛丽塔滚一边儿去吧！我才不会为了任何一个该死的金发女郎冒被绞死的危险呢！

10

“哦！”艾米·卡纳比难以置信地盯着那张两百英镑的支票，喊道，“埃米莉！埃米莉！听听这个。”

亲爱的卡纳比小姐：

请允许我在你们那笔受之无愧的基金结束募集之前附上这笔小小的捐赠。

赫尔克里·波洛敬启

“艾米，”埃米莉·卡纳比激动地说，“你简直太幸运了。想想看要不然你现在会在哪儿。”

“沃姆伍德·斯克鲁伯斯监狱，或者霍洛威监狱？”艾米·卡纳比轻轻说道，“不过一切都结束了，对不对，奥古斯特斯？今后再也不用跟妈妈或者妈妈的朋友带着把小剪刀去公园散步啦。”

她的双眼流露出追忆往昔的伤感之情。她叹息道：“亲爱的奥古斯特斯！想想挺可惜的。它那么聪明……什么事情一教就会……”

第二章　勒拿的九头蛇[①]

①欧律斯透斯安排的第二项任务是去杀死栖息在勒拿湖边的九头蛇。一走入勒拿湖附近的湿地，赫拉克勒斯便用布捂住口鼻，防止吸入有毒的湿气。他先将点燃的箭射进九头蛇栖息的山洞，逼它出来，接着用镰刀、剑和他最有名的长棍与其正面交锋，但都未成功。因为砍掉九头蛇的一个头，断口处就会再长出两个头。一筹莫展的赫拉克勒斯向侄子伊奥劳斯求助，伊奥劳斯想到一个主意，就是赫拉克勒斯每砍掉一个蛇头，他就马上用火把将断口处烧焦。就在二人借此办法即将获胜时，女神赫拉放出一只巨型螃蟹前去捣乱，但被赫拉克勒斯强有力的脚踩碎。最终，赫拉克勒斯用雅典娜赠予的金匕首砍掉了九头蛇那颗永生的头颅，并将身上的箭镞都蘸上九头蛇的毒血。另有一种说法是，先砍掉一个头，然后用沾了毒血的剑砍其他的头，这样就不会长出新的头了。赫拉后将九头蛇放置到天上，成为长蛇座，那只捣乱的螃蟹成为巨蟹座。

1

赫尔克里·波洛用鼓励的目光望着坐在对面的那个男人。

查尔斯·奥德菲尔德医生四十岁上下，一头浅黄色的头发，两鬓已经有点灰白了，一双蓝色的眼睛流露出忧虑的神情。他的背有点驼，举止略显犹疑。此外，他似乎很难表达清楚自己的意思。

他有点结结巴巴地说道："我来找您，波洛先生，原本是想提出一个相当奇怪的要求的。但我到这儿以后，却又不太敢说了。因为，现在我觉得，这种事是谁拿它都没有办法的。"

赫尔克里·波洛轻轻说道："这一点嘛，该由我来判断。"

奥德菲尔德嘟囔道："我真不知道为什么起初我会认为也许——"

他停住了。

赫尔克里·波洛替他把话说完了。

"也许我能帮助您是吧？好啦，也许我真能帮得了您呢。就跟我说说您遇到了什么麻烦吧。"

奥德菲尔德挺直了身子。波洛再次注意到眼前的这个男人看上去是那么憔悴。

奥德菲尔德带着一丝绝望的语气说道："您知道，报警一点用处都没有……他们什么也做不了。可是，情况一天比一天严重，我——我不知道该怎么办才好……"

"什么越来越严重？"

“那些谣言……哦，事情其实很简单，波洛先生。一年多一点之前，我太太去世了，此前她已经卧病很多年了。他们都在说，每个人都在说，是我害死她的——是我把她给毒死的！”

“啊哈，”波洛问道，“那是您把她给毒死的吗？”

“波洛先生！”奥德菲尔德医生跳了起来。

“别激动，”赫尔克里·波洛说道，“请您坐下来。暂且，我们就认为您没有毒死您太太好了。我猜，您是在乡下的某个小地方行医吧？”

“是的，在伯克郡的‘拉夫堡市场’。我早就知道那种小地方的人喜欢说三道四、飞短流长，可是万万没想到居然能闹到现在的地步。”他把椅子往前挪了挪，“波洛先生，您根本想象不到我受了多少罪。刚开始我对外面发生的事一无所知，但我的确感到人们对我不像以前那么友好了，他们都尽量躲着我，我却把这归因为我新近丧偶的缘故。后来，情况变得越来越明显了。甚至于我走在街上，人们为了不跟我谈话，会跑到街对面去。我的事业也一落千丈。无论我走到哪里，都能感觉到人们在窃窃私语和投来不友好的眼神，就像一条条恶毒的舌头在散播致命的毒液。我还收到过一两封信——恶毒的东西！”

他停了一下，接着往下说道：“现在……现在我不知道该怎么办才好。我不知道该怎么对付它——这张谎言和猜疑编织成的恶毒的大网。别人没有当面跟你讲的话，你又怎能驳斥呢？我简直一筹莫展，陷入了绝境，就要这么一点一点被无情地毁掉了！”

波洛沉思着点了点头，说道：“没错。谣言确实就像是勒拿的九头蛇，你没法根除它，因为你刚砍掉它的一个头，马上就会在原处再长出两个来。”

奥德菲尔德医生说道："就是这么回事。我一点办法也没有——没有！我是实在走投无路了才来找您的。不过我觉得您也不会有什么好办法。"

赫尔克里·波洛沉默了一两分钟，然后说道："这我也不太有把握。不过您的事倒让我挺感兴趣的，奥德菲尔德医生。我愿意试试看能否消灭这条九头妖怪。首先，请详细讲讲这些恶毒的谣言的起因。您刚才说，您太太是一年多一点以前去世的，死因是什么呢？"

"胃溃疡。"

"有没有做尸体解剖？"

"没有。她得胃病很长时间了。"

波洛点了点头。

"胃炎跟砒霜中毒的症状非常相似，如今这已是众所周知的事了。近十年间至少有四起轰动一时的谋杀案，每起案件中，受害者都有胃病的诊断证明，因此丝毫没有引起怀疑就下葬了。您的太太比您年长还是年轻？"

"她比我大五岁。"

"你们结婚多少年了？"

"十五年了。"

"她有没有留下什么财产？"

"有。她是个相当富有的女人，留下了大约三万英镑吧。"

"相当可观的一笔财富啊。是留给您了吗？"

"是的。"

"您跟您太太和睦吗？"

"当然和睦。"

"从没吵过架？没大吵大闹过？"

“嗯……”查尔斯·奥德菲尔德犹豫着说道，“我太太可以说是那种不太好相处的人。她有病在身，又非常在意自己的健康，因此经常会比较烦躁，很难取悦。我做的事经常没有一件是对的。”

波洛点了点头。

“嗯，是的，我了解那种类型的女人。她们经常抱怨说别人没好好照顾她、不能体谅她；说她们的丈夫早就厌烦她了，巴不得她早点死掉才好。”

奥德菲尔德脸上的神情表明波洛的推测完全正确。他苦笑着说道：“您说得一点儿也不错！”

波洛接着问道：“有没有请护士照顾她？或者是女伴、专门的女佣什么的？”

“有一位护士兼女伴。她是个非常通情达理而且精明强干的人，我不认为她会随便乱说什么。”

“即便是通情达理又精明强干的人，仁慈的上帝同样赐给了他们舌头——他们用起来就不一定总是那么明智了。我敢肯定那位护士兼女伴一定说过些什么，用人们也说过些什么，所有人都说过些什么！您那儿有炮制一则喜闻乐见的乡间丑闻所需的全部素材。现在我再问您一件事：那位女士是谁？”

“我不明白您是什么意思。”奥德菲尔德医生气得满面通红。

波洛轻声说道：“您明白我的意思。我问的是那位跟您的名字一起被提及的女士是谁？”

奥德菲尔德医生站了起来，脸板得冷冰冰的。

“根本没有什么‘涉案女士’。对不起，波洛先生，耽误了您不少时间。”

他朝门口走去。

赫尔克里·波洛说道："我也很遗憾。我对您的案子挺感兴趣的，本打算帮您一把。可是除非您把实情全都告诉我，否则我也无能为力。"

"实情我都跟您说了。"

"没有……"

奥德菲尔德医生停住脚步，转过身来。

"您为什么认定这里面牵扯一个女人呢？"

"亲爱的大夫！难道您认为我不了解女性的心理吗？乡村里的八卦传言，从来都是以两性关系为基础的。如果有个男人毒死他老婆是为了要去北极旅行或者享受宁静的单身生活，那是绝对不会引起乡亲们的兴趣的！因为他们坚信男人谋杀老婆的动机就是打算娶另一个女人，闲话由此而起并且四处扩散。这是最基本的心理学。"

奥德菲尔德暴躁地说道："那帮该死的爱嚼舌头、好管闲事的家伙怎么想不该由我来负责。"

"当然了。"波洛接着说道，"所以您最好还是回来坐下，回答我刚才问的那个问题。"

奥德菲尔德慢慢地、几乎是不太情愿地走了回来，重新坐下。

他满脸通红地说道："我想，他们可能在说孟克利夫小姐的闲话。简·孟克利夫是我的药剂师，一个很好的姑娘。"

"她在您这儿工作多久了？"

"三年了。"

"您太太喜欢她吗？"

"嗯……不，不算喜欢。"

"您太太嫉妒她？"

"这也太荒唐了！"

波洛微微一笑。

“妻子们的嫉妒心是众所周知的。可我想跟您说的是，根据我的经验，尽管嫉妒有时候显得牵强而过分，可它几乎总是有一定事实依据的。不是有句话说‘顾客永远是正确的’吗？嫉妒的丈夫或者妻子也是这样的。尽管很少有什么确凿的证据，但从根本上讲，他们的怀疑总是正确的。”

奥德菲尔德医生坚定地说道：“胡说。我从来没有背着我太太跟简·孟克利夫说过话。”

“也许是吧，但这也动摇不了我刚刚说的那些话的正确性。”赫尔克里·波洛身体前倾，语调紧迫而令人信服，“奥德菲尔德医生，我会尽最大努力来办理您这个案子，但是我必须要求您对我完全开诚布公，不要顾及面子或是个人感情。您太太还在世的时候您早就不喜欢她了，是这样的吧？”

奥德菲尔德沉默了片刻，然后说道：“这件事一直折磨着我。我不愿放弃。不知道为什么，我觉得您能为我做点什么。我都跟您实话实说好了，波洛先生。我并不怎么爱我的妻子，我认为自己对她尽到了一个好丈夫的责任，但我从来也没真正爱过她。”

“对简那个姑娘呢？”

医生的额头上冒出了细密的汗珠。

“要不是因为这桩丑闻和那些流言蜚语，我……我早就向她求婚了。”

波洛往椅子上一靠，说道：“现在我们终于接触到真正的事实了！好吧，奥德菲尔德医生，我接办您的案子。但是您要记住一点——我要找出的是事实真相。”

奥德菲尔德恨恨地说道：“我才不怕事实真相呢！”

他犹豫了一下，又说道：“您知道吗，我曾经考虑过控告他们诽谤！我要是能证实某人的诽谤罪名的话，不就证明我是清白无辜的了吗？至少，有时我是这么想的……可有时我又想，这样反倒会把事情弄得更糟——把这件事搞得更加沸沸扬扬，让人家说：这事是没什么真凭实据，可是无风不起浪啊！”

他望着波洛。

“老实告诉我，有办法可以摆脱这场噩梦吗？”

“总会有办法的。”赫尔克里·波洛答道。

2

“我们要到乡下去一趟，乔治。”赫尔克里·波洛对他的男仆说道。

“是吗，先生？”沉着的乔治回道。

“我们此行的目的是去消灭一个九头怪物。”

“真的吗，先生？像尼斯湖水怪[①] 那样的怪物吗？”

“不像那个那么具体。我说的不是一个有血有肉的动物，乔治。”

“那我理解错了，先生。”

“如果真是一只活生生的动物反倒好办啦。没有什么比谣言的源头更难以捉摸、难以确定的了。”

“哦，的确如此，先生。有时候想搞清楚事情是怎么开始的，是很困难。”

“一点没错。”

赫尔克里·波洛没有住在奥德菲尔德医生家里，而是选择

①传说中在苏格兰北部的尼斯湖里出没的不明生物，但其是否存在至今仍有争议。

下榻在当地的一家小客栈。他到达的当天早晨，就先约见了简·孟克利夫小姐。

简·孟克利夫小姐个子高高的，有一头红棕色的头发和一双目光坚定的蓝眼睛。她带着一种警惕的神情，好像总在提防着什么似的。

她说道："这么说，奥德菲尔德医生还是找您去了……我早就知道他有这个想法。"

她的语气里毫无热情。

波洛说道："您不赞成，是吗？"

两人对视一眼。她冷冷地说道："您有什么办法呢？"

波洛平静地说道："或许有办法能控制这种局面。"

"什么办法呢？"她嘲弄道，"难道要到处去转一圈，对所有窃窃私语的老太太们说：'真的，请你们别再这样讲啦，这对可怜的奥德菲尔德医生多不好啊。'她们就会回答您：'当然了，我压根儿就没信过那些谣传。'这种事最糟糕的就是这一点——她们不会说：'亲爱的，难道你从来没有想过奥德菲尔德太太的死因也许不是表面上那样吗？'不，她们会说：'亲爱的，我当然不相信关于奥德菲尔德医生和他太太的那些传言。我确信他不会干那种事，但是他确实对她有点冷淡，而且我的确认为雇用一个那么年轻的姑娘做药剂师不太明智——当然我绝对不是说他们俩之间有什么不光彩的事。哦，不，我相信肯定没事……'"她停了下来，满脸通红、呼吸急促。

赫尔克里·波洛说道："您好像对那些流言知道得很清楚。"

她紧紧地抿起了嘴，接着又辛酸地说道："我是很清楚。"

"那么您觉得该怎么办呢？"

简·孟克利夫说道："对他来说，最好的办法就是卖掉诊所，换个地方重新开始。”

“您不觉得谣言会跟着他一块儿过去吗？”

她耸了耸肩膀。

“他得冒这个险。”

波洛沉默了片刻，接着问道：“您打算嫁给奥德菲尔德医生吗，孟克利夫小姐？”

她对这个问题没有表示出惊讶，只是简单地答道：“他还没向我求过婚。”

“为什么没有呢？”

她那对蓝眼睛望着他，目光闪烁了片刻，答道：“因为我早已让他死了这个心。”

“啊，遇到了一个坦率直言的人，真算我有好运气！”

“只要您愿意，让我怎么坦率都行。我注意到人们在议论说查尔斯除掉他的太太是为了要跟我结婚，我觉得如果我们俩真的结了婚，就正中他们下怀了。我原本希望如果我们俩看起来根本没有结婚的打算，那些愚蠢的谣言便会逐渐消散。”

“可是并没有，是吧？”

“是的，没有。”

“说真的，”赫尔克里·波洛说道，“这事有点怪，不是吗？”

简尖刻地说道：“那帮人在这里没什么可解闷儿的事嘛。”

波洛问道：“那您想嫁给奥德菲尔德医生吗？”

姑娘非常冷静地答道：“是的，我想嫁给他。差不多可以说我第一次见到他的时候就想嫁给他了。”

“那他太太的去世给您提供了很好的机会了？”

简·孟克利夫说道：“奥德菲尔德太太是个非常令人讨厌的女人。坦率地讲，她死了我倒挺高兴。”

“没错，”波洛说道，“您真是非常坦率！”

她又嘲弄地微微一笑。

波洛说道：“我有个建议。”

“请讲？”

“我们采取激进的措施。我建议找人——也许您本人就行——给内政部去封信！”

“您到底打算干什么？”

“我的意思是，能够一了百了地解决这些谣言的最好手段就是开棺验尸。”

她后退了一步，张开了嘴，接着又闭上了。波洛紧紧地注视着她。

“怎么样，小姐？”他问道。

简·孟克利夫轻轻地说道：“我不赞成。”

“为什么不呢？一张自然死亡的证明书当然就能堵住所有人的嘴了。”

“如果真能拿到那样一张证明的话，当然会。”

“您明白您说这句话的意思吗，小姐？”

简·孟克利夫不耐烦地说道：“我明白我在说什么。您是在想砒霜中毒的可能——您也许可以证明她不是被砒霜毒死的，可是还有其他种类的毒药呢，譬如说生物碱什么的。她死后一年了，即使当初使用过那些毒药，现在也未必能查出什么痕迹。而且我也知道那些官方检验人员的办事风格。他们可能会给你开一张不承担任何责任的证明书，说没有找到可以证明死因的东西——这么一来那帮人的舌头嚼得反而更欢快了。”

赫尔克里·波洛沉默了片刻，问道：“您认为村里最爱嚼舌头的人是谁？”

姑娘想了想，最后说道："我认为那个老太太，里泽兰小姐，是那帮人里最恶毒的一个。"

"啊！那您能不能把我介绍给里泽兰小姐呢——尽可能用一种随意一点的方式？"

"再容易不过了。那帮老妖婆每天上午的这个时候都在四处转悠，买东西什么的。我们只要沿着主街一路走下去就行了。"

正像简说的那样，这事没费一点力气就办成了。在邮局门口，简停下来跟一位长着长鼻子和贼溜溜的双眼的瘦高个儿中年女人打招呼。

"早上好，里泽兰小姐。"

"早上好，简。今天天气多好啊，是吧？"

那双贼溜溜的眼睛好奇地打量着简·孟克利夫身边的同伴。

简说道："让我给您介绍一下，这位是波洛先生，他到这儿来住几天。"

3

赫尔克里·波洛将茶小心地放在膝上，优雅地细细品尝一块松饼，与女主人打成一片，无话不谈。里泽兰小姐很热情客气地邀请他共进下午茶，借此想彻底搞清楚这个奇怪的外国小老头儿到这里来干什么。

刚开始，波洛巧妙地回避着她的探询——这更吊起了她的胃口。然后，当他判断时机已经成熟之后，向前探了探身子。

"嗯，里泽兰小姐，"他说道，"您太聪明了，我瞒不了您！您已经猜到了我的秘密。我是受内政部的委托到这儿来的。不过拜托您，"他压低嗓音说道，"千万别对任何人讲。"

“当然啦，当然啦……”里泽兰小姐连忙说道——激动得不能自已，“内政部——您莫非是指——不会是可怜的奥德菲尔德太太吧？”

波洛慢慢地点了几下头。

“哎——呀！”里泽兰小姐的这声惊叹包含了全部的惊喜之情。

波洛说：“您明白的，情况非常微妙。上面要求我汇报一下有没有开棺验尸的必要。”

里泽兰小姐惊叫道：“你们要把那个可怜的人挖出来？太可怕了！”

她的腔调倒更像是在说“太棒了”而不是“太可怕了”。

“您对此有什么看法，里泽兰小姐？”

“哦，当然了，波洛先生。外面有不少闲话。可我从来不听信闲话。有许多不可靠的流言蜚语一直在流传。毫无疑问，奥德菲尔德医生自打出了那事之后一直表现得十分奇怪，不过就像我一再说过的，我们当然不能认为这就说明他心里有鬼。也许只是伤心的缘故吧。不过，当然了，他和他太太也不算多么恩爱。我很清楚这一点——我有第一手的可靠信息。哈里森护士照顾了奥德菲尔德太太三四年，直到她去世，她基本上也承认这一点。而且您知道吗，我一直觉得哈里森护士也心存疑虑——她倒从没说过什么，可是从态度上能看出点什么的，对吧？”

波洛哀伤地说道：“可是没有依据，什么也做不了啊。”

“是的，这我明白，波洛先生，不过当然了，如果把尸体挖出来检验一下，你们不就清楚了？”

“没错，”波洛说道，“这么一来就都清楚了。”

“当然了，以前有过许多类似的案子，”里泽兰小姐说道，她的鼻翼兴奋地抽动着，“比如说阿姆斯特朗案件，还有另外那个家伙——我不记得他的名字了——当然还有克里平案件。我一直想知道伊泽尔·勒·尼夫究竟有没有跟他一起动手。[①] 当然，简·孟克利夫是个很好的姑娘，我敢肯定……我不想说是她引诱他的——可是男人有时候的确会为了姑娘们犯傻，不是吗？当然，再说了，他们俩经常待在一起！”

波洛没有说话。他带着一种天真的探询表情望着她，盘算着她还会接着大谈一阵。暗地里，他正自得其乐地数着她说了多少次“当然”。

“当然了，开棺验尸那一套之后，一切都会水落石出，不是吗？还有用人什么的。用人总是知道很多事情，不是吗？而且，当然了，想让他们不背地里说闲话也是不可能的，对吧？奥德菲尔德家的比阿特丽斯几乎是葬礼刚结束就被解雇了。我一直认为这事挺奇怪的，尤其是现如今已经很难雇到女佣了。看起来好像奥德菲尔德医生怕她知道些什么。”

“看来有足够的理由进行一次彻底的调查了。”波洛严肃地说道。

里泽兰小姐不禁颤抖了一下。

“一般人都会对这种想法感到畏缩，”她说道，“我们这个安静的小村子……会上报纸——公开曝光！”

“这会吓到您吗？”波洛问道。

“有一点。您知道，我是个思想保守的老派人。”

“当然，但也许像您说的那样，根本没什么事，只是些流言蜚语罢了！”

①这里提到的阿姆斯特朗案件和克里平案件都是英国历史上真实发生过的丈夫毒杀妻子的案件。克里平案件的主凶霍利·哈维·克里平本人是一名医生，伊泽尔·勒·尼夫是他的情妇，后者是否知晓乃至参与克里平杀妻过程已无法查证。

“嗯……可是凭良心讲，我不这么认为。您知道，我确实认为那句俗话说得对——无风不起浪啊。”

“我本人跟您的想法完全一样。”波洛说道。

他站起身来。

“我相信您会慎重行事的吧，小姐？”

“哦，当然！我一个字也不会跟别人讲的。”

波洛微微一笑便告辞了。

在门口，他对那个递给他大衣和帽子的小女佣说道：“我到这儿来是为了调查奥德菲尔德太太的死亡事件的。请您千万别对任何人讲。”

里泽兰小姐的女佣葛莱迪斯差点儿摔倒在伞架上。她激动地喘着气说：“哦，先生，这么说来，那位医生真把太太杀了？”

“您早就这么想了，对吧？”

“哦，先生，不是我。是比阿特丽斯。奥德菲尔德太太去世时，她就在那家里干活。”

“她认为有过……”波洛故意选择那种耸人听闻的字眼，“暴力行为？”

葛莱迪斯激动地点了点头。

“是的，她是这样认为的。她还说在场的哈里森护士也这么认为——那位护士曾经那么喜欢奥德菲尔德太太，太太去世后，她又是那么难过。比阿特丽斯一直说哈里森护士肯定知道什么事，因为她后来立刻跟那位医生闹翻了。要不是其中有鬼，她绝对不会那样做的，对不对？”

“哈里森护士现在在哪儿？”

“她在照顾村里的布瑞斯托小姐。那地方很好找，房前有一排柱子和门廊。”

4

没过多久赫尔克里·波洛就坐在了这个女人面前，她肯定对引发谣言的那些事知道得比其他人多得多。

哈里森护士年近四十，相貌端庄。她有着圣母玛丽亚那样的平静安详的气质，长着一双富有同情心的深色大眼睛。她耐心且专心地听波洛说完话，然后慢慢说道：“是的，我知道外面有不少令人不愉快的传闻。我已经尽力设法阻止了，可是根本没戏。您知道，人们喜欢这种刺激的事。”

波洛说道：“可是这些谣传想必事出有因吧？”

他注意到她的表情更加难过了，但她只是为难地摇了摇头。

“也许，”波洛暗示道，“奥德菲尔德医生和他太太不太和睦，谣言可能是由此而起的？”

哈里森护士坚定地摇了摇头。

“哦，不是的，奥德菲尔德医生对太太一向极为耐心体贴。”

“他真的喜欢她吗？”

她犹豫了一下。

“不……我不太想那么讲。奥德菲尔德太太是个很难相处的女人，她难以取悦，没完没了地要求大家同情她、关注她，这些要求并不总是合理的。”

“您是指，”波洛说道，“她过分夸大了自己的病情吗？”

护士点了点头。

“是的……她所谓身体不好，很大程度上都是自己想象出来的。”

“但是，”波洛严肃地说道，“她还是死了……”

“哦，我明白……我明白……”

他观察了她一会儿。她困惑不安，很明显犹豫不决。

他说道："我想——我敢肯定，你知道这些谣传最初的起因吧。"

哈里森护士脸红了。

她说道："嗯……也许，我可以猜一下。我想是那个女仆比阿特丽斯最先开始散布那些谣言的，我想我知道是什么促使她那么想的。"

"请讲。"

哈里森护士语无伦次地说道："要知道，我无意中听到……奥德菲尔德医生和孟克利夫小姐之间的一小段谈话。我敢肯定比阿特丽斯也听见了，但我想她永远也不会承认的。"

"他们在谈什么？"

哈里森护士停顿了片刻，仿佛在检验记忆的准确性。接着她说道："大约是在奥德菲尔德太太最后一次犯病去世前三个星期。他们俩在餐厅里，我正从楼梯上走下来，听见简·孟克利夫在说：'还要等多久啊？我可等不下去了。'医生回答说：'不会太久了，亲爱的，我发誓。'她又说道：'我忍受不了这种等待了。你确定不会有问题吗？'他说道：'当然了。不会有问题。明年的这个时候咱们俩就可以结婚了。'"

她停了一下。

"波洛先生，这是第一个让我感到医生和孟克利夫小姐之间有某种关系的迹象。当然，在此之前，我只知道他很欣赏她，他们俩是很好的朋友，仅此而已。我转身走上楼梯，这事让我大吃一惊，当时我注意到厨房门是开着的，我后来想，比阿特丽斯想必一直在偷听他们俩说话。要知道，他们的话可以按两种意思来理解，对不对？既可以认为是医生知道他太太病得很厉害，不会拖得太久了——我敢肯定他应该是这个意思。但是对比阿特丽斯这样的人来说就可能是另一种意思了——听起来像是医生和简·孟克利夫……嗯……正在筹划要把奥德菲尔德太太除掉。”

“但是您并不这么想，是吗？”

“不……不，当然不……”

波洛目光锐利地注视着她，说道：“哈里森护士，您是不是还知道些什么别的事？一些您没告诉我的事？”

她满面通红、情绪激昂地说道：“不，没有。当然没有，还能有什么事呢？”

“我也不知道。可是我原本以为还会有点别的什么事。”

她摇了摇头，原来那种烦恼的神情又出现了。

赫尔克里·波洛说道：“内政部可能会下令对奥德菲尔德太太的遗体进行解剖！”

“哦，不！”哈里森护士大吃一惊，“多可怕啊！”

“您认为那样会引发一些令人遗憾的事吗？”

“我认为简直会糟糕透顶！想想之后的议论吧！对可怜的奥德菲尔德医生来说多可怕呀，简直是太可怕了。”

“您不认为那对他来说也许是件好事吗？”

“您这是什么意思？”

波洛说：“如果他是无辜的……这么做就可以证明他的清白了。”

他停了下来，看着这个想法在哈里森护士的头脑里渐渐生根，看到她困惑地皱起眉头，很快面容又舒展开来。

她深吸了一口气，看着他。

“我没想到这一点，”她简洁地答道，“当然了，这是唯一可行的办法了。”

这时，他们头顶上的地板一连敲了好几下。哈里森护士跳了起来。

“是我的那位老太太，布瑞斯托小姐。她睡醒了。我得去把她伺候舒服了，等她的下午茶被送上去，我才能出去散一会儿步。没错，波洛先生，我认为您完全正确，尸体解剖就可以把这件事一劳永逸地解决掉。那将平息所有这一切，而那些针对可怜的奥德菲尔德医生的可怕谣言也将随之消散。”

她跟波洛握了握手，匆匆走出了房间。

5

赫尔克里·波洛径直走到邮局，打了一通电话到伦敦。

对方的声音里透着烦躁。

“我亲爱的波洛，你非得去搅和这种事吗？你觉得这是咱们该管的事吗？要知道，这些小村镇里的谣言通常是查来查去——结果什么屁事儿都没有。”

“这起案子，”赫尔克里·波洛说道，“比较特殊。”

“那好吧……如果你这么说的话。你总是对的，这一点很让人讨厌。不过如果这回是白忙一场的话，我们会很不高兴的，你知道吧？”

赫尔克里·波洛暗自一笑，轻声说道：“我倒是会很高兴。”

“你说什么？我听不清楚。”

“没什么，我什么也没说。”

他挂断了电话。

波洛走进邮局，身子探过柜台，用最讨人喜欢的声调问道：“夫人，您能不能告诉我原来在奥德菲尔德医生家干活儿的女佣——叫比阿特丽斯——现在住在哪儿？”

“比阿特丽斯·金吗？她后来又换了两个地方。现在她在堤岸那边玛累太太家干活呢。”

波洛向她道了谢，买了两张明信片、一本邮票册和一件当地产的陶器。买东西的过程中，他设法提起已故的奥德菲尔德太太之死的话题，并马上发现那位邮局工作人员的脸上隐隐闪过一丝诡异的表情。

“死得很突然，不是吗？您想必也听说过那事引发的不少闲话吧？”

她的双眼闪现出一丝感兴趣的光芒，问道：“您也许就是为了这事去找比阿特丽斯·金的？我们都觉得她突然那样被辞退有点古怪。有人认为她知道点什么事——也许她真的知道点什么。她曾经暗示过一些事情。”

比阿特丽斯·金是个患有腺样体肥大的矮个儿姑娘，看上去有点狡猾。她表面上表现得又呆又笨，但她的眼神比举止精明得多，这就让人有些指望。然而，似乎很难从比阿特丽斯的嘴里套出什么来。她一遍又一遍地说着：“我什么也不知道……那边出了什么事也不是我能乱讲的……我不知道您说我偷听了大夫和孟克利夫小姐的谈话究竟是什么意思。我不是那种爱偷听的人，您没权利这么说。我什么也不知道。”

波洛说道：“那你听说过用砒霜下毒的事吗？”

姑娘那张死板的面孔上倏然闪现出一丝鬼鬼祟祟的兴奋。

她说道：“原来那个药瓶里放的是那个啊？”

“什么药瓶？”

比阿特丽斯说道："孟克利夫小姐给太太配药用的瓶子。可那个护士很不放心——我看得出来。她还尝了尝，闻了闻，然后把里面的东西全倒进了下水道，又打开水龙头重新灌满了清水。反正那药水跟清水一样都没颜色。还有一次孟克利夫小姐给女主人端了一壶茶，护士又端下楼去重新沏了一遍——她说刚才那壶没用开水沏，可是我亲眼看到，明明是用开水沏的！当时我还以为这不过是护士们那种大惊小怪的作风——但是我闹不明白，没准儿还有别的鬼名堂吧。"

波洛点了点头，问道："比阿特丽斯，你喜不喜欢孟克利夫小姐？"

"我根本不在意她……她对人有点爱搭不理的。当然，我一向知道她对大夫挺有意思的。看她望着大夫的眼神就全都明白了。"

波洛又点了点头，然后就返回了下榻的旅馆。

他在那里对乔治做了些明确的指示。

6

内政部分析师阿伦·加西亚医生搓着双手，朝赫尔克里·波洛眨了眨眼，说道："好吧，我猜这个结果合您的心意了吧，波洛先生？一向正确的先生？"

波洛说道："太感谢您了。"

"是什么促使您调查此事的？流言蜚语吗？"

"正如您所说的——人言可畏啊。"

第二天，波洛又乘火车前往"拉夫堡市场"。

"拉夫堡市场"里就像蜂窝一样嗡嗡不休。掘墓开棺开始以后，嗡嗡声略有减轻。

之后尸体解剖的结果泄露了出来，人们的激动情绪达到了顶点。

波洛在旅店里待了大约一个小时，吃完一顿牛排配腰子布丁的丰盛午餐，佐以啤酒。这时有人传话说有位女士要见他。

是哈里森护士。她脸色苍白，样子憔悴。

她径直来到波洛面前。

“是真的吗？确实是那样吗，波洛先生？”

他温柔地请她在一把椅子上坐下来。

“是的。发现了远远超过致死量的砒霜。”

哈里森护士哭着说道：“我从没想过……我一点也没想到……”说着就哭了起来。

波洛轻声说道：“要知道，真相早晚会暴露的。”

她已泣不成声。

“他会被绞死吗？”

波洛说：“还有很多情况需要进一步查证，时机、毒药来源、下毒的途径，等等。”

“可是，波洛先生，假如他跟这事完全无关呢？一点关系也没有呢？”

“如果是那样的话，”波洛耸了耸肩，“那会宣判他无罪。”

哈里森护士慢慢地说道：“有件事……有件事我想我本该早点告诉您的……可我原以为那真的无关紧要，只是有点古怪罢了。”

“我早就知道肯定还有别的事。”波洛说道，“你最好现在就告诉我。”

“也没什么大事。就是有一天我下楼到药房里找点东西，简·孟克利夫正在那里做一件相当……古怪的事。”

“什么事？”

“说来也无聊得很。她只是在往自己的粉盒里装东西——一只粉红色的珐琅粉盒……”

“继续。”

“可她并不是在往里面装粉——我指的是扑脸用的香粉。她在一点点把毒药柜里的一个瓶子里的什么东西往粉盒里倒。她看到我以后大吃一惊，立刻合上粉盒，把它塞进了手提包。又匆匆把那个瓶子放进柜子里，好不让我看见那是什么药。我敢说这说明不了什么……可现在我知道了奥德菲尔德太太真是中毒而死的……”她哭了起来。

波洛说道：“原谅我失陪一下。”

他走出去给伯克郡警察局的格雷警佐打了个电话。

赫尔克里·波洛走了回来，跟哈里森护士一道默默坐着。

波洛仿佛看到一个红发姑娘的脸，听到她清晰而坚定的声音——“我不赞成。”简·孟克利夫不想做尸体解剖，她还说出了一个很有道理的理由，但是事实是无法改变的。一个能干的姑娘……高效……果敢，爱上了一个被他那总在不停抱怨的重病老婆缠住了的男人。那个女人可能会轻轻松松地活上很多年，因为在哈里森护士看来，她压根儿没得什么严重的病。

赫尔克里·波洛叹了口气。

哈里森护士问道：“您在想什么呢？”

波洛答道：“人生的遗憾……”

哈里森护士说道：“我坚信他毫不知情。”

波洛说道：“不错，我也敢肯定他并不知情。”

门开了，格雷警佐走了进来，他手里拿着一件东西，用一条丝帕包着。格雷警佐解开手帕，小心翼翼地把东西放下。那是个鲜艳的、粉红色的珐琅粉盒。

哈里森护士说道："我看到的就是这个。"

格雷警佐说道："是在孟克利夫小姐书桌抽屉的最里面找到的，包在一条手帕里。虽然我看得出来上面没有指纹，不过还是小心行事为好。"

他用手帕包住手，按了一下弹簧，粉盒就弹开了。格雷说道："这东西可不是扑脸用的香粉。"

他用一根手指头蘸了一点儿，小心翼翼地用舌尖尝了尝。

"没什么特别的味道。"

波洛说道："白色砒霜是没有什么味道的。"

格雷说道："我这就把它送去化验。"他望着哈里森护士问道，"你能发誓就是眼前的这只粉盒吗？"

"是的，我敢肯定。这就是奥德菲尔德太太去世前一周我在药房看见孟克利夫小姐拿着的那只粉盒。"

格雷警佐叹了口气。他望着波洛，点了点头。波洛按下了铃。

"请叫我的男仆进来。"

乔治，那位完美无缺、谨慎低调的仆人走了进来，带着探寻的目光望着他的主人。

赫尔克里·波洛说道："哈里森小姐，您刚才指认说这只粉盒就是您在一年多以前见到的孟克利夫小姐拿着的那只。那么，如果您知道眼前这只粉盒其实是伍尔沃兹商店几周前才卖出去的，而且这种图案和颜色的产品是三个月前才开始生产的，您会不会感到吃惊呢？"

哈里森护士呆若木鸡，她那双深色的眼睛睁得圆圆的，瞪着波洛。

波洛问道："你以前见过这只粉盒吗，乔治？"

乔治走过来。

"见过，先生。我亲眼看到这位女士，哈里森护士，于本月十八日，星期五，在伍尔沃兹商店买下了它。按照您的吩咐，不管这位女士到哪儿，我都在后面跟着她。在我刚才提到的那一天，她乘公共汽车到达宁顿，买下了这个粉盒，回了家。当天晚些时候，她去到孟克利夫小姐住的地方。按照您的吩咐，我事先就藏在那里了。我看到她走进孟克利夫小姐的卧室，把那只粉盒藏进了书桌抽屉的最里面。我从门缝里看得很清楚。然后她就离开了那栋房子，以为谁也没看见她。我需要说明的是，这个村子里没人锁门，而且当时天已经黑了。"

波洛用严厉的、恶狠狠的语气质问哈里森护士。

"你能解释一下这些事吗，哈里森护士？我想你不能。这只粉盒从伍尔沃兹商店售出的时候里面没有砒霜，但从孟克利夫小姐家里拿出来时却有了。"他又柔声加上一句，"手上总留着些砒霜是很不好的。"

哈里森护士用双手捂住脸，用低沉而绝望的声音说道："没错……就是这样的……是我杀了她。我什么也不为——什么也不为……我就是疯了！"

7

简·孟克利夫小姐说道："我必须请您原谅，波洛先生。我生过您的气——气极了。在我看来您把事情搞得更糟了。"

波洛微笑着说："一开始我必须那样。就像传说里勒拿的九头蛇海德拉，你每砍掉它的一个头，马上就会在原处长出两个来。因此，从谣言入手调查，谣言一定会再一次滋生、蔓延。但是你要清楚，我的任务——就像与我同名的赫拉克勒斯做的那样——是找到最初的那个，那个源头。是谁开始散布那些谣言的？没过多久，我就发现谣言最初的发起者是哈里森护士。我去见她。她看上去是一个很好的女人——聪明而富有同情心。可她几乎马上就犯了一个糟糕的错误——她向我复述了一段她偷听到的你跟医生的对话，可你要知道，那段对话完全不对头。从心理学上讲这是几乎不可能发生的。假使你和医生合谋杀害奥德菲尔德太太，你们俩都足够聪明，头脑也足够冷静，那么肯定不会敞着房门说那样的话，那样很容易被上下楼梯的人和厨房里的人听到。再者，那些据她说是你说过的话，和你的性格特点根本不符。更像是年纪更大一些、另外一种类型的女人说的话。那些话更像是哈里森护士想象的她本人在那种情况下会说出来的话。

“到了那一刻，我就认定这起案子十分简单。我意识到哈里森护士是个年纪不太大、相貌也还端庄的女人，她跟奥德菲尔德医生朝夕相处了近三年光景，医生一直很喜欢她，对她的圆融得体和善解人意十分感激。她产生了这样一个印象：如果奥德菲尔德太太死了，医生或许会娶她。没想到的是，奥德菲尔德太太死后，她发现奥德菲尔德医生爱的是你。这样一来，在愤怒和嫉妒的驱使下，她开始散布奥德菲尔德医生毒死了妻子的谣言。

“这是我对案情最初的估计。这是一起嫉妒的女人造谣中伤的案件。但是那句老话‘无风不起浪’却让我不断地深思。我怀疑哈里森护士所做的不仅仅是散布谣言。她说的一些事很奇怪。她告诉我说奥德菲尔德太太的病情大都是自己想象出来的，实际上并没有那么痛苦。可是医生本人却对他太太的病痛毫不怀疑。他太太最终去世，他也没有感到惊讶。在太太去世前不久，他还请来另外一位医生，那位医生也认为她病情危重。我试探性地提出开棺验尸——哈里森护士一开始被这个想法吓得半死。接着几乎是立刻，嫉妒和怨恨一下子控制了她。让他们发现砒霜好了，反正又不会怀疑到她身上。这事只会让医生和简·孟克利夫遭殃。

“要抓住她只有一个办法，那就是让哈里森护士自己弄巧成拙。如果简·孟克利夫有任何可能逃脱嫌疑，我猜想哈里森护士会不遗余力地让她陷进去。我给了我那位可靠的乔治一些指示——她从没见过他，而且他是个最不起眼的人。乔治紧紧地盯住了她。就这样，一切圆满结束了。”

简·孟克利夫说道：“您真是太了不起了。”

奥德菲尔德医生也附和道：“是啊，真的。我真不知道该怎样感谢您才好。我简直是个有眼无珠的傻瓜！”

波洛好奇地问道：“您也什么都没发觉吗，小姐？”

简·孟克利夫缓缓地说道：“我一直都担心得要命。要知道，毒品柜里的砒霜对不上数……”

奥德菲尔德惊呼道：“简！你不会以为是我……”

“不，不！我没有怀疑过你。我当时怀疑的是奥德菲尔德太太不知怎么弄走了一些，然后偷偷服用好让自己病得更重些，获得更多的同情，可她无意间服过量了。我担心一旦进行尸体解剖，查出了砒霜，他们绝对不会考虑这种可能，会立刻得出结论是你干的。这就是为什么我从来没提起砒霜遗失的事。我甚至还篡改了毒品登记簿！不过我从来没有怀疑过哈里森护士。”

奥德菲尔德说道：“我也一样。她看上去那么温柔贤淑，就像圣母玛丽亚一样。”

波洛感伤地说道：“是啊，她原本可能成为一位贤妻良母的……只是她的感情太过强烈，她无法控制。”他叹了口气，一再小声嘟囔着“真遗憾”。

接着他冲那个神情幸福的中年男子和坐在他对面的满怀热情的姑娘微微一笑，心里想道：这两个人总算摆脱阴影，回到了灿烂的阳光下……而我——我也完成了赫拉克勒斯的第二桩丰功伟绩。

第三章　阿卡迪亚的牝鹿[1]

①前两项任务都没能难住赫拉克勒斯，欧律斯透斯和赫拉决定换个方式，不再让他去杀猛兽，而是安排他去捉刻律涅牝鹿，这就是赫拉克勒斯的第三项任务。刻律涅牝鹿生活在古希腊的凯里尼亚，是狩猎女神阿尔忒弥斯的圣物，它金角铜蹄，跑起来比飞出去的箭矢还快，赫拉克勒斯只能看到一道金光一闪而过。他追着它跑过希腊、伊斯特拉半岛、色雷斯，以及北方乐土的土地，历时一年。有说法是赫拉克勒斯趁其睡着时设陷阱，用网捕到了它。有说法是赫拉克勒斯去神庙找到阿尔忒弥斯，后者愿意去找欧律斯透斯，就说已经完成了这项任务。另有说法是赫拉克勒斯将一支箭放到鹿的两条前腿之间，使其无法挪步，从而捕捉。

赫拉克勒斯捉到鹿之后遇见了阿尔忒弥斯和她的哥哥阿波罗，他向二神忏悔，表明这是他的修行的一部分，拿去给欧律斯透斯看过之后就会还回来，阿尔忒弥斯原谅了他。

欧律斯透斯安排这个任务就是为了让赫拉克勒斯激怒阿尔忒弥斯，赫拉克勒斯送来神鹿后他又表示要拿去展览。赫拉克勒斯提出条件，让欧律斯透斯自己出城来取。欧律斯透斯走出城门，赫拉克勒斯就放了神鹿，奔跑如飞的神鹿马上回到了自己的家乡。

阿加莎基于传说修改了这一章的章名，阿卡迪亚在古希腊历史中位于伯罗奔尼撒中部，在希腊神话中是农牧神潘的故乡。现代艺术中多将阿卡迪亚描绘成一个与世无争、民风淳朴的地方，慢慢地，阿卡迪亚这个词也发展出了“世外桃源”“田园牧歌式的”等含义。

1

赫尔克里·波洛使劲儿跺着双脚想暖和一下。他冲着手掌哈气，雪花在他唇髭的末梢融化成水，滴了下来。

有人敲了敲门，随即进来一名客房女仆。她是个呼吸平缓、体格健壮的乡下姑娘，充满好奇地盯着赫尔克里·波洛。可能她这辈子还从没见过一位像他这样的客人呢。

她问道："是您打了铃吗？"

"是的，请给我生上火，好吗？"

她走了出去，很快就拿来了报纸和木柴，跪在那个维多利亚式的壁炉前生起火来。

赫尔克里·波洛还在跺着脚，甩动胳膊，朝冻僵的手指哈气。

他有点恼火，因为他的车——一辆昂贵的"麦萨罗·格拉兹"牌汽车——行驶起来没有他期望得那么完美。他的私人司机、一位享受着可观薪水的小伙子，也没能把问题解决。那辆车在一条岔路上抛锚了，离得最近的房子也有一英里半远，这时天又下起了雪。赫尔克里·波洛被迫穿着他平时穿的那双锃亮的漆皮鞋走了一英里半的路，来到位于河边的哈特利·迪思村——这个村子在夏天时是一派活泼的景象，冬天却死气沉沉。黑天鹅旅店的老板看到有顾客光顾也颇感诧异，他费尽口舌劝说来客去当地的汽车修理站租一辆车继续赶路。

赫尔克里·波洛断然拒绝了这个建议。这不符合他那拉丁人的节俭习性。租一辆车？他已经有一辆车了——一辆大轿车，昂贵得很。要赶路回城，他非得乘那辆车不可，绝不乘别的车。另外，就算汽车很快就能修好，他也不想在这大雪天里急着赶路，而想等到明天早晨再走。他想要一间客房，一团温暖的炉火，还要一顿晚餐。店老板叹着气把他领进一间客房，派女仆去生起炉火，然后便退下去跟他妻子商量筹备晚餐的事。

一小时以后，赫尔克里·波洛把脚伸向那团温暖舒适的炉火，对刚刚吃完的晚餐表现出宽宏大量的胸怀。说实在的，牛排太硬了，还净是脆骨；甘蓝不新鲜还煮老了，水渍渍的；马铃薯的芯硬得像石头；随后上的煮苹果和蛋奶糕也乏善可陈。奶酪硬邦邦的，饼干倒软绵绵的。不管怎么样，赫尔克里·波洛安详地望着跳动的火焰，品尝着那杯可勉强称为咖啡的泥汤，心里想着：吃饱喝足了总比饿着肚子强，而且经历了穿着漆皮鞋在雪地里的艰难跋涉后，此刻坐在壁炉前烤火，简直就是进了天堂！

有人敲门，接着那名客房女仆进来了。

“对不起，先生，汽车修理站的那个人想见见您。”

赫尔克里·波洛和蔼地说道：“那就让他上来吧。”

姑娘咯咯笑着退了出去。波洛宽容地想，这个姑娘对他的描述想必能为她和她的朋友在接下来的冬日里增添不少的乐趣。

又有人敲门，是与之前不同的敲门声。波洛喊道：“进来。”

他欣赏地望着刚刚进来的小伙子，后者站在那儿，看起来很不自在，手里拧着自己的便帽。

波洛心想，这可真是他所见过的最英俊的人类范本之一了，一位外表宛如希腊神祇的单纯小伙子。

小伙子用低沉沙哑的声音说道：“先生，您那辆车已经被拖到修理站了。我们已经找到了毛病，用一个小时左右就能修好。”

波洛问道：“出了什么毛病啊？”

小伙子热情地讲起一堆技术细节。波洛轻轻点着头，可是并没在听。他醉心于欣赏那完美的体形。想想如今到处都是些假装正经的獐头鼠目之辈，他暗自赞叹道：没错，就像是一位希腊神祇——一个阿卡迪亚的年轻牧羊人。

小伙子蓦地停了下来。赫尔克里·波洛挤了挤眉毛。刚才他被对方的俊美所折服，此刻他重拾平日的理性，抬起头，好奇地眯起了眼睛。

“我明白。对，我明白。”他顿了顿，又说道，“您刚才讲的情况，我那位司机已经跟我说过了。”

小伙子脸红了，手指紧张不安地抓着便帽，结结巴巴地说：“是的……呃……是的，先生，我知道。”

赫尔克里·波洛继续温和地说道：“可您还是想亲自来跟我说一说，对吗？”

“呃……是的，先生，我想我还是亲自来一趟比较好。”

波洛说道：“那您可真是太认真负责了。谢谢您。”

最后那句话里送客的意思虽然委婉但很清楚，不过他觉得对方并不打算走。他猜对了。小伙子站在那儿没动。

他的手指痉挛，揉搓着那顶花呢便帽，用更低沉而害羞的声音说道：“呃……容我问一句，先生。是这样的吧，您是那位有名的侦探——您是赫尔克里·帕瑞特先生对吧？[①]”他小心翼翼地说出了这个名字。

波洛说道：“没错。”

小伙子脸上泛起绯红，说道：“我在报纸上看到过一篇介绍您的文章。”

---

①这里小伙子拼错了波洛的姓。

“是吗？”

现在小伙子已是满脸通红，眼中流露出痛苦的神情——痛苦和恳求。

赫尔克里·波洛帮了他一下，他柔声问道：“怎么了？您有什么事要问我吗？”

话匣子一下子打开了。

“我想您会认为我太冒失了，先生。但是您碰巧来到这里……嗯，对我来说是绝对不能错过的好机会。我看过不少关于您和您那些高明的事迹的报道。无论如何，我想，不如就问问您吧。问一问也没什么坏处，是吧？”

赫尔克里·波洛摇了摇头，说道：“您有事要我帮忙？”

他点了点头，用沙哑而害羞的声音说道：“是……是有关一位年轻姑娘的事。您……您能不能帮我找到她？”

“找到她？这么说……她不见了？”

“是的，先生。”

赫尔克里·波洛坐直了身子，尖锐地说道：“的确，我也许可以帮到你。可是你该找的人是警察啊。这是他们的职责，而且他们比我更有办法。”

小伙子活动了一下双脚，不好意思地说道：“我不能那么做，先生。不是那种事情。这么说吧，这件事比较离奇。”

赫尔克里·波洛注视他片刻，然后指着一把椅子说：“好吧，那就坐下来谈谈吧——您叫什么名字？”

“威廉姆森，先生，泰德·威廉姆森。”

“坐下吧，泰德。告诉我到底是怎么回事。”

“谢谢您，先生。”小伙子往前拉了拉椅子，小心翼翼地坐在椅子边上，两眼依旧像小狗那样流露出乞求的神情。

赫尔克里·波洛柔声道："说吧。"

泰德·威廉姆森深吸了一口气。

"嗯，您看，先生，是这么一回事。我只见过她一次。我不知道她的真名实姓，也不了解她的任何情况。我寄给她的信也给退回来了，所有这一切都太离奇了。"

"从头说起，"赫尔克里·波洛说道，"别着急。把发生的事一五一十都告诉我。"

"好的，先生。您知道草坪别墅吗，先生，就是过桥以后，河边上的那幢大房子？"

"我对此一无所知。"

"那是乔治·桑德菲尔德爵士的产业。每年夏天他都在那儿过周末、办聚会——办了不少的聚会，都成规律了。每次都有许多女演员之类的人参加。嗯，去年六月，他家里那台收音机出了毛病，叫我去修理。"

波洛点了点头。

"我就去了。爵士带着客人们到河边游玩去了，厨师出门了，男仆也跟着去伺候午餐、准备饮料什么的。房子里只有那个姑娘——她是一位女客人的女仆。她开门让我进去，带我到放收音机的地方。我修理的时候她就一直待在旁边。我们就聊了起来……她叫妮塔，她是这么跟我说的，是一个到那里做客的俄罗斯舞蹈演员的女仆。"

"她是哪国人，英国人吗？"

"不是，先生。我觉得她像是法国人，口音有点怪，不过英语讲得还不赖。她……她挺友好的，过了一会儿，我问她那天晚上能不能出来一起去看电影，可她说她的女主人可能要她伺候。不过接着她又说下午稍早的时候倒是可以出来一下，因为那些老爷太太要晚些时候才从河边回来。总而言之，那天我没请假就在外面待了一下午，还为这事差点儿被解雇。我们俩就沿着河边散步。”

他停了下来，嘴角挂着一丝微笑，眼神迷蒙。

波洛轻声问道：“她很漂亮，是吧？”

“她可以说是您所见过的最美的人。她的头发金光闪闪，飘起来就像金色的翅膀；她走起路来是那种蹦蹦跳跳的轻快样子。我……我……嗯……我立刻就爱上了她，先生。我不是说着玩儿的，先生。”

波洛点点头。小伙子接着说道：“她说她的女主人过两周还会再来，我们约好了到时候再见。”他停了一下，“可她却没来。我在她说好的地方等她，可一直不见她的人影，后来我壮着胆子到那幢房子去找她。人家说，那位俄国太太倒是在那里，她的女仆也在。他们就把她叫了出来，可是她一出来，哎呀，那根本不是妮塔！而是一个样子狡猾的黑黑的姑娘——简直差远了。他们管她叫玛丽。‘你找我吗？’她皮笑肉不笑地问我。她想必看出我大吃一惊。我问她是不是那位俄国太太的女仆，我说她不是我先前见过的那一位，她就笑了，说先前那个女仆突然被辞退了。‘辞退了？’我问，‘为什么啊？’她耸耸肩，摊开两手。‘我怎么知道？’她说，‘我当时又不在。’

“嗯，先生，我大吃一惊，一时也不知道该说什么才好。可是后来，我又鼓起勇气去找那个玛丽，请她帮我弄到妮塔的地址。我没让她知道其实我连妮塔姓什么都不知道。我答应她如果她办到了，就送她一样礼物——她是那种不会白给你帮忙的人。后来，她真给我弄到了，是一个伦敦北部的地址。于是我就给妮塔写了封信寄去，可信没多久就被退回来了——是邮局退回来的，上面草草地写着‘查无此人’。”

泰德·威廉姆森停了下来，那双宁静的深蓝色眼睛望着波洛，他又接着说道：“您明白这是怎么回事了吧，先生？这不是警察能管的事。可我想找到她。我不知道该从何着手。如果……如果您能帮我找到她，”他的脸更红了，“我……我存了点儿钱。我能付给您五英镑……十英镑也行。”

波洛轻声说道：“我们暂且不谈钱的事情。首先考虑下这一点——那个姑娘，妮塔，她知道您的姓名和工作地点吗？”

“知道，先生。”

“如果她想的话，是能跟您联系上的，对吧？”

泰德慢慢地说道：“是的，先生。”

“那您不觉得……也许——”

泰德·威廉姆森打断了他。“您的意思是，先生，我爱上了她，可她并不爱我，是不是？也许是这样的……但是她喜欢我——她真的喜欢我，她不只是闹着玩儿的……其实我一直在想，先生，这一切可能都是因为某种原因。您明白的，先生，她整天跟那么一群人混在一起。没准儿她遇上了点儿麻烦，您明白我的意思吧？”

“您是说她可能怀了孩子吗？是您的孩子吗？”

“不是我的，先生，”泰德脸红了，“我们之间没有不正当的关系。”

波洛若有所思地望着他，小声说道：“如果真像您想的那样，您还要找她吗？”

泰德·威廉姆森又变得满脸通红，说道：“是的，我还要找她，这是肯定的！如果她愿意的话，我想跟她结婚。我不在乎她处于什么样的困境！只要您能试着帮我找到她，可以吗，先生？”

赫尔克里·波洛微微一笑，自言自语道：“‘头发像金色的翅膀。’嗯，我想这倒像是赫拉克勒斯的第三桩丰功伟绩……如果我没记错的话，那发生在阿卡迪亚……”

2

赫尔克里·波洛若有所思地看着泰德·威廉姆森费了很大力气在纸上写出来的名字和地址：

上兰富街十七号十五室，瓦莱塔小姐

他很想知道在这个地址能否查出点什么来，不过他对此不抱希望。但这是泰德能提供给他的唯一线索了。

上兰富街十七号在一条肮脏却还算体面的街道上。波洛敲门后，一个睁不开眼睛的矮胖女人开了门。

“瓦莱塔小姐在吗？”

“她啊，早就走了。”

门正要关上时波洛连忙朝门里迈了一步。

“也许您能给我她现在的住址？”

“我不知道。她没留下地址。”

“她是什么时候走的？”

“去年夏天。”

“您能不能告诉我具体时间？”

波洛右手捻着两枚半克朗的硬币，发出一阵清脆悦耳的咔嗒声。那个眼睛睁不开的女人的态度神奇地柔和了起来，变得异常和蔼可亲了。

“哦，我当然愿意帮助您，先生。让我想想看啊。八月，不对，还要早些……七月——没错，一定是七月。大概是七月的第一个星期。她走得很匆忙。回意大利去了，我想是的。”

“这么说她是意大利人？”

“没错，先生。”

“她有一阵子给一位俄国舞蹈演员做女仆，对不对？”

“没错。萨慕琳娜女士还是什么的。她在泰斯比安剧院跳芭利，大家都对她着了魔。她是一位大明星。”[①]

波洛说道：“您知道瓦莱塔小姐后来为什么不干了吗？”

那个女人犹豫一下，说道：“这可说不好，真的。”

“她是被解雇的，对不对？”

“嗯……我想可能是吵架了吧！不过要知道，瓦莱塔小姐是不会提起这件事的。她可不是那种随便跟人说事的人。但她被这事气疯了。她脾气很凶——十足的爱大利人——她那双黑眼睛总爱瞅来瞅去的，活像要捅你一刀子似的。她心情不好的时候我可不敢招惹她！”

“您真的不知道瓦莱塔小姐现在的住址吗？”

那两枚半克朗硬币又鼓舞人心地咔嗒作响了起来。

回答倒是真情实意的。

“我真希望我知道才好，先生。我太乐意告诉您啦，可是——她匆匆忙忙走了，没留下地址，就是这么回事！”

波洛若有所思地自言自语道：“没错，就是这么回事……”

---

①“萨慕琳娜女士”和“芭利”都是这位胖女人发错了音，后文的“爱大利人”则是她的英国南部口音所致。

3

安布罗斯·万德尔终于不再热情地介绍即将上演的芭蕾舞剧的舞台布景，轻轻松松地提供了不少信息。

“桑德菲尔德？乔治·桑德菲尔德？下流东西！金钱滚滚进入他的腰包，可大家都说他是个骗子。一匹黑马！跟一位舞蹈演员有染？当然了，亲爱的，他跟卡特琳娜打得火热。卡特琳娜·萨慕申卡。您一定看过她的表演吧？哦，老天——真是绝妙。美妙的技艺。《图翁内拉的天鹅》[①]——您一定看过这出戏吧？是我设计的布景！还有德彪西，要么就是曼宁的那出戏，《林中小鹿》[②]，她跟麦克·诺夫金跳双人舞。诺夫金跳得太棒了，是不是？”

“她是乔治·桑德菲尔德爵士的朋友吗？”

“是的，她常跟他到河边他的别墅去度周末。我相信他办过许多非凡的聚会。”

“亲爱的朋友，您能不能介绍我跟萨慕申卡小姐认识？”

“可她现在不在这儿了，老兄，她突然到巴黎或是什么别的地方去了。知道吗，据说她是个布尔什维克间谍什么的——我本人倒不信这种话，可您知道人们都喜欢这么瞎传。卡特琳娜总是装作自己是个白俄人——她父亲是位亲王或是大公爵——都是老一套！这样可以更受人欢迎嘛。”万德尔停了下来，接着又回到

---

①《图翁内拉的天鹅》（*The Swan of Tuonela*）是芬兰作曲家西贝柳斯的交响诗《卡莱瓦拉传奇四首》中的一首。原文此处写为“*The Swan of Tuolela*”，疑似作者笔误或出版时的编校错误。

②法国作家玛丽－凯瑟琳·奥诺依（Marie-Catherine d’Aulnoy）创作的童话故事，法语原文为“*La Biche au Bois*”，意为“白鹿”，其英文通常翻译为“*The White Doe*”或“*The Hind in the Wood*”，后者即“林中小鹿”。

他本人感兴趣的话题上，“就像我刚刚讲的，想要把握《拔示巴》[①] 这部剧的神韵，你必须得沉浸到闪米特人[②] 的传统里去，我是这样来表现的——”

他兴高采烈地继续讲了下去。

4

赫尔克里·波洛设法安排了同乔治·桑德菲尔德爵士的会面，但一开始就不太顺利。

这位被安布罗斯·万德尔称为“黑马”的乔治爵士显得有点不自在。他身材矮小粗壮，有一头粗硬的深色头发，脖子上有一圈肥肉。

他说道：“嗯，波洛先生，您找我有什么事呢？呃……我想咱们以前没见过面吧？”

“是的，没见过面。”

“哦？那是什么事呢？我承认我还真有点好奇。”

“哦，很简单，我想向您打听点事。”

对方不自在地笑了笑。

“是要我提供点内部消息吗，嗯？没想到您对金融也感兴趣。”

“不是商场上的事，是想打听某位女士的情况。”

“哦，一个女人。”乔治·桑德菲尔德爵士朝后靠在扶手椅背上。他似乎不那么紧张了，语气也轻松自在了许多。

①《圣经·旧约》中，拔示巴是古以色列国王大卫王的王后，所罗门王的生母。

②闪米特人是传说中诺亚的长子闪米的后裔。起源于阿拉伯半岛的游牧族包括阿拉伯人、犹太人都是闪米特人。

波洛说道："我想您认识卡特琳娜·萨慕申卡小姐吧？"

桑德菲尔德笑了。

"认识，一个迷人的尤物。可惜她离开伦敦了。"

"她为什么离开伦敦？"

"亲爱的老兄，这我可不大知道。我想是跟经纪人闹翻了吧。要知道她有点喜怒无常——纯粹是那种俄罗斯人的脾气。抱歉我没法帮到您，而且我也完全不知道她目前在哪儿。我没和她保持联系。"

他站了起来，话音里带着送客的意思。

波洛说道："我急着要找的不是萨慕申卡小姐。"

"是吗？"

"是的，我是想打听一下她的女仆。"

"她的女仆？"桑德菲尔德瞪着波洛反问道。

波洛说道："您也许还记得她的女仆吧？"

桑德菲尔德又显得很不自在了，他局促不安地说："老天爷，不记得了，我怎么会记得呢？当然，我记得她倒是有过一个……我得说，是个坏丫头，鬼鬼祟祟，到处乱打听。我要是您的话，那个丫头说的话我一个字都不信。她就是个天生爱说谎的丫头。"

波洛轻声说道："这么说来，您还是比较了解她的了？"

桑德菲尔德连忙说道："只是有那么点印象，仅此而已……连她的名字也不大记得了。让我想想看，好像是叫玛丽还是别的什么——不行，恐怕我没法帮您找到她。抱歉。"

波洛轻声说道："我已经从泰斯比安剧院打听到她名叫玛丽·海林——还有她的地址。可是乔治爵士，我现在说的是在玛丽·海林之前伺候萨慕申卡小姐的那个女仆。我说的是妮塔·瓦莱塔。"

桑德菲尔德瞪着眼睛，说道：“我完全不记得这个人。我就记得那个叫玛丽的，一个贼眉鼠眼的黝黑丫头。”

波洛说道：“我说的那个姑娘去年六月在您的草坪别墅。”

桑德菲尔德生气地说：“好吧，我只能说我不记得她了。我也不记得当时卡特琳娜带来过一个女仆。我想您大概弄错了。”

赫尔克里摇了摇头，他不认为自己弄错了。

5

玛丽·海林那双精明的小眼睛飞快地扫了波洛一眼，又迅速移开。她的语气很平稳。“先生，我很清楚地记得萨慕申卡小姐是去年六月的最后一个星期雇用我的。她原来的那个女仆突然离开了。”

“你知道那个女仆为什么离开了吗？”

“她走得……很突然——我就知道这些了！可能是因为病了之类的原因。小姐没有提起过。”

波洛说道：“你认为你那位女主人容易相处吗？”

姑娘耸了耸肩，说：“她情绪很不稳定，一会儿哭一会儿笑。有时候她情绪低落，不说话也不吃东西。有时候又高兴得发疯。那些舞蹈家都是这样的，喜怒无常。”

“乔治爵士呢？”

姑娘警觉地抬起头来，眼神中带着一种令人讨厌的意味，说道：“哦，乔治·桑德菲尔德爵士吗？您想知道他的事吗？其实您真正想打听的就是他吧？方才提到那个女仆只是个借口，对不对？哼，乔治爵士，我可以告诉您许多关于他的有意思的事情。我可以告诉您——”

波洛打断了她的话："没这个必要了。"

她瞪着他，大张着嘴，两眼流露出生气而失望的神情。

6

"我总是说您什么都知道，亚历克西斯·巴弗鲁维奇。"赫尔克里·波洛用最恭维的语调小声说道。

他暗自想，他的这第三件赫拉克勒斯式的任务居然需要跑这么多腿、见那么多人，远远超乎想象。这桩寻找失踪女仆的小事是他所接办过的耗时最长，也最为困难的案件。每条线索都是一经核查就断了，最后毫无结果。

今晚，这个案件又把他带到了巴黎的萨莫瓦尔餐厅，老板亚历克西斯·巴弗鲁维奇伯爵自诩了解文艺界发生的每件事。

眼下他正自鸣得意地点了点头，说："没错，没错，我知道——我一向什么都知道。你问我她到哪儿去了，那个娇小的萨慕申卡，那个优美的舞蹈演员？哦，她可真是个人物，那个小不点儿。"他将手指按在唇边，"火热而不羁！她本来应当很有前途——本可以成为她那一代人里的首席芭蕾舞蹈家，可是忽然间一切都结束了。她悄无声息地消失了——到世界尽头去了——很快，唉！用不了多久，大家就会忘掉她了。"

"那她如今在哪儿呢？"波洛问道。

"在瑞士。在阿尔卑斯山的瓦格瑞。那些干咳不止和日渐消瘦的人都去那里[①]。她会死的，没错，会死的！她有一种听天由命的天性，她肯定会死掉的。"

①这里暗指肺结核患者。

波洛咳嗽一声，打断了对方那不祥的谶语。他只想得到信息。

“您也许凑巧记得她有个女仆？一个叫妮塔·瓦莱塔的女仆？”

“瓦莱塔？瓦莱塔？我记得有一次见过一个女仆——在火车站，我正送卡特琳娜去伦敦。她好像是个从比萨来的意大利人？没错，我敢肯定她是个从比萨来的意大利人。”

赫尔克里呻吟了一声。

“这么一来，”他说道，“我还得去一趟比萨了。”

7

赫尔克里·波洛站在比萨的公墓里，低头望着一座坟墓。

就是这里，他的寻访之旅到达了终点——在这处卑微的土堆下面，安息着一位曾经给别人带来了欢乐的姑娘。她曾令一位单纯的英国修车工怦然心动、朝思暮想。

对那段突如其来的不寻常的恋情来说，这或许是最好的结局吧。现在这个姑娘将永远活在那个年轻人的记忆里，永远是六月的一个下午那令人心醉的几个小时里的样子。再也不用面对不同国籍、不同标准引起的摩擦，再也不会有幻想破灭的痛苦。

赫尔克里·波洛伤感地摇了摇头。他回想起自己跟瓦莱塔家人的谈话。那位长着乡下人面孔的宽脸母亲，那位正直而极度悲伤的父亲，那个一头黑发、倔强的妹妹。

“很突然，先生，非常突然。虽然这些年来她时不时觉得肚子疼……大夫没给我们别的选择，他说必须立刻做阑尾炎手术，接着就把她带去了医院……呜……呜……麻醉以后她就再也没醒过来。”

这位母亲抽泣着，喃喃道：“卞卡是个那么聪明的姑娘。年纪轻轻的就死了，真叫人难过……”

赫尔克里在心里回味着这句话：年纪轻轻的就死了……

这就是他得给那个小伙子——那个充满信任地向他求助的小伙子——带回去的消息。

“你和她没有缘分，我的朋友，她年纪轻轻的就死了。”

他的寻访到此结束了——斜塔的轮廓映在天边，春天里的第一批花朵绽放出浓淡不一的白色，预示着即将到来的勃勃生机和快乐生活。

是不是春天的活力和激情让他如此反感，从而不情愿接受这个结局呢？也许是别的什么事？波洛的脑海深处有什么东西在翻腾：一段话、一个措辞、一个姓名？整件事结束得过于干脆了，情节过于丝丝入扣了？

赫尔克里·波洛叹了口气。他得再做一次旅行，消除任何可能的疑问。他得去阿尔卑斯山的瓦格瑞一趟。

8

这里，他想到，可真是世界的尽头了。皑皑的白雪，零星散布的茅舍和小屋，每间屋子里都住着一个正在垂死挣扎、动弹不得的人。

他终于来到了卡特琳娜·萨慕申卡面前。他见到她的时候她躺在床上，深陷的面颊上带着明显的红晕，细长而骨瘦如柴的双手伸在被子外面，波洛脑海深处的一段记忆被触动了。他一直没能记住她的名字，但曾经看过她的舞蹈——她那高超的艺术曾使他着迷而深陷其中，反而忘了艺术本身。

他记得麦克·诺夫金演的猎人，在安布罗斯·万德尔设计的惊人而梦幻的森林里旋转跳跃。他记得那只飞奔着的可爱小鹿——一个长着犄角和闪闪发光的铜蹄的金发尤物，永远在让人追逐，永远让人渴望占有。他记得她最后被箭射中，受了伤，倒下了。麦克·诺夫金迷茫地站在那里，怀中抱着被杀死的小鹿。

卡特琳娜·萨慕申卡略带好奇地望着他，说道："我从来没有见过您吧？您找我有什么事？"

赫尔克里·波洛朝她微微一鞠躬，说道："首先，小姐，我要感谢您。您的表演曾让我度过了一个美好的夜晚。"

她淡然一笑。

"可我到这儿来是为了另一件事。小姐，我已经花了不少时间去寻找您的一个女仆，她名叫妮塔。"

"妮塔？"

她瞪着他，吃惊地睁大了眼睛，问道："您知道……妮塔的什么事吗？"

"我会跟您讲的。"

波洛讲了那天晚上他的车如何半路抛锚，讲了泰德·威廉姆森站在他面前手里拧着便帽、结结巴巴地道出他心中的爱情和痛苦。她聚精会神地听着。

他讲完后，她说道："这真感人——是的，真让人感动……"

赫尔克里·波洛点了点头。

"是的，"他说道，"像是阿卡迪亚的童话故事，对不对？小姐，您可以告诉我一些关于这个姑娘的事吗？"

卡特琳娜·萨慕申卡叹了口气。

"我确实有过一个女仆，朱安妮塔。她长得美极了，是的，她欢乐，无忧无虑。但她的命运却和那些受神灵宠爱的人一样，年纪轻轻的就死了。”

这是波洛打算作为最终结论、无可挽回的话。现在他又从别人口中听到了，但他仍固执地不肯接受。

“她真的死了吗？”

“是的，她死了。”

赫尔克里·波洛沉默了片刻，说道：“有一件事我不太明白。我向乔治·桑德菲尔德爵士打听您的这位女仆的时候，他好像有点害怕，这是为什么？”

这位舞蹈演员的脸上露出一丝厌恶的表情。

“如果您只是提起我的一个女仆，他会以为您说的是玛丽——朱安妮塔走后来的那个姑娘。我相信她试图拿她发现的一件丑事勒索爵士。她是个令人讨厌的姑娘，贼头贼脑的，总爱偷看别人的信件和上锁的抽屉。”

波洛喃喃道：“这样就能解释了。”

他停了一下，又追问道：“朱安妮塔姓瓦莱塔，她后来在比萨死于阑尾炎手术，对不对？”

他注意到舞蹈演员显露出不易察觉却毫无疑问的犹豫，随后她低下头，说道：“是的，是这样的。”

波洛沉思着说道：“可是——还有个小问题，她家里人在谈到她的时候都叫她卞卡而不是朱安妮塔。”

卡特琳娜耸了耸她那瘦削的肩膀，说道：“卞卡也好，朱安妮塔也好，这有什么关系呢？我想也许她真正的名字叫卞卡，可她觉得朱安妮塔更浪漫些，就叫自己这个名字了。”

“哦，您是这么认为的吗？”他停了一下，接着换了一种声调，说道，“对我来说，有另一种解释。”

“是什么呢？”

波洛朝前探了探身子，说道：“泰德·威廉姆森见到的那个姑娘，按照他的描述，头发像金色的翅膀。”

他又将身子往前探了一点，用手指碰了碰卡特琳娜脸颊两边翘起的发卷。

“金色的翅膀还是金色的犄角，全凭您怎么看了。魔鬼或是天使，也全凭别人怎么看您！或许您两个都不是。或许这只是受伤的小鹿的犄角？”

卡特琳娜喃喃道：“受伤的小鹿……”声音发自一个失去了希望的人。

波洛说道：“泰德·威廉姆森的描述一直让我不安——那让我想到了一些事，想到了舞动着闪闪发亮的铜蹄穿过森林的您。要我告诉您我是怎么想的吗，小姐？我认为有那么一周，您没有带女仆，而是独自一人到草坪别墅去了。因为卞卡·瓦莱塔回意大利去了，而您还没雇到新的女仆。当时您已经疾病缠身。一天，其他人去河边游逛时，您没有去，而是一个人待在家里。有人按响了门铃，您就去开门，见到了——要我说说您见到了什么吗？您见到了一个小伙子，他单纯得像个孩子、英俊得宛如神祇！您为他虚构了一个姑娘——不是什么朱安妮塔，而是恩卡格妮塔[①]才对——您还跟他一起在阿卡迪亚般的世外桃源里漫步了几个小时……”

沉默了许久，卡特琳娜才用低沉沙哑的声音说道：“至少有一件事我跟您说的是实话。我告诉了您这个故事的结局，妮塔会年纪轻轻的就死去。”

①原文为“incognita”，“incognita”本意为“用化名的女人”，此处波洛针对卡特琳娜编造的“朱安妮塔”（Juanita）这一假名玩了一个文字游戏加以调侃。

“不行！”赫尔克里·波洛态度大变。他用手拍了一下桌子，突然变得平庸、世俗而实际起来。

“您根本没必要这样想！您用不着去死。您可以努力活下去，换一种生活活下去，不行吗？”

她伤心而绝望地摇了摇头。“我还能有什么生活呢？”

“不再是舞台生活，那是自然！但是想想看，还有另一种生活呢。得了，小姐，跟我说实话，您的父亲真是位亲王或者大公爵，或者哪怕只是位将军吗？”

她忽然笑了起来，说道：“他是列宁格勒的一个卡车司机。”

“很好！那您为什么不能做一个乡村小镇汽车修理站的技工的妻子呢？你们可以生一群仙童般漂亮的孩子，他们将来没准儿也会像您那样跳起美妙的舞蹈。”

卡特琳娜屏住了呼吸。

“可是这个想法未免太令人不敢想象了！”

“没那回事，”赫尔克里·波洛充满自信地说，“我相信这会实现的！”

第四章　厄律曼托斯的野猪[①]

①欧律斯透斯安排的第四项任务是活捉厄律曼托斯山的野猪。厄律曼托斯山位于阿卡迪亚，曾是百兽母胎的圣地，也曾是阿尔忒弥斯的住所。这里有一头残暴的野猪，关于它的来历有各种说法，一说一旦城里的百姓触怒天神，天神就会让这头野猪下来糟蹋田地。一说野猪是阿波罗派去杀死阿佛洛狄特的情人阿多尼斯的，因为阿波罗的儿子厄律曼托斯山偷看阿佛洛狄特洗澡而被神降罪变成瞎子。另有一个流传更为广泛的说法是这头野猪是阿瑞斯变的，因为他嫉妒阿多尼斯，于是变成野猪杀死了他。

赫拉克勒斯在完成这项任务之前去求助了师父喀戎，喀戎告诉他把野猪引至积雪中，赫拉克勒斯成功将野猪带给欧律斯透斯，后者吓得躲了起来并命令赫拉克勒斯快把野猪带走，赫拉克勒斯最终把野猪扔进了海里。

这次冒险途中还涉及一些故事，虽版本各不相同，但总体来说就是赫拉克勒斯解放了普罗米修斯，从而对日后产生了深远影响。

1

为了完成第三件赫拉克勒斯的任务，赫尔克里·波洛来到了瑞士，他觉得既然已经来到了这里，不如借此机会游览一下至今还没去过的几处地方。

他在夏蒙尼度过了舒适的几天，又在蒙特勒消磨了一两天，接着动身前往安德玛特，这是几位朋友高度评价过的地方。[①]

然而安德玛特并没使他感到愉快。它坐落在山谷尽头，被云雾笼罩、冰雪覆盖的山峰围住。波洛莫名感到呼吸困难。

“我可不能待在这里。”赫尔克里·波洛心里想道。这时，他瞥见了登山缆车，决定上去看看。

缆车先上到莱阿温，接着到考鲁谢，最后抵达海拔一万英尺的罗切斯雪山。

波洛无意到那么高的地方去，心想到莱阿温看看就够了。

可他并没有估计到在人生中影响力巨大的意外因素。缆车开动后，售票员来到波洛面前查票。他查看车票后用一把样子吓人的剪票夹在车票上打了个孔，然后鞠了一躬，把票还给了波洛。与此同时，波洛感觉到有一个纸团跟车票一起被塞进了他的手中。

赫尔克里·波洛扬了扬眉毛，随后不动声色地慢慢展开了纸团。纸上用铅笔匆匆写着：

①夏蒙尼（Chamonix）位于法国境内，蒙特勒（Montrenx）和安德玛特（Andermatl）位于瑞士，都是著名度假地。

这副小胡子是不可能认错的！我向您致敬，亲爱的同事。如果您愿意，能不能帮我一个大忙？您一定看过报上登载的沙里一案吧？杀人犯马拉舍有很大可能要在罗切斯雪山跟他的同伙碰面——在这世上最不可思议的地方！当然整件事也有可能是子虚乌有——不过我们的消息来源很可靠，总会有人多嘴，对不对？所以请您留意一下，我的朋友。请跟在那儿的德鲁埃警督联系。他是个可靠的人，但他没法跟睿智的赫尔克里·波洛相比。一定要抓住马拉舍，我的朋友，这非常重要——还要生擒活捉。他不是人，而是一头疯狂的野猪，一名当今世界最凶险的杀手。我没敢冒险在安德玛特跟您说话，因为担心自己可能一直被人监视。此外，如果您看上去只是个旅客的话，行动起来也更加方便。祝狩猎成功！您的老朋友——勒曼泰。

赫尔克里若有所思地爱抚着自己的唇髭。的确，谁也不会认错赫尔克里·波洛的小胡子。可这究竟是怎么回事呢？他的确在报上看到过沙里案件的详细报道——巴黎的一位著名出版商被人冷酷地谋杀了。凶手身份业已查清，马拉舍，一个臭名昭著的赛马赌博团伙中的一员。他曾涉嫌多起凶杀案，但这一次他的罪行被彻底证实。他逃跑了，据信已逃离法国，欧洲各国的警察正在联手捉拿他。

现在，据说马拉舍一伙要在罗切斯雪山碰面……

赫尔克里·波洛缓缓地摇了摇头，百思不得其解。因为罗切斯雪山海拔在雪线以上[1]，山上有一家酒店，位于高悬在山谷

①雪线（snow line）指冰川、雪山冰雪累积和融化平衡之处，亦即永久性积雪的下限，以海拔高度表示。通常是指高山的某一个常年积雪的高度，因在山下向山上远眺之时，常看到积雪的界线分明，故有雪线之称。

之上的一道岩脊上，只能通过缆车与外界连接。酒店每年六月开始营业，但要到七八月才会有大量的游客光顾。进出这里极不方便，一个人如果被追到了那里，就等于落入了陷阱。一伙匪徒居然选择这样一个地点聚会，简直让人不敢相信。

但是既然勒曼泰说他的消息来源十分可靠，他很可能是对的。赫尔克里·波洛敬重瑞士警察局的这位警官，认为他是个能干而可靠的人。

一定有什么未知的因素迫使马拉舍选择了这个远离文明世界的约会地点。

赫尔克里·波洛叹了口气。捕捉一个无情的杀人凶手与愉快的假期生活可是格格不入。坐在扶手椅里开动脑筋才更符合他的风格，而不是在山岭之间捕捉一头野猪！

一头野猪——这是勒曼泰用的字眼，这可真是奇怪的巧合……

他喃喃自语道："难道这就是赫拉克勒斯的第四桩丰功伟绩，厄律曼托斯的野猪？"

他默默地、不动声色地观察了一下同行的乘客。

在他对面，坐着一位美国游客。他的衣服、大衣和手提包的样式，他那主动又友好的态度和陶醉于窗外景色的天真表情，包括他手中的旅游指南都出卖了他，无不暴露出他是个生平第一次来欧洲旅游的美国小地方出来的人。波洛判断，一两分钟之后这人就会开口搭话，他那副急切的渴望表情不会让人弄错。

车厢另一边坐着一位看起来身份不俗的高个子男人，他头发灰白，长着一个大鹰钩鼻子，正在读一本德语书。他的手指灵活稳健，像音乐家或外科医生的手。

再远一点坐着三个同样类型的男人：罗圈腿，带着一种无法形容的粗野气质。他们正在玩纸牌。再过一会儿，他们可能会邀一个陌生人加入牌局。刚开始，那个陌生人也许会赢，可随后牌运就会逆转。

这三个人本身倒不算太异常，唯一不寻常的是他们出现的地方。

这种人你可能会在去赛马会的火车上或是一艘普通轮船上遇到，可是在一辆几乎空荡荡的缆车上——很不寻常。

车厢里还有一位乘客——一名妇女。她高高的个子，皮肤黝黑，长着一张美丽的面孔——一张曾经表情丰富的脸，眼下却冷若冰霜、面无表情。她谁也不看，一直盯着下方的山谷。

没过多久，正像波洛所料，那个美国人开口了。他说他名叫施瓦兹，这是他第一次到欧洲旅行。他说欧洲的风景简直太棒了。他对西蕴古堡印象深刻，但认为巴黎作为一座名城没什么了不起的——过于夸大其词了——他去了女神游乐厅、卢浮宫和巴黎圣母院，发现那些餐馆和咖啡厅里没人会正确地演奏狂热的爵士乐。他认为香榭丽舍大街相当不错，他喜欢那里的喷泉，尤其是被灯光照亮时。

没有人在莱阿温和考鲁谢下车。很明显车厢里的乘客都要去罗切斯雪山。

施瓦兹先生解释了一下自己去那里的原因。他说自己一直希望能到高高的雪山上游览。一万英尺相当不错——他听说在那么高的地方连鸡蛋都煮不熟。

施瓦兹先生以发自真心的天真友好之情力邀车厢那边的那位高个子灰发绅士一起聊天，可是后者只从夹鼻眼镜上方冷冷地瞪了他一眼，接着看手上的书。

施瓦兹先生又主动向那位肤色黝黑的女士提议换一下座

位——他解释说，坐在这边她可以更好地观赏美景。

也许她听不懂英语，反正不管怎样，她只是摇摇头，脑袋又往大衣的毛皮领子里缩了缩。

施瓦兹先生小声对波洛说："一个女人独自旅行，没人为她照管行李，真的很不合适。一个女人出门旅行，需要人们多加照应。"

赫尔克里·波洛回想起自己在欧洲大陆遇见的某些美国妇女的情况，表示赞同。

施瓦兹先生叹了口气。他发现这个世界不太友好。他那双棕色的眼睛明白地表露出这一点：彼此之间多一点友好又有什么害处呢？

2

在这个远离人世或者说超脱世俗的地方受到一位穿着大礼服和漆皮鞋的经理接待，不知怎的让人觉得有点荒谬可笑。

酒店经理是一位高大英俊的男子，举止庄重，歉意连连。

刚进入旅游季节……热水设备有毛病……一切都还没进入正常运营的状态……当然，他会竭尽全力……工作人员还没到齐……面对意料之外的游客，他有些不知所措。

所有这些都是以职业化的温文尔雅的方式表达出来的，可是波洛却在文雅的表象背后捕捉到一丝强烈的不安。这个人尽管故作轻松，却很不自在，他在担心什么事。

午餐在一间可以俯瞰那深不可测的山谷的狭长房间里进行。此时仅有一名侍者，名叫古斯塔夫，他业务娴熟，动作老练又灵巧。他四下穿梭，不时给客人一些点菜和酒水方面的建议。那三个粗俗的家伙坐在一张桌边，用法语又说又笑，声音越来越大。

那个老好人约瑟夫啊！小丹尼斯怎么样啦，老兄？还记得奥特尔那匹把咱们都坑了的劣马吗？

他们兴高采烈，个性鲜明——却跟这个地方很不搭调！

那个长着漂亮面孔的女人独自坐在角落里的一张桌子前，谁也不看一眼。

波洛在休息厅里闲坐着，经理来到他身边，偷偷对他说道："先生，您千万别以为这家酒店经营惨淡。现在还不到旺季，七月底之前都没什么人到这里来。那位女士，先生您也许注意到了吧？她每年的这个时候都来。她丈夫三年前登山时遇难了。真是相当悲惨的事情。他们俩的感情非常深。她总在旺季开始之前到这里来——这样安静些。算是一种凭吊缅怀吧。那位上了岁数的先生是一位著名的医生，卡尔·卢兹医生，他是从维也纳来的。他说他到这里来是为了安静地休养。"

"这里的确很宁静。"赫尔克里·波洛说道，"可那边的先生们呢？"他指的是那三个粗鲁的人，"你觉得他们也是来寻求宁静的吗？"

经理耸了耸肩，双眼又流露出不安的神情。他含糊地说道："哦，游客嘛，总想找点新鲜感……这种海拔，也是一种新鲜的感觉吧。"

波洛心想，这可不是什么愉快的感觉。他感到自己的心跳明显加快了，脑海中忽然愚蠢地冒出一句儿歌："高居人世间上方，像个茶盘放天上。"

施瓦兹来到休息厅，一看到波洛，顿时两眼放光，立刻来到他跟前。

"我刚才在跟那位医生聊天。他的英语说得马马虎虎。他是个犹太人，纳粹把他从奥地利赶了出来。我得说，那帮家伙简直是疯了！这位卢兹医生可是位相当了不起的人物，我想他是个……神经学专家，心理分析学家……那类的吧。”

他又看向那个高个子女人，后者正在眺望窗外冷峻的群山。他压低了声音，说道：“我从侍者口中得知了她的姓名。她是格朗迪埃夫人，她丈夫登山时遇难了，她就是为了这个到这里来的。我觉得咱们该想点办法，让她别再这么难过了，您觉得呢？”

赫尔克里·波洛说道：“如果我是你，我绝不会试图这么做！”

但是，施瓦兹先生的友爱精神是不屈不挠的。

波洛看到他努力打破僵局，又看到他遭到冷酷无情的回绝。他们俩在灯光的映衬下一起站了片刻。那个女人比施瓦兹还高，她头往后仰，表情冷峻。

波洛没听到她说了什么，可是施瓦兹回来时显得垂头丧气。

“说什么都没用。”他说道，接着又惆怅地说，“我总觉得我们大伙儿聚到了一起，没有理由不友好相处。您同意吗，先生？要知道，我还不知道您的尊姓大名呢。”

“我姓波利耶，”波洛说道，又补上一句，“我在里昂做丝绸生意。”

“我给您一张我的名片，波利耶先生，欢迎您以后来喷泉镇。”

波洛接过名片，用手拍拍口袋，喃喃说道：“啊，真不巧，我身上没带着名片……”

这天夜里，波洛在睡觉前又仔细读了一遍勒曼泰的信，然后把它仔细折好，放回钱包里。上床睡觉时他自言自语道：“怪事……我想这会不会……”

3

侍者古斯塔夫为赫尔克里·波洛送来早餐的咖啡和面包圈，并特地为咖啡道歉。

“先生，您一定能理解吧？在这样的海拔高度，咖啡很快就沸腾了，但没法煮得真正滚烫。”

波洛轻声道：“人必须坚忍地面对大自然的变幻莫测。”

古斯塔夫轻声说道：“先生真是位哲学家。”

他走到门口，但没有出去，而是朝门外匆匆瞥了一眼又把门关好，回到了波洛的床边。他说道：“您是赫尔克里·波洛先生吗？我是警察局的德鲁埃警督。”

“哦，”波洛说道，“我已经在怀疑这一点了。”

德鲁埃压低了声音。

“波洛先生，出了很严重的事情。缆索发生了意外事故。”

“意外事故？”波洛坐了起来，“什么样的意外事故？”

“没有伤到人。事故是在夜里发生的，可能是自然原因造成的——一场小规模的雪崩卷下的碎石，不过也有可能是人为破坏，现在还不知道。不管怎样，都得过好多天才能修好，眼下我们跟外界彻底断绝联系了！离旺季还早，雪也挺厚，根本不可能跟下面的山谷取得联系。”

赫尔克里·波洛在床上坐了起来，轻声说道：“这可太有意思了。”

探长点了点头。

“没错，”他说道，“这说明我们总监的情报是正确的。马拉舍在这里有个约会，他采取了行动，确保这次约会不受干扰。”

赫尔克里·波洛不耐烦地喊道：“但是这未免太不可思议了！”

“我同意，”德鲁埃警督摊开双手，说道，“这不符合常理——可就是发生了。马拉舍这个家伙是个不同寻常的人物！我个人……”他点了点头，继续说道，“我个人认为他疯了。”

波洛说道：“一个疯子，同时还是个杀人凶手！”

德鲁埃冷冷地说道：“这一点儿也不好玩。我同意。”

波洛慢慢说道：“但是如果他要在这里约会，在这个高耸在冰天雪地之间的悬崖上，那就说明马拉舍本人已经在这里了，因为与外界的联系中断了。”

德鲁埃平静地说道：“我明白。”

两人沉默了片刻，然后波洛问道：“卢兹医生……他会不会是马拉舍？”

德鲁埃摇了摇头。

“我不这么认为。卢兹医生确有其人，我在报纸上见过他的照片，一位声名显赫的要人。这里的这位跟照片上的非常像。”

波洛轻声说道：“如果马拉舍是个乔装改扮的行家，就可以巧妙地扮演那位医生。”

“没错。可马拉舍是那样的人吗？我从没听说过他善于乔装打扮。他不是条阴险狡诈的蛇，他是头疯狂的野猪，凶残、可怕，只知道一味蛮干。”

波洛叹道：“尽管如此……”

德鲁埃迅速表示赞同。“哦，没错，他是个逃犯，他不得不乔装打扮。所以他可能——实际上他一定得——多多少少把自己伪装一下。”

"您有没有他的资料？"

对方耸了耸肩。

"只有大致的材料。官方的贝蒂荣照片[①] 和体貌数据原定今天要寄给我的。我只知道他三十岁上下，身材中等，个子偏高，肤色较黑，没有显著特征。"

波洛耸了耸肩。

"这样的描述可以套用在任何一个人身上。那个美国人施瓦兹怎么样？"

"我正想问您这一点呢。您跟他说过话了，而且我想您跟英国人、美国人都一起生活过。乍看之下，他就是个普通的美国游客。护照没问题。有点怪的是他为什么选择这个地方——不过美国人旅游一向叫人难以揣摩。您本人是怎么看的呢？"

赫尔克里·波洛困惑地摇了摇头，说道："不管怎样，表面上看起来，他是个没有恶意，相反有点热心过度的家伙。他可能有点讨人嫌，不过很难把他看成是个危险人物。"波洛接着说道，"这里还有另外三个旅客呢。"

警督点了点头，脸上的神色突然变得热切起来。

"没错，他们正是咱们在寻找的那类人。波洛先生，我敢发誓，那三个家伙一定是马拉舍的同伙。他们一看就是赛马场上的恶棍！而且可能那三人当中有一个就是马拉舍本人。"

赫尔克里·波洛沉思着，回忆起那三张面孔。

其中一人长着张宽脸，眉毛下垂、下巴肥硕——粗鄙而残忍。另一个体形精瘦，一张尖尖的长脸上挂着两只冷酷无情的眼睛。第三个是个面色苍白的家伙，有点花花公子的神态。

①阿尔方斯·贝蒂荣是法国刑事侦查学家，他创立了一种根据年龄、骨骼特征结合摄影及指纹学等资料鉴定身份的方法。

没错，这三个人当中很可能有一个是马拉舍，但如果是这样，就有一个严重的问题：为什么？为什么马拉舍跟他的两个同伙要一道来这样一处高山上的绝境呢？会晤完全可以安排在一处不那么稀奇古怪而且更加安全的地方——一家咖啡馆、一个火车站、一座拥挤的电影院、一处公园，任何一个有很多出口的地方都行，不必在这白雪皑皑、远离人间的高山上。

他把部分想法讲给德鲁埃警督听，后者毫不犹豫地表示赞同。

“没错，实在是稀奇，毫无道理可言。”

“而且，如果要在这里碰面，为什么还结伴同行呢？不，真的，这毫无道理。”

德鲁埃带着不安的神情，说道：“如果真是那样，我们就必须考虑一下第二种可能：这三个人都是马拉舍的同伙，他们到这里来是为了会见马拉舍本人。那到底谁是马拉舍呢？”

波洛问道：“酒店里的员工呢？”

德鲁埃耸了耸肩。

“基本上没有什么员工。有个做饭的老太婆和她的老伴儿杰克——我想他们俩已经在这里干了五十年了。原本还有个侍者，不过他的职务现在由我来充当，就这么几个人。”

波洛说道：“经理是知道您的身份的吧？”

“这是自然，需要他的合作。”

“您有没有注意到，”赫尔克里·波洛说道，“他看起来心神不宁？”

这句话似乎触动了德鲁埃。他若有所思地说道：“没错，的确如此。”

“也许只是因为被卷入警方的调查而感到不安吧。”

"但是您觉得也许还有别的原因？您觉得他也许……知道些什么？"

"我只是有这个想法而已。"

德鲁埃阴郁地说道："我倒想……"他停了一下，又接着说道，"您觉得能让他说出来吗？"

波洛深表怀疑地摇了摇头，说道："我认为最好别让他知道我们的怀疑。只要对他多加注意就行了。"

德鲁埃点了点头，转向房门。

"您没有什么建议吗，波洛先生？我……我知道您的名望。在我们这个国家，大家都听说过您的大名。"

波洛困惑地说道："暂时没有什么建议。我一直想不出理由——在这个地方碰面的理由。说到底，又有什么理由要碰面呢？"

"为了钱。"德鲁埃干脆地说道。

"这么说，那个可怜的沙里不仅遭到杀害，还被抢劫了？"

"是的，他身上有一笔数目可观的现金不见了。"

"您认为碰面的目的是为了分钱？"

"这是最明显的理由。"

波洛不满意地摇了摇头。

"不错，可为什么要在这儿呢？"他接着慢慢地说道，"对罪犯碰面来讲，这儿大概是最糟糕的地方。不过倒是个跟女人幽会的好地方……"

德鲁埃热切地向前迈了一步，兴奋地说道："难道您认为……"

"我认为，"波洛说道，"格朗迪埃夫人是个非常漂亮的女人。我认为任何人都会为了她而爬上一万英尺的——如果她提出了这样的建议的话。”

“要知道，”德鲁埃说道，“这倒是很有意思。我从没考虑过她会跟这个案子有什么联系。毕竟，她已经连续好几年都到这个地方来了。”

波洛轻声说道：“没错……所以她的出现不会引起怀疑。而这可能就是选中这里作为会见地点的缘故吧，是不是？”

德鲁埃兴奋地说道：“您可真有想法，波洛先生。我会从这个角度调查一下的。”

4

这一天平安无事地过去了。幸运的是酒店里的物资储备很充足，经理让大家不必担心，一切供应都可以确保无忧。

赫尔克里·波洛努力想跟卡尔·卢兹医生谈谈，却遭到了拒绝。医生明确地表示心理学是他的专业，他不打算跟业余爱好者讨论这门学问。他坐在一个角落里，读着一本厚厚的关于潜意识的德语专业书，不时做些笔记、加点评注。

赫尔克里·波洛走到外面，漫无目的地四处转了转，转到了厨房。在这里他跟那个老头儿杰克聊了起来。杰克脾气暴躁又多疑，不过他的老婆，那个厨娘，就随和多了。“真走运，”她对波洛说道，“存了一大批罐头。”不过她本人并不喜欢吃罐头食品——价格贵得要命，里面又有什么营养呢？慈悲的上帝从来没想叫人们靠吃罐头食品活命。

话题转到酒店员工这方面。客房女仆和其他服务员要七月初才到，不过接下来的三个星期也没人来，或者说几乎没人来。大多数旅客上来吃顿午餐就下去了，她跟杰克和一名侍者可以轻松应付。

波洛问道："古斯塔夫来之前，这里还有一名侍者吗？"

"是的，不过是个差劲的侍者，既没有技巧，又没有经验。根本不入流。"

"古斯塔夫顶替他之前，他在这儿干了多久？"

"只干了几天——不到一周。当然，他被辞退了我们一点也不惊讶。早晚的事嘛。"

波洛轻声问道："他没抱怨一番吗？"

"哦，没有，他悄没声息地走了。他还想怎样？这是一家高档酒店，必须服务周到啊。"

波洛点了点头，问道："那他去哪儿了？"

"您说那个罗伯特吗？"她耸了耸肩，"肯定又回到他原来干活儿的那家小咖啡馆去了呗。"

"他是坐缆车下去的吗？"

她纳闷儿地望着他。

"当然了，先生，还能有什么别的办法下去吗？"

波洛问道："有人看见他走了吗？"

老两口都睁大眼睛瞪着他。

"啊？难道您认为还有人为他那么一个小畜牲送行吗？还要办一个隆重的告别仪式吗？各人都有各人的事要做啊！"

"说得也对。"赫尔克里·波洛说道。

他慢慢走开，边走边抬头望着头顶上方的建筑结构。这座大型酒店目前只有一侧开放，另一侧的许多房间都闲置着，门窗紧闭，没人进去……

他转过拐角，差点儿跟那三个玩牌的家伙中的一个撞个满怀。是那个面色苍白、两眼无神的家伙，他面无表情地看着波洛，咧开嘴露出了牙齿，像匹恶马。

波洛从他身边走过，接着往前走。前面有个人影——是那位身形高挑优美的格朗迪埃夫人。

他紧赶几步追上了她，说道："缆索出了事故真让人心烦。我希望，夫人，这没给您带来什么不便吧？"

她答道："这对我来说无关紧要。"声音非常深沉，地地道道的女低音。

她没看波洛一眼就转身从一扇侧门走进了酒店。

5

赫尔克里·波洛很早就上床睡觉了。午夜过后，他被吵醒了。

有人正拨弄他房门上的锁。

他坐起来，打开了灯。就在这时，门锁被撬坏，房门大开。三个人站在那里，正是那三个玩纸牌的家伙。波洛觉得他们有点醉醺醺的。他们带着一种傻乎乎的凶狠劲儿。他看到了剃刀的寒光。

块头最大的那个家伙朝前走过来，叫嚣着："你这个臭侦探！呸！"

他吐出一连串脏话。三个家伙朝床上这个手无寸铁的人步步进逼过来。

"咱们把他切了吧，伙计们。呃，马驹子们？咱们给侦探先生的脸开个天窗。他可不是今天晚上的头一个！"

他们稳稳地步步进逼——手上的剃刀闪闪发光……

这时，出人意料地响起了一个来自大洋彼岸的清脆声音。

"举起手来！"

他们转过身去。施瓦兹，身穿一套极为鲜艳的条纹睡衣站在门口，手里举着一把自动手枪。

“举起手来，伙计们。我枪法很准。”

他扣了一下扳机，一颗子弹从大个子耳边呼啸而过，嵌进了木头窗框。

三双手迅速地举了起来。

施瓦兹说道：“能帮个忙吗，波洛先生？”

赫尔克里闪身下了床。他缴下了三人手上闪光的凶器，又搜遍他们全身，确认他们身上没有其他武器。

施瓦兹说道：“现在听着，齐步走！顺走廊走，那边有个储物间，里边没有窗户。就是那儿。”

他把那三个人赶进去，用钥匙把他们锁在了里面。然后他转身面对波洛，话音里流露出欣喜之情。

“要不是露了一下这玩意儿！您知道，波洛先生，家乡有人笑话我，因为我说要带一把枪到国外去。‘你这是想上哪儿去啊？’他们问我，‘去丛林吗？’可现在，先生，该我笑了。您见过比这帮恶棍更粗野的人吗？”

波洛说道：“亲爱的施瓦兹先生，您来得正是千钧一发的时候。这简直就像是舞台上的一出戏！我可欠您一个大大的人情。”

“没什么。咱们接下来该怎么办？该把这几个家伙交给警察，可现在偏又办不到！这可真是麻烦。咱们最好还是去跟经理商量一下吧。”

赫尔克里·波洛说道：“哈，经理。我想咱们应该先跟那名侍者——古斯塔夫——商量一下。没错，那位侍者古斯塔夫其实是一名警探，是德鲁埃警督的化名。”

施瓦兹瞪着他说道：“所以他们才那么干！”

“谁干了什么啊？”

“这帮恶棍第二个才来找的您。他们已经把古斯塔夫砍伤了。”

“什么？”

“跟我来。那位医生正忙着照料他呢。”

德鲁埃的房间是顶层的一间小屋。卢兹医生穿着睡袍，正忙着给伤者的脸缠上纱布。

他们走进去时他转过头来。

“啊！是你啊，施瓦兹先生。这事真歹毒。他们简直是屠夫！灭绝人性的禽兽！”

德鲁埃一动不动地躺着，隐隐发出呻吟声。

施瓦兹问道：“他情况危险吗？”

“他死不了，如果你指的是这个的话。可他绝不能说话，绝不能激动。我已经把伤口包扎好了，没有败血症的危险。”

三人一起离开了房间。施瓦兹问波洛：“您刚才说古斯塔夫是名警官？”

赫尔克里·波洛点了点头。

“可他到酒店这儿来干什么呢？”

“他受命追捕一个非常危险的罪犯。”

波洛用寥寥数语解释了一下情况。

卢兹医生说道：“马拉舍？我在报上看到过这个案件。我很想见见那个家伙，这里面有点深奥的心理变态现象！我很想了解他童年时代的详细情况。”

“对我来说，”赫尔克里·波洛说道，“我很想知道此时此刻他在什么地方。”

施瓦兹说道：“难道他不是咱们锁在储物间里的那三个人中

的一个吗？”

波洛用一种不满意的语气说道：“有可能……嗯，可我，我不敢肯定……我倒有个想法……”

他停了下来，盯着脚下的地毯。那是一张浅黄褐色的地毯，上面有许多铁锈色的印子。

赫尔克里·波洛说道：“脚印——我想这是踩过血迹的脚印。从酒店没人住的那边踩过来的。快！咱们得赶紧到那边去一趟！”

另外两人跟着他通过一扇旋转门，沿着一条布满灰尘的昏暗走廊走去。他们转过拐角，一路沿着地毯上的脚印来到一扇半开着的门前。

波洛推开那扇门，走了进去。

他惊恐地尖叫了一声。

这是一间卧室，床有人睡过，桌上放着一个盛着食物的托盘。

地板中央躺着一具男人的尸体，身材中等，个子偏高，遭受了野蛮得令人难以置信的凶残攻击。他的双臂和胸口上有十余处伤口，头和面部几乎被砍得稀烂。

施瓦兹从嗓子眼儿里发出一声惊叫，他扭过头去，似乎差点儿吐了出来。

卢兹医生也用德语惊叫了一声。

施瓦兹有气无力地问道：“这家伙是谁？有人知道吗？”

“我猜，”波洛说道，“这儿的人管他叫罗伯特。一个非常不中用的侍者……”

卢兹走近了一点，弯腰俯视尸体。他伸出一根手指，指着一样东西。

死者的胸口处别着一张纸，上面用墨水草草写着：

马拉舍再也杀不了人。也不能再抢劫他的朋友了！

施瓦兹突然喊道："马拉舍？这么说，他就是马拉舍！可他为什么要跑到这个偏僻的地方来呢？您为什么又说他叫罗伯特呢？"

波洛说道："他在这里装扮成一名侍者——从各方面来讲都是个很蹩脚的侍者。因此他被解雇时没人感到惊讶。他离开了这儿，据说是回到安德玛特去了。但是没人看见他离开。"

卢兹医生用他那缓慢而低沉的声调问道："那么……您认为发生了什么事？"

波洛答道："我认为这就解释了经理那紧张不安的神情。马拉舍一定给了经理一笔数目不小的钱作为贿赂，好允许他偷偷留下来并藏在酒店暂时不用的房间里……"

他又若有所思地说道："可经理对此并不高兴。哦，真的，他一点也不高兴。"

"马拉舍就一直住在不开放的这一侧，除了经理，谁也不知道吗？"

"看来是这样的。要知道很可能就是这么回事。"

卢兹医生问道："那他怎么被杀了？谁杀了他呢？"

施瓦兹大声说道："这很简单。他原本该跟同伙分那笔钱，可他没分。他欺骗了他们。他跑到这个偏僻的地方先避一下风头。他以为这里是世上他们最不可能想到的地方，可他错了。不知怎的，他们探听到了风声，就一路追了过来。"他用鞋尖碰了一下那具尸体，"然后就把他给了结了——就像这样。"

赫尔克里·波洛喃喃道："没错，这跟咱们想象的那种碰面大不一样。"

卢兹医生烦躁地说道："你们说的这些都很有意思，可我关心的是我们目前的处境。这里有个死人，我手边还有个伤员，药品很有限，我们现在又与世隔绝！这种局面还要持续多久啊？"

施瓦兹加上一句。"而且储物间里还锁着三个杀人犯哪！这真是一个我想称为'蛮有意思'的局面。"

卢兹医生问道："我们该怎么办？"

波洛说道："首先，咱们得抓住经理。他不是一个罪犯，只是个贪财的家伙，也是个胆小鬼。咱们让他干什么他都会干的。我的好朋友杰克和他的老伴儿或许可以提供些绳索。那三名歹徒必须得关在一个我们可以严密看守的地方，直到救援赶到。我想施瓦兹先生那把自动手枪能帮助我们的计划有效执行。"

卢兹医生又问道："我呢？我能干点什么？"

"您，医生，"波洛严肃地说，"尽最大努力照顾您的伤员。我们其他人都得坚持不懈地保持警惕，同时等待救援。没有别的办法了。"

6

三天以后，有一小队人在清晨时分来到酒店门口。

赫尔克里·波洛兴高采烈地打开了前门。

"欢迎，老伙计！"

警察总监勒曼泰先生双手紧紧抓住波洛的手。

"哦，我的朋友，该用什么样的心情向您致敬啊！这起惊人的事件，你们都经历了什么样的心情变化啊！我们在下面也无比焦虑、担心——我们什么都不知道，什么都担心。没有无线电，没有任何联络办法。可您用日光反射信号器传递了消息，真是天才之举！”

“哪里，哪里。”波洛努力让自己显得谦虚一点，“毕竟，人类的发明失效了，你只得回头求助于大自然。天上总是有太阳的嘛！”

这一小队人相继走进酒店。勒曼泰说道：“没人想到我们会来吧？”他的笑容中透着严肃。

波洛也微微一笑，说道：“没人！大家都以为索道还没完全修好呢！”

勒曼泰激动地说道：“啊，今天是个了不起的日子。您觉得没问题吧，肯定是马拉舍吗？”

“肯定是马拉舍，错不了。跟我来。”

他们来到楼上。一扇门被打开，施瓦兹穿着睡衣走了出来。看到这群人，他不禁瞪大了眼睛。

“我听到了说话声。”他说道，“这是怎么回事？”

赫尔克里·波洛夸张地说道：“救援到了！随我们一起来，先生。这是个了不起的时刻。”说完就往上层走去。

施瓦兹说道：“您是要去看德鲁埃吗？顺便问一句，他怎么样啦？”

“卢兹医生昨天晚上说他恢复得很好。”

他们来到德鲁埃房间的门前。波洛把门一把推开，宣布道：“先生们，这就是你们要抓的那头野猪。把他活生生地带走吧，千万注意，别让他逃脱断头台。”

床上躺着的那个人脸仍旧被纱布包着，他惊慌地想要跳起来。但是几名警官牢牢地抓住了他的手臂，让他动弹不得。

施瓦兹困惑地惊呼道：“可他是侍者古斯塔夫——他是德鲁埃警督啊。”

"他是古斯塔夫，没错，可他不是德鲁埃。德鲁埃是最开始的那个侍者，也就是那个被关在酒店不营业的那一侧的侍者罗伯特。那帮歹徒袭击我的那天晚上，马拉舍把他杀了。"

7

早餐时，波洛向困惑不解的美国人慢慢解释整件事。

"要知道，总有些事情是你所了解的——在你的职业生涯中了解得很清楚。譬如说，一名侦探和一名杀人凶手之间的区别！古斯塔夫不是一名侍者——这一点我打从一开始就怀疑了。但是同样的他也不是一名警察。我一辈子都在跟警察打交道，我了解他们。他在外行人面前可以冒充一名警探，可在一个曾经当过警察的人面前就不好办了。

"所以，我立刻就怀疑上他了。那天晚上，我没喝我那杯咖啡，把它全倒掉了。我做得很明智。夜里，一个男人进入我的房间，以为我已经被麻醉药蒙倒了，就放心大胆地搜查我的房间。他搜遍了我的东西，在我的钱包里找到了那封信——我就是有意放在那里让他找到的！第二天早晨，古斯塔夫端着咖啡进入我的房间。他向我打招呼，直呼我的姓名，信心十足地扮演他的角色。可他很焦急——极为焦急——因为不知道怎的警察知道了他的踪迹！知道他在哪儿了，这对他来说可是个天大的灾难。打乱了他的全部计划。他被困在这里，如同瓮中之鳖。"

施瓦兹说道："这个该死的蠢货居然跑到了这里！为什么呢？"

波洛严肃地说道："这件事不像您认为得那么蠢。他需要，迫切地需要一个远离人世、可以静养的地方。他可以在这里跟某个人碰面，办一件事。”

“什么人？”

“卢兹医生。”

“卢兹医生？他也是一名歹徒吗？”

“卢兹医生倒真是那位卢兹医生，但他不是个神经学专家，也不是心理分析专家。他是一名外科医生，我的朋友，一名专门做颌面部手术的外科医生。他就是为此到这里来会见马拉舍的。他被赶出了祖国，现在十分困顿。有人付给他一大笔钱让他到这里来见一个人，并用他的外科技术改变那个人的外貌。他也许已经猜到那个人可能是个罪犯，但即便是那样，他也打算对此视而不见。考虑到这一点，他们不敢冒险在国外的某家疗养院做这件事。但是在这儿，除了个别游客以外，刚进入旅游季是不会有什么人来的。这儿的经理正缺钱，很容易贿赂。因此这儿可以说是最理想不过的地点了。

“然而，我要说，事情出了岔子。马拉舍被出卖了。预定来这儿与他会合并照护他的那三个保镖还没赶到，但是马拉舍立即采取了行动。那个化装成侍者的警官被绑架并关押了起来，马拉舍取而代之。那伙匪徒设法破坏了缆索，是为了争取时间。接下来的那天夜里，德鲁埃被害，尸体上别了一张纸。他们原本希望等跟外界恢复联系后，德鲁埃的尸体可以被当作马拉舍从而埋掉。卢兹医生及时地进行了手术。但是有一个人需要灭口，那就是赫尔克里·波洛。所以那伙人被派来袭击我。衷心感谢您，我的朋友！”

赫尔克里·波洛潇洒地向施瓦兹鞠了一躬，后者说道：“这么说，您真的是赫尔克里·波洛了？”

“正是在下。”

"您根本没被那具尸体骗住吗？一直知道那不是马拉舍？"

"当然。"

"那您为什么不早点儿说呢？"

赫尔克里·波洛的脸色突然变得严峻起来。

"因为我要确保把真正的马拉舍交给警察。"

他轻声说道："要生擒活捉那头厄律曼托斯的野猪……"

第五章　奥革阿斯的牛棚[①]

①欧律斯透斯安排的第五项任务是在一天之内打扫干净奥革阿斯的牛棚。奥革阿斯是厄利斯的国王，他的牛棚里有三千头牛，三年未清扫，欧律斯透斯安排此项任务也是为了羞辱赫拉克勒斯。后来赫拉克勒斯借助阿尔费斯河（Alfeios）和派奈欧斯河（Pineios）冲刷牛棚，完成了任务。

奥革阿斯事前答应赫拉克勒斯，若他成功，就赠予他三百头牛，事成之后他却反悔了。于是赫拉克勒斯杀死了他，并让菲勒乌斯继承王位。

1

“情况非常微妙，波洛先生。”

赫尔克里·波洛的嘴角掠过一丝微笑，他差点儿回答“情况总是这样的”。

可是他不动声色，脸上挂着那种类似于面对病人时的关切审慎的神情。

乔治·康威爵士郑重其事地讲了下去，众多词句一连串地冒出来——政府极其微妙的处境啦、公众利益啦、党内团结啦、组成联合阵线的必要性啦、媒体的力量啦、国家福利啦……

听起来厉害，但跟什么都没说一样。赫尔克里·波洛出于礼貌强忍住哈欠，感到下巴都憋得酸痛。有时他在阅读议会辩词时也有这种感觉。但是在那种场合下他倒没有必要克制哈欠。

他强打精神，耐心忍受这种折磨。与此同时，他对乔治·康威爵士也感到一丝同情。这个人明明想告诉他一点事情，却显然失去了简单明了地表达的能力。对他而言，话语成了遮掩事实而不是表述事实的手段。他善于辞令——也就是擅长讲些娓娓动听却毫无意义的空话。

可怜的乔治爵士还在滔滔不绝地说着，脸已涨得通红。他朝坐在桌首的那个人投去绝望的一瞥，对方立刻做出反应。

爱德华·费里埃说道：“好了，乔治，让我来讲给他听。”

赫尔克里把目光从内政大臣转移到首相身上。他对爱德华·费里埃颇有好感——是由一位八十二岁的老人偶然道出的一句话引起的。弗格斯·麦克劳德教授在协助警方解决了一项化验难题，从而为一名杀人犯定罪后，偶然谈到了政治。德高望重的约翰·汉麦特（如今是康沃西勋爵）退休之后，他的女婿爱德华·费里埃受命组阁。就政治家而言，他还算是个年轻人——不到五十岁。麦克劳德教授是这么说的："费里埃曾经是我的学生。他是个可靠的人。"

仅此而已，但这对赫尔克里·波洛来说意义重大。如果麦克劳德说一个人可靠，那就是对其品格的肯定。与此相比，大众或媒体的褒贬根本不值一提。

不过这也确实与大众的评价一致。爱德华·费里埃的可靠是公认的——但也仅此而已，他不算才华横溢，不算伟大，不是个擅于雄辩的演说家，也不是个学识渊博的人。他是个可靠的人，一个在传统环境中成长起来的人，一个娶了约翰·汉麦特的女儿的人——他曾是约翰·汉麦特的得力助手，可以受托把这个国家的政府按照约翰·汉麦特的传统继续管理下去。

原因是约翰·汉麦特深受英国民众和媒体的爱戴。在他身上体现了英国人珍视的各种优良品质。民众谈到他时常说："你可以感受到汉麦特的诚实可靠。"传闻他家庭生活简朴，热爱园艺工作。约翰·汉麦特的雨衣是能跟鲍德温的烟斗和张伯伦[1]的雨伞相提并论的。他总是随身携带着它，那件久经风雨、破旧不堪的雨衣。它已经成为一个标志——代表了英国的气候、英国人谨慎而富有远见的态度和他们珍惜旧物的感情。此外，约翰·汉麦特是一个以他那直率豪放的英国方式著称的知名演说家。他演讲时从容不迫、感情真挚，充斥着那些已深入英国国民人心的朴

①这两位均曾任英国首相。

素而充满感情的老话。外国人有时会批评他的那些话虚伪又带有令人难以忍受的高傲，但约翰·汉麦特丝毫不介意被指高傲，并继续以他那种富有体育精神的、私立学校培养出来的轻蔑态度处世。

他的外貌也很出众，身材高大挺拔，有一双色彩均匀明亮的蓝眼睛。他的母亲是丹麦人，而他本人曾任海军大臣多年，因此得到了“维京海盗”的绰号。当他最终因健康状况欠佳被迫放弃执政时，国内出现了深深的不安情绪。谁来接替他呢？那位才华横溢的查尔斯·德拉费尔德勋爵吗？他过于才华横溢了，英国不需要才华。埃温·惠特勒吗？聪明，可是也许有点不择手段。约翰·波特吗？那种会幻想成为独裁者的人，而我们这个国家可不要什么独裁者，多谢您啦。因此当低调的爱德华·费里埃就职后，大家都松了一口气。费里埃没问题。他是那位老人家亲手栽培起来的，还娶了老人家的女儿。照英国的老话说，费里埃会“按既定方针办下去”的。

赫尔克里·波洛仔细端详着这位文静、面色黝黑、声音低沉悦耳的人。他身材瘦削，面色晦暗，看上去一脸疲惫。

爱德华·费里埃说道：“波洛先生，您知道一本名叫《透视新闻》的周刊吧？”

“我曾经翻过几页。”波洛面色微红地承认道。

首相说道：“那您多少知道一点它的内容了。半诽谤性质的东西。都是些捕风捉影、耸人听闻的逸闻秘史。有些是确有其事，有些无关紧要，可都用一种粗俗不堪的方式表达出来。偶尔……”他停了一下，接着说下去时语调稍稍有些改变，“偶尔还会登些别的东西。”

赫尔克里·波洛没吭声。费里埃继续说道：“最近这两个星期，那本刊物一直在暗示将要揭发‘政界最高层’的一桩头号丑闻。‘揭露贪污腐败和营私舞弊的惊人事实’。”

赫尔克里·波洛耸了耸肩，说道：“不过是惯用的伎俩。大肆炒作一番，等到真正公布了，读者会大失所望。”

费里埃冷冷地说道：“这次可不会让他们失望。”

赫尔克里·波洛问道：“这么说来，您已经知道他们要揭露什么了？”

“有相当一部分是准确的。”

爱德华·费里埃停顿片刻，然后讲起来。他仔细而有条有理地勾勒出了事情的大致情况。

这不是一件光彩的事。涉及无耻的诈骗、投机倒把，以及挪用党内资金等多项指控。所有这些指控都是针对前首相约翰·汉麦特的。他们要揭露他是一个不诚实的流氓，一个骗取公众信任的超级骗子，他利用职权谋得大量私利。

首相那平静的话音最后停了下来。内政大臣呻吟了一声，气急败坏地说道：“太恶毒了——恶毒至极！佩瑞那个家伙，就是这份垃圾小报的编辑，应该被枪毙！”

赫尔克里·波洛说道：“这些所谓揭发材料是要在《透视新闻》上发表吗？”

“是的。”

“你们打算采取什么措施呢？”

费里埃慢慢地说道：“这构成了对约翰·汉麦特的人身攻击。他有权控告这家周刊诽谤。”

“他打算这样做吗？”

“不打算。”

“为什么不呢？”

费里埃说道："这可能正是《透视新闻》求之不得的。他们可以吸引广大的公众关注。他们会辩解说这是媒体的报道自由，而且那些有争议的言论都是真实的。这整件事就会持续暴露在公众的关注之下。"

"可是如果案件进展对他们不利，他们就会遭受惨重的损失啊。"

费里埃慢慢地说道："案件可能不会对他们不利。"

"为什么？"

乔治爵士一本正经地说道："我真的认为——"

爱德华·费里埃却抢先说道："因为他们打算刊登的都是……事实。"

乔治·康威爵士呻吟了一声，对这种反议会发言风格的坦率十分恼火。他喊道："爱德华，亲爱的伙计。我们当然不承认……"

爱德华·费里埃疲惫的脸上掠过一丝苦笑，他说道："遗憾的是，乔治，有些时候必须得道出赤裸裸的真相。此时就是。"

乔治爵士大声说道："您明白的，波洛先生，这一切都得严格保密。一个字也不能——"

费里埃打断他的话，说道："波洛先生明白这一点。"他又慢慢往下说道，"波洛先生可能不知道的是，人民党的前途危在旦夕。波洛先生，约翰·汉麦特曾经就是人民党的化身，他代表着英国人民的主张，代表着正派和诚实。从来没有人认为我们卓越非凡。我们也曾把事情弄糟，也犯过错误，但是我们始终代表着竭尽全力做好工作的传统——我们也代表着基本的诚实。我们的灾难是，那个作为我们领袖的人，那个人民当中的老实人，那个杰出人物，结果竟是个当代最恶劣的骗子。"

乔治爵士又呻吟了一声。

波洛说道："您以前对此毫不知情吗？"

那张疲惫的脸上又闪过一丝苦笑，费里埃说道："您可能不相信我，波洛先生，我跟其他人一样完全被骗了。我一直都不能理解我妻子对她父亲的那种古怪态度。我现在终于明白了。她了解她父亲的本性。"

他停了一下，又说道："当真相开始一点点暴露出来时，我真的吓坏了，完全不敢相信。我们坚持让我岳父立即以健康欠佳为由辞职，然后我们就开始着手……清理这团乌七八糟的事，可以这么说吧？"

乔治爵士又呻吟了一声。

"简直就是奥革阿斯的牛棚！"

波洛闻言一怔。

费里埃说道："我担心的是，我们在面对这样一项赫拉克勒斯式的艰巨任务时实在力不从心。真相一旦公布，会立刻激起全国上下的强烈反应。政府会垮台。接下来就要举行全国大选，埃弗哈特和他的政党完全有可能重新掌权。您知道埃弗哈特的政策吧。"

乔治爵士气急败坏地说道："一个喜欢煽动闹事的家伙，一个彻头彻尾的煽动者。"

费里埃严肃地说道："埃弗哈特很有能力，但他鲁莽好斗，而且一点也不老练机智。他那些追随者庸碌无能，优柔寡断。这样一来，很可能会形成独裁统治的局面。"

赫尔克里·波洛点了点头。

乔治爵士抱怨道："要是能把这整件事捂住的话……"

首相缓慢地摇了摇头，那是一种表示挫折的动作。

波洛问道："您不相信这事可以捂住吗？"

费里埃说道："我请您来，波洛先生，是抱着最后一线希望的。我认为兹事体大，知道的人太多，根本不可能不了了之。我们目前只有两个办法，直说就是：要么动用武力，要么采取行贿手段——但都不敢指望能成功。内政大臣把我们的麻烦比作清扫奥革阿斯的牛棚。波洛先生，我们需要的是洪流的冲刷，自然界强大的破坏力。实际上除非奇迹出现，否则不可能办到。"

"这事确实需要一位赫拉克勒斯那样的英雄。"波洛说道，带着满意的表情点了点头。

他又补充道："请记住，我的名字是赫尔克里……"

爱德华·费里埃说道："您能再现奇迹吗，波洛先生？"

"您就是为此召见我的，对吧？因为您认为我有可能办到？"

"的确是的……我意识到，要挽救眼下的局势，只能通过一些奇特的、非正统的办法才行。"

他停顿了片刻，又说道："不过，波洛先生，您也许会从道德角度看待这个问题吧？约翰·汉麦特是个骗子，他的行径必须加以揭露。在不诚实的基础上有可能建立起一个诚实的体系吗？我不知道。可我知道的是我想尽力去试一下。"他突然苦笑了一下，"政治家通常都会拼命保住权力。"

赫尔克里·波洛站了起来，说道："先生，我在警界多年的经验让我一向对政治家评价不高。如果约翰·汉麦特还在任，我绝不会沾手这事——不，连一根指头都不会去碰一碰。但我对您有所了解。曾经有一位真正了不起的人，一位当代最伟大的科学家和最有头脑的人，告诉我说您是一个可靠的人。我愿尽力而为。"

他鞠了一躬，便告退了。

乔治爵士脱口说道："哼，真够无礼的。"

但是爱德华·费里埃却微笑着说道："这是一种赞誉。"

2

下楼的时候，赫尔克里·波洛被一位高个子的金发女人拦住了。她说道："请到我的客厅来一下，波洛先生。"

他鞠了一躬，跟着她走了进去。

她关上门，指着一把椅子请他坐下，还递给他一支烟。她在他对面坐了下来，从容不迫地说道："您刚刚见过我的丈夫，他已经告诉您……关于我父亲的事了吧？"

波洛仔细地端详着她。他看到的是一位高个子女人，相貌端庄，脸上展现出个性和智慧。费里埃夫人是个很受欢迎的人物。作为首相夫人，她自然具有相当的公众关注度。不过大家说得最多的还是她的父亲。黛格玛·费里埃代表了受欢迎的理想英国妇女的形象。

她是一位贤妻良母，与她丈夫一样热爱乡间生活。她仅仅参加一些被公认为适宜妇女参加的社交活动。她衣着考究却不张扬。她把大量的时间和精力用在慈善事业上，发起救济失业工人妻子的特殊计划。她受到举国上下的一致尊敬，也是党内最宝贵的财富。

赫尔克里·波洛说道："您一定非常焦急吧，夫人？"

"哦，是的……您不知道我多么着急。多少年来我一直在担心……会出事。"

波洛说道："您一直不知道究竟发生了什么吗？"

她摇了摇头。

“一点也不知道，我只知道我父亲不是……不是大家所认为的那样。我还是小孩子的时候就意识到他是个……骗子。”

她的声调低沉而痛苦，她又说道：“而爱德华跟我结了婚……他早晚会因此失去一切的。”

波洛沉静地问道：“您有敌人吗，夫人？”

她惊讶地抬起头望着他。“敌人？我想没有。”

波洛若有所思地说道：“我觉得您有……”他接着又说道，“您有勇气吗，夫人？一场大战即将到来，针对您丈夫，也针对您本人。您必须准备好保卫自己。”

她大声说道：“我无关紧要。我只关心爱德华。”

波洛说道：“夫妻本是一体。请记住，夫人，您是恺撒的妻子。”

他看到她的脸色平复下来。她身体前倾，问道：“您打算让我怎么做？”

3

珀西·佩瑞，《透视新闻》周刊的编辑，正坐在写字台后面抽烟。

他是个小个子，长着一张黄鼠狼似的脸。

他用一种柔和而油滑的声调说道：“我们会给他们爆一桩天大的丑闻。就这么办。太妙啦！妙呀！哦，老天！”

他的副手，一个瘦瘦的戴眼镜的小伙子，不安地说道：“你一点也不担心吗？”

“担心铁腕手段吗？他们不行，没有那分胆量。况且这对他们也没有什么好处。我们会在这个国家、在欧洲、在美洲大肆宣扬，这一套没用。”

另外那个小伙子说道：“他们现在一定像热锅上的蚂蚁。他们会不会采取什么措施？”

“他们会派人来好好谈谈——”

蜂鸣器响了，珀西·佩瑞拿起听筒。“你说谁？好吧，让他上来吧。”

他放下听筒，咧嘴一笑。

“他们找了那个自命不凡的比利时侦探来对付咱们。他正上楼来干他的活儿，想试试看我们肯不肯合作。”

赫尔克里走了进来。他的穿着打扮一丝不苟，上衣扣眼儿里还别了一朵白色的山茶花。

珀西·佩瑞说道：“很高兴见到您，波洛先生。您这是去阿斯考特的皇家跑马场的路上路过我这里吧？不是？我弄错了？”

赫尔克里·波洛说道：“您过奖了。我只是想给人一个好印象罢了。”他毫无恶意地扫了一眼那位编辑的脸和有点邋遢的衣着，又说道，“尤其是一个人先天条件差的时候就更得注意仪表了。”

佩瑞简短地问道：“您来找我有什么事？”

波洛身子前探，轻轻拍了拍对方的膝盖，满面春风地说道：“敲诈勒索呗。”

“你他妈的是什么意思，敲诈勒索？”

“我听说——消息灵通的人告诉我说——时不时的，当你们打算在你们那份非常高雅的刊物上登载某些很有破坏性的报道时，你们的银行账户上就会增加一小笔可观的进项。而这样一来，那些报道就不会刊登了。”

波洛把身子收了回来，满意地点了点头。

“您有没有意识到您讲的这些相当于诽谤？”

波洛信心十足地微笑着，说道："我敢肯定您并不反感。"

"我当然反感！说到敲诈勒索，你没有任何证据证明我曾经敲诈勒索过任何人。"

"没有，没有，这一点我敢肯定。您误解我了，我不是在威胁您。我刚才只是想引出那个简单的问题。要多少？"

"我不懂你在说什么！"珀西·佩瑞说道。

"事关国家大计，佩瑞先生。"

两位编辑意味深长地对视了一眼。

珀西·佩瑞说道："我是个革命者，波洛先生。我想要政治廉明，反对腐败。你知道这个国家目前的政治局面吗？纯粹是奥革阿斯的牛棚，一点也不差。"

"啊哈！"赫尔克里·波洛说道，"你也用这个说法。"

"要清理这个肮脏的牛棚，"这位编辑接着说道，"只有靠公众舆论的洪流。"

赫尔克里·波洛站起来说道："我欣赏您的情感。"他又补上一句，"但很可惜您不需要钱。"

珀西·佩瑞连忙说道："慢着，等一下……我不是那个意思……"

可是赫尔克里·波洛已经走出门了。

他为后面将要发生的事找到了理由，他不喜欢这些喜欢敲诈的家伙。

4

埃弗瑞特·达什伍德是《支流》报社的一名职员，一个性格开朗的小伙子，他亲切地拍了拍赫尔克里·波洛的后背。

他说道："都是些脏东西，老伙计。我的只是没那么脏——仅此而已。"

"我并不是说您跟珀西·佩瑞是一丘之貉。"

"该死的小吸血鬼，他是我们这一行里的污点。如果办得到的话，我们都想把他打垮。"

"正巧，"赫尔克里·波洛说道，"我接了一个清理一起政治丑闻的小任务。"

"清理奥革阿斯的牛棚吗，嗯？"达什伍德说道，"你办不到的，伙计。唯一的希望是让泰晤士河改道，把整个议会大厦冲走。"

"您真愤世嫉俗。"赫尔克里·波洛摇着头说道。

"我了解这世道，就是这么回事。"

波洛说道："我想您正是我要找的人。您有一种无所顾忌的性格，您在这行是把好手，还喜欢干些不同寻常的事。"

"你到底想要我干什么呢？"

"我有个小计划要付诸行动。如果我的想法正确，将会有一件耸人听闻的阴谋被揭露出来。我的朋友，这会成为你的报纸的独家新闻。"

"没问题。"达什伍德愉快地说道。

"那是一个破坏一位女子声誉的卑鄙下流的阴谋。"

"越来越棒了！跟风流韵事有关的总会畅销。"

"那就坐下来听我说。"

5

人们在议论。

在小温伯林顿区的"鹅与羽毛"餐厅里。

“反正我不相信。约翰·汉麦特一向是一个诚实的人。他一直是。他跟别的那些政客不一样。”

“所有骗子在被揭发之前人们都是这么说他们的。”

“人们说他从与巴勒斯坦的石油生意上捞了上万镑。那是笔肮脏的交易。”

“他们那帮人都是一路货色。肮脏的骗子，每一个都是。”

“埃弗哈特可不会那么干，他是个规矩的老派人。”

“呃，可我无法相信约翰·汉麦特是个坏人。你不能全信报纸上登的东西。”

“费里埃的妻子是他的女儿。你看到报上登的关于她的事了吗？”

他们仔细研读起一份已经被翻得一塌糊涂的《透视新闻》上的报道：

> 恺撒的妻子吗？我们听说某位高官的夫人日前在一个奇特的场合被人发现。陪同她的是一名舞男。哦，黛格玛，黛格玛，你怎么能如此淘气？

一个乡下口音的人慢慢说道：“费里埃夫人不是那种人。舞男？那些从外国来的下流坯。”

另一个人说道：“女人很难预料。要我说的话，她们那帮女人没有一个是好的。”

6

人们在议论。

“可是，亲爱的，我相信这完全是真的。娜奥美是从保罗那里听来的，保罗是从安迪那里听来的。那个女人简直完全堕落了。”

“可她一向那么老实规矩，做事得体，还时常为义卖会开幕剪彩啊。”

“那不过是伪装罢了，亲爱的，大家都说她是个色情狂。嗯，我的意思是，《透视新闻》上都登出来了！哦，当然不是明说，不过从字里行间能看得出来。我不知道他们是怎样得到这些消息的。”

“你对那些政治丑闻怎样看？他们还说她父亲贪污党内资金哪。”

7

人们在议论。

“我不愿意那样想，罗杰斯夫人，但这是事实。我是说我一向认为费里埃夫人是个很好的人。”

“那你认为这些可怕的事都是真的吗？”

“我说过，我不愿意那样去想她。嗯，去年六月她刚主持过派尔契斯特区义卖会的开幕式。我当时离她很近，就像我现在离那张沙发这么近。她的微笑是那么讨人喜欢。”

“是啊，可是我得说，无风不起浪啊。”

“嗯，当然，那倒也是。唉，老天，看来对谁都不能轻易相信！”

8

爱德华·费里埃面色苍白、憔悴，他对波洛说道：“竟然这样攻击我的妻子！他们太卑鄙下流了——彻头彻尾的卑鄙下流！我要对那份恶毒的小报采取行动！”

赫尔克里·波洛说道：“我建议你不要这样做。”

“可是这些该死的谎言必须得制止啊。”

“您能肯定那些都是谎言吗？”

“该死的，当然啊！”

波洛的脑袋稍稍歪向一边，说道：“尊夫人怎么说呢？”

费里埃一时显得不知所措。

“她说最好别理他们……可我不能不理啊，人人都在议论哪。”

赫尔克里·波洛说道：“没错，人人都在议论。”

9

随后，各报均登出一条简短的消息：

> 费里埃夫人近日出现了轻微的精神崩溃症状。她已前往苏格兰休养，以便恢复健康。

各种猜测和谣言四起——据可靠消息说费里埃夫人不在苏格兰，也根本没去苏格兰。

传言，丑闻，费里埃夫人的真实面貌，四处传开了……

人们又在议论纷纷。

"我跟你说，安迪看到她了，就在那个可怕的地方！她喝醉了，要么就是吸了毒，跟一个恶心的阿根廷舞男——雷蒙在一块儿。就是这样！"

更多的议论。

费里埃夫人跟一个阿根廷舞男跑了；有人在巴黎看见了她，她还吸了毒；她已经吸毒很多年了，她还酗酒无度。

英国的正派思潮一开始并不相信这些传言，可慢慢地，对费里埃夫人的立场转变了。看来这里面确实有文章！这样的女人不应当是首相夫人！

"一个无耻放荡的女人，她就是那么一个女人，不知羞耻的荡妇！"

接着传出了一些影像。

费里埃夫人被人拍到在巴黎——仰面躺倒在一家夜总会里，亲热地搂着一个棕色皮肤、一脸坏相的黑发小伙子的肩膀。

还有一些快照——在海滩上的半裸照片，脑袋枕在一个懒洋洋的小白脸的肩上。下面写着：

> 费里埃夫人乐陶陶……

两天后，一项控告《透视新闻》周刊诽谤的诉讼开始了。

10

这桩案子的原告方委托英国王室的法律顾问莫蒂默·英格伍德爵士提起控诉。莫蒂默爵士态度威严，义愤填膺，指出费里埃夫人是一桩无耻阴谋的受害者，这项阴谋堪比大众熟悉的大仲马笔下的《王后的项链》里那起著名的案件，书中的阴谋是要贬低民众心目中玛丽·安特瓦奈特王后[①] 的形象，眼下这桩阴谋也旨在贬损一位高贵而品德高尚的夫人的声誉，她在这个国家的地位是恺撒的妻子。莫蒂默爵士以极其轻蔑的口吻谈到法西斯分子如何运用众所周知的阴险手段暗中破坏民主，接着他传唤证人出庭做证。

第一位证人是诺桑伯里亚郡主教。

韩德森博士，诺桑伯里亚郡主教，英国教会里的一位知名人士，极尽圣职且人品正直。他性格开朗，为人宽厚，是个了不起的传道士。所有了解他的人都深深地尊敬和爱戴他。

他走上证人席，发誓在所提到的那段日子里，爱德华·费里埃夫人跟他和他的妻子一直待在他的宅邸。费里埃夫人因为忙于慈善事业而操劳过度，医生建议她彻底休养一段时期。她的到访一直保密，以避免引起媒体不必要的猜疑。

一位声名显赫的医生在主教之后宣誓证明他曾经叮嘱费里埃夫人要彻底休养，避开一切烦扰。

一位当地医生也出庭证明他曾在主教宅邸参与照料过费里埃夫人。

下一位证人叫塞尔玛·安德森。

她走上证人席时在整个法庭引起了一阵轰动。大家立刻意识到这个女人与爱德华·费里埃夫人长得是何等的相像。

“你的名字是塞尔玛·安德森吗？”

“是的。”

“你是一名丹麦公民吗？”

---

①法王路易十六的王后，法国大革命后与路易十六均被处死于断头台。

“是的，我家在哥本哈根。”

“你原先在那里的一家咖啡馆工作吗？”

“是的，先生。”

“请你自己向法庭陈述一下三月十八日发生的事。”

“有一位先生来到柜台前，是一位英国先生，他告诉我说他为一家英国报社《透视新闻》工作！”

“你肯定他提到的报纸的名字是《透视新闻》吗？”

“是的，我敢肯定。因为，您知道，一开始我还以为那是一份医学报纸呢，但是看来不是。接着他告诉我说，有一位英国女电影演员要找一名替身，而我正合适。我不怎么看电影，也不知道他说的那个明星，可他告诉我说，嗯，那位明星非常有名，她近来身体不大好，希望找个人代替她在公众场合露露脸，为此她愿意付很多钱。”

“那位先生答应给你多少钱？”

“五百英镑，付我现金。开始我不相信，我觉得这可能是个骗局，可他当场就付给了我一半的钱，所以我就辞去了原来的工作。”

故事继续发展，她被带到巴黎，买了许多漂亮衣服，还配了一个“护卫”。“一位非常体贴的阿根廷绅士。很有教养，很有礼貌。”

很明显，这个女人过得相当开心。她还飞到伦敦，由她那位棕色皮肤的骑士带到一些夜总会去玩。她在巴黎跟他一起拍了些照片。她承认，她去过的有些地方不太好……实际上，不是正经地方！而且拍的一些照片，嗯，也不太正经。不过，他们告诉她说，这些玩意儿是“广告宣传”所需要的——而且雷蒙先生一直非常有教养。

在回答讯问时，她声称没有人向她提起过费里埃夫人这个名字，她也一点都不知道自己是在冒充那位夫人。她没想伤害任何人。她能证实出示给她看的那些照片是她在巴黎和里维埃拉时拍的。

塞尔玛·安德森的诚实是显而易见的。很明显她是个讨人喜欢但是有点笨的女人。现在，当她了解了真相以后，大家都能清楚地看出她因整件事而十分不安，饱受困扰。

被告的辩护毫无说服力，只是疯狂地否认跟安德森这个女人打过交道。那些照片是被送到伦敦办事处的，而且说是真的。莫蒂默爵士的总结陈词激起了大家的热情。他把这整件事描述为一起卑鄙的政治阴谋，目的在于诋毁首相及其夫人的名誉。不幸的费里埃夫人理应获得大家的同情。

意料中的判决结果在空前热闹的场景中进行宣读。被告方要为他们造成的伤害负担巨额赔偿。当费里埃夫人和她的丈夫及父亲离开法庭时，受到了来自大批群众的赞扬。

11

爱德华·费里埃热情地握着波洛的手。

他说道："谢谢您，波洛先生，千恩万谢。哼，《透视新闻》彻底完蛋了。肮脏的下流小报，他们被彻底打垮了。策划这种卑鄙下流的阴谋，他们完全是罪有应得。居然陷害世界上最仁慈的人黛格玛。多亏您设法揭穿了这整件恶毒的阴谋……您怎么想到他们会利用一个替身呢？"

"这不是一个新花样了，"波洛提醒他，说道，"在简·德拉慕特一案里，就有人成功冒充过玛丽·安特瓦奈特。"

“我知道了，我得重读一遍《王后的项链》。可您是怎么找到他们雇用的那个女人的呢？”

“我去丹麦找她，果然找到了。”

“可为什么要在丹麦找呢？”

“因为费里埃夫人的祖母是丹麦人，她本人也明显具有丹麦人的特征。另外还有一些别的原因。”

“她们俩真是长得太像了。这真是个恶毒的主意！我真纳闷，那个卑鄙小人是怎么想出这个主意的？”

波洛微微一笑，说道：“他没有。”然后他拍了拍自己的胸脯，说，“是我想出来的。”

爱德华·费里埃目瞪口呆，问道：“我不明白。您这是什么意思？”

波洛说道：“我们得回到比《王后的项链》还要古老的一个故事——清理奥革阿斯的牛棚。赫拉克勒斯借用的是一条河，也就是自然界的巨大力量。我们要把它现代化！如今什么是自然界的巨大力量呢？性，对不对？从性的角度，最容易创造出畅销的故事和吸引人的新闻。为人们提供与性有关的丑闻，远比单纯的政治骗局更吸引人。

“那么，这就是我的任务！就像赫拉克勒斯建起一道水坝来让河流改道一样，我得先把自己的双手伸进污泥浊水里去。我的一位新闻界的朋友帮助了我。他在丹麦四处寻找，终于找到了合适假扮的人。他接近她，装作随意地向她提起《透视新闻》，满心希望她记住这个名字。她倒真的记住了。

“于是，发生了什么事呢？污泥浊水——大量的污泥浊水！恺撒的妻子被泼了一身。人们对这事比对任何一桩政治丑闻都要感兴趣。结果怎样？哈，反作用出现了！美德得到了维护！那位纯洁的妇女获得了清白！浪漫和情感的巨浪清扫了奥革阿斯的牛棚。

“就算全国的报纸现在都刊登约翰·汉麦特侵吞公款的消息，也没有人会相信了。那会被认为是另一起贬损政府的政治阴谋。”

爱德华·费里埃深吸了一口气。事实上赫尔克里·波洛此生中没有比这一刻更接近遭受身体攻击的危险。

“我的妻子！你竟然胆敢利用她——”

幸运的是，费里埃夫人本人在这一刻走进了房间。

“啊哈，”她说道，“一切进行得十分顺利。”

“黛格玛，难道你……一直都知道吗？”

“当然，亲爱的。”黛格玛·费里埃说道。

她微微一笑，是贤妻良母应有的温柔的微笑。

“可你一直没告诉我！”

“爱德华，如果我告诉了你，你就绝对不会让波洛先生那么做了。”

“我是不会同意的！”

黛格玛微笑着说道：“我们也是那么认为的。”

“我们？”

“我和波洛先生啊！”

她冲着赫尔克里·波洛和她的丈夫微微一笑，接着说道：“我在亲爱的主教那里休养得非常好，现在我感到精力充沛。有人请我下个月到利物浦去参加一艘新的战列舰的命名仪式，我认为那会是一件很受欢迎的事呢。”

第六章　斯廷法利斯湖的怪鸟[①]

①欧律斯透斯安排的第六项任务是驱逐栖息在斯廷法利斯附近的怪鸟。这些怪鸟曾是狩猎女神阿尔忒弥斯的宠物，为逃避狼群而来到阿卡迪亚斯廷法利斯附近的沼泽。它们生有铜喙，喜食人肉，尖厉的羽毛落下能杀死人，且粪便有毒。它们时常飞到村里糟蹋粮食和果树，骚扰居民。赫拉克勒斯一开始一筹莫展，因为他体格壮硕，无法靠近怪鸟们栖息的沼泽。雅典娜看到后送给他一只锻造之神赫淮斯托斯造的手摇铃，赫拉克勒斯站在俯瞰湖面的山顶摇响摇铃，怪鸟受惊，飞到空中，赫拉克勒斯再用沾了九头蛇毒血的箭射它们。大部分怪鸟被射死，幸存的逃至黑海的一座岛上。赫拉克勒斯带着几只怪鸟的尸体去见欧律斯透斯，证明自己完成了任务。

1

哈罗德·韦林第一次注意到那两个女人是她们从湖边那条小道上走过来的时候，他当时正坐在旅馆外面的露台上。这天天气晴朗，湖水碧蓝，阳光明媚。哈罗德正叼着一支烟斗，深感这个世界的美好。

他的政治生涯前途光明。三十多岁就当上了副部长，足以引以为傲了。据说首相曾经向某人说过："年轻的韦林前途不可限量。"哈罗德感到扬扬得意也是理所当然的。生活在他面前展现出美好的前景。他年富力强，相貌堂堂，身体健康，而且没有什么桃色纠葛。

他来到黑塞斯洛瓦尼亚[①] 度假，以便摆脱日常事务，逃离各种人事关系，好好休息一下。斯特普卡湖边的那家旅馆虽然小了点，但十分舒适，而且旅客少，仅有的几位旅客都是外国人。到目前为止，别的英国人就只有一位老妇人赖斯太太和她已经出嫁的女儿克莱顿太太了。哈罗德喜欢这两位女士。爱尔西·克莱顿有一种老派的传统美。她很少甚至根本不化妆，性情温和、相当腼腆。赖斯太太则是一位很有个性的女人。她身材高大，嗓音深沉，处事老练，却富有幽默感，是个很好的旅伴。她的生活显然以她女儿为中心。

哈罗德与这对母女一起消磨了不少愉快的时光，不过她们并

① Herzoslovakia 是作者虚构出的一个位于巴尔干地区的国家，最早出现在早期作品《烟囱别墅之谜》（*The Secret of Chimneys*）中。

没想独占他，他们之间一直保持着友好而不苛求的关系。

旅馆里的其他客人并没有引起哈罗德的注意。他们大多是徒步旅行者或搭乘旅游车的游客，在这里住一两个晚上就走了。他几乎没注意到什么人——直到这天下午。

那两个女人从湖边小径慢慢走过来，正当哈罗德的注意力被她们吸引住时，一片浮云遮住了太阳。他不禁微微哆嗦了一下。

他盯着那两个女人，她们看上去有点古怪。两人都长着长长的弯钩鼻子，像鸟喙一样。两个人的脸出奇地相像，且都面无表情。她们俩都披着松松垮垮的斗篷，斗篷随风飘荡，活像两只大鸟的翅膀。

哈罗德心想：这两个人可真像两只大鸟啊——接着他又几乎不自觉地想到，是两只不祥之鸟。

这两个女人径直走上露台，紧贴他身旁走过。两人都不算年轻——四十多、近五十岁的样子。两人长得如此相像，明显是一对姐妹。她们表情冷峻，令人望而生畏。她们俩从他身旁走过时瞥了他一眼，是对人做出评估的古怪的一瞥——眼神近乎冷酷无情。

哈罗德对这两个女人的坏印象加深了。他注意到姐妹俩中一位的手手指细长，像爪子一样……尽管太阳又露出来了，他还是又打了个寒战，心想：真是可怕的怪物，活像食肉猛禽……

赖斯太太从旅馆里走了出来，打断了他的想象。他跳起来，为她拉过一把椅子。她道了声谢就坐了下来，像往常那样精力充沛地织起毛线活儿来。哈罗德问道："您看见刚才走进旅馆的那两个女人了吗？"

"披着斗篷的吗？是的，我和她们擦身而过。"

"非常古怪，您不觉得吗？"

"嗯，是啊，也许是有点古怪。她们好像是昨天才到这里的。长得非常像——肯定是一对孪生姐妹。"

哈罗德说道："我可能有点想多了，可我明显觉得她们身上有股邪气。"

"多奇怪啊，那我可要仔细看看她们，看我是否同意您的意见。"

她又说道："我们可以从旅馆前台那里打听一下她们是什么人。我想应该不会是英国人吧？"

"哦，不会的。"

赖斯太太看了一下手表，说道："下午茶时间到了。麻烦您进去按铃叫人来可以吗，韦林先生？"

"当然可以，赖斯太太。"

他办完这个差事后又回到自己的座位上，问道："您女儿今天下午到哪儿去了？"

"爱尔西吗？我们刚才一起散了会儿步，沿着湖边走了一段，然后穿过松林回来。真是美极了。"

一名侍者来了，赖斯太太要了茶点，然后一边飞快地织着毛线，一边继续说道："爱尔西收到了她丈夫的一封信。她可能不下楼来喝茶了。"

"她的丈夫？"哈罗德感到惊讶，"您知道，我一直以为她是个寡妇呢。"

赖斯太太狠狠地瞪了他一眼，冷冷地说道："哦，不是的。爱尔西不是个寡妇。"她又加重语气添上一句，"不幸的正是这一点！"

哈罗德大吃一惊。

赖斯太太冷冷地点了点头，说道："世上很多的不幸都是酗酒导致的，韦林先生。”

“她的丈夫酗酒吗？”

“是的。还有不少别的毛病。他嫉妒得要命，脾气暴躁得出奇。”她叹了口气，“这种日子真是难熬啊，韦林先生。我非常疼爱爱尔西，她是我唯一的孩子——看着她不幸福真不好受。”

哈罗德饱含真情地说道：“她是那么温柔。”

“也许太温柔了点。”

“您是说……”

赖斯太太缓缓说道：“一个幸福的人会更高傲些。我想爱尔西的温柔出自一种挫折感。生活对她太艰难了。”

哈罗德稍带犹豫地问道：“那她……怎么会嫁给这样一个丈夫呢？”

赖斯太太答道：“菲利普·克莱顿是个很有魅力的人。他原来有魅力，现在仍然很有魅力。他还有一笔可观的财产——当时也没人提醒我们他的真实品行。我守寡多年。两个女人孤孤单单地生活，对男人的品行也做不出很好的判断。”

哈罗德若有所思地说道：“是啊，确实如此。”

他觉得一股怒火和怜悯涌上了心头。爱尔西·克莱顿至多不过二十五岁。他回想起她那双流露出友好神情的蓝眼睛，她那微微下垂的嘴角。他忽然意识到自己对她的兴趣有点超出了一般的友谊。

可她被一个畜生缠住了……

2

那天晚餐过后，哈罗德跟母女二人坐在一起。爱尔西·克莱顿穿着一件柔软的暗粉色衣服，哈罗德注意到她的眼皮有点儿红肿，应该哭过一场。

赖斯太太轻快地说道："韦林先生，我打听出您那两位鸟身女妖的身份了。她们是波兰人——出身名门望族，前台接待员是这么告诉我的。"

哈罗德的目光越过房间，望向那两位波兰女士坐着的地方。爱尔西颇感兴趣地说道："是那边坐着的两个女人吗？头发染成棕红色的？不知怎的，她们看上去总叫人觉得有点可怕——我也不知道为什么。"

哈罗德得意扬扬地说道："我先前也是这么觉得的。"

赖斯太太笑着说道："我认为你们俩都有点荒唐。不能以貌取人。"

爱尔西笑了起来。"是不能。可我还是觉得她们像一对秃鹫。"

"专门啄食死人的眼睛。"哈罗德说道。

"哦，别说啦！"爱尔西叫道。

哈罗德连忙说道："对不起。"

赖斯太太微微一笑，说道："反正她们不会跟我们打交道的。"

爱尔西说道："我们也没有做什么亏心事，更没有秘密！"

"也许韦林先生有呢。"赖斯太太眨了一下眼睛说道。

哈罗德朝后仰着脑袋哈哈大笑，说道："什么秘密也没有。我一生清清白白，没什么隐瞒的事。"

他心中闪过这样的想法：人偏离了正道，该是多么的愚蠢啊。问心无愧——这才是人生最需要的。这样你就可以坦然面对世人，让任何试图搅扰你的人去见鬼！

忽然之间，他觉得自己生气勃勃，十分刚强，完全能够主宰自己的命运！

3

哈罗德·韦林同许多英国人一样，并不擅长多种语言。他的法语说得磕磕绊绊，而且带有明显的英语口音，德语和意大利语则一点也不懂。

到目前为止，语言能力的匮乏并没让他感到困扰。在欧洲大陆的大多数旅馆里，正如他一直注意到的，人人都会讲英语，因此为什么要担心呢？

但是在这个偏僻的地方，本地人讲的是斯洛伐克语，连旅馆前台服务人员也只会讲德语，有时他不得不请两位女性朋友之一给他做翻译，这使他深感屈辱。赖斯太太爱好学习各种语言，甚至还会讲一点斯洛伐克语。

哈罗德决定开始学德语。他打算买几本教科书，每天上午花几个小时来掌握这门外语。

这天上午天气晴朗，哈罗德写完几封信以后看了一下手表，发现午餐前还有一个小时的时间可以散散步。他一路向湖边走去，然后转进了松林。他在林中漫步了大约五分钟，这时听到一阵不会被弄错的声响——不远处有一个女人在伤心地呜咽啜泣。

哈罗德略一迟疑，接着就朝哭声走去。那个女人原来是爱尔西·克莱顿。她正坐在一棵倒下的树干上，两手捂着脸，双肩随着悲伤不断地颤抖。

哈罗德犹豫了一下，然后走近她，轻声问道："克莱顿太太——爱尔西，你怎么了？"

她大吃一惊，抬头望着他。哈罗德在她身旁坐了下来。

他怀着真切的同情问道："有什么我能帮您的吗？什么都行。"

她摇了摇头。

"没什么……没什么……您太好啦。可谁也帮不了我。"

哈罗德迟疑地问道："是跟……您丈夫有关吗？"

她点了点头，接着擦了擦眼睛，拿出粉盒，努力使自己恢复常态。她用颤抖的声音说道："我不想让妈妈担心，她一看到我不高兴就难过极了，所以我就跑到这里来哭一场。我知道，这样做很傻气，哭也没有用。可是……有时候……日子就是让人感觉没法忍受了。"

哈罗德说道："我真的感到非常遗憾。"

她感激地瞥了他一眼，然后连忙说道："当然这都是我自己的错，是我自己愿意嫁给菲利普的。结果……结果却大失所望，这只能怪我自己。"

哈罗德说道："您这样想真是很有勇气！"

爱尔西摇了摇头。

"不，我没有勇气。我一点也不勇敢，而是个可怕的胆小鬼。这是我跟菲利普产生矛盾的部分原因。我怕他……怕极了——特别是他发起脾气来的时候。"

哈罗德深情地说道："您应当离开他！"

"我不敢。他不会让我走的！"

"瞎说！不能考虑离婚吗？"

她慢慢地摇了摇头。

"我没有什么理由。"她挺直了肩膀，"不，我只能忍受下去。您知道，我有不少时间跟妈妈待在一起。菲利普对这一点并不在乎，特别是我们来到这样一个远离人世的地方。”她脸上泛起红晕，又说道，“您知道，部分原因是他嫉妒得要命，只要……只要我跟另一个男人说上一句话，他就会大发雷霆！”

哈罗德义愤填膺。他曾听到过不少女人抱怨自己的丈夫嫉妒成性，可是他在对那个女人表示同情时却又暗自觉得那个丈夫还是有充分理由嫉妒的。但是爱尔西·克莱顿却不是那种女人，她甚至都没向他投来过一个轻佻的眼神。

爱尔西微微颤抖了一下，躲开了一点。她抬头凝望着天空，说道：“太阳又躲进云层了。天有点冷了，我们还是回旅馆去吧。一定快到午饭时间了。”

他们俩站起身来，朝旅馆方向走去。两人走了不一会儿就赶上了另一个也朝那个方向走去的身影，他们俩从那人身上穿的那件飘动的斗篷认出了对方，是那对波兰姐妹之一。

他们从她身旁走过，哈罗德微微鞠了一躬。她没有回礼，只盯着他们看了一会儿，眼神中流露出一种审视的神情，哈罗德突然感到浑身发热。他怀疑那个女人是不是看到了他紧挨着爱尔西坐在树干上。如果是的，她也许会认为……

反正，她看上去似乎正在琢磨……他心中不由得冒起一股怒火！有些女人的内心是多么的龌龊啊！

奇怪的是太阳这时又躲进了云层，他们俩想必都打了个寒战——也许就在那个女人盯着他们的那一刻……

不知怎的，哈罗德感到了一丝不安。

4

这天晚上刚过十点，哈罗德就回了自己的房间。英国侍女给他送来了好几封信，有的需要立刻回复。

他换上睡袍，坐在写字台前开始处理信件。他写完了三封，刚开始写第四封时房门突然被撞开了，爱尔西跌跌撞撞地走了进来。

哈罗德吃惊地跳起来。爱尔西从身后把门关上，紧紧抓住五斗柜。她大口喘着气，面如死灰，看上去吓得要命。

她气喘吁吁地说道："是我的丈夫！他突然来了。我……我想他要杀了我。他疯了——完全疯了。我到您这里来躲一躲。别……别让他找到我。"

她往前走了一两步，摇摇晃晃的，差点儿跌倒。哈罗德连忙伸出手扶住了她。

就在这时，房门被撞开了，一个男人站在门口。他中等身材，两道浓眉，一头光滑的黑发。他手里拿着一把沉重的汽车扳手。他嗓门很高，声音气得发颤，话几乎是喊出来的。

"那个波兰女人说对了！你的确在跟这个男人勾搭！"

爱尔西喊道："不，不，菲利普。不是那样的。你搞错了。"

菲利普朝他们俩冲了过来，哈罗德迅速把姑娘拉到自己身后。菲利普喊道："我错了？是吗？我在他的房间里抓到了你！你这个妖精，我要宰了你！"

他一扭身避开哈罗德的手臂。爱尔西叫喊着跑到哈罗德身子的另一边，后者转身阻挡住了那个男人。

可是菲利普·克莱顿只有一个念头，就是要抓住他的妻子。他又转了过来。爱尔西吓得冲出了房间。菲利普·克莱顿追了出去，哈罗德也毫不犹豫地跟在他身后。

爱尔西冲回走廊尽头她自己的卧室。哈罗德可以听到钥匙在锁眼里转动的声音，但是太迟了。还没等门锁好，菲利普·克莱顿就一把扭开了门。他闪身冲进了房间，随即哈罗德就听到了爱尔西惊恐的叫声。片刻之后哈罗德也冲了进去。

爱尔西正站在窗帘前，走投无路。哈罗德进去的时候，菲利普·克莱顿正挥舞着扳手向她冲过去。她惊叫一声，从身旁的写字台上抄起一个沉重的镇纸朝他扔了过去。

克莱顿扑通一下倒在地上。爱尔西尖叫起来。哈罗德惊呆了，站在门口。那个姑娘跪倒在她丈夫身旁。男人则躺在摔倒的地方，一动也不动。

外面的走廊里传来拉开门闩的声音。爱尔西跳了起来，跑到哈罗德面前。

"求您啦……求您啦……"她气喘吁吁地低声说道，"回您的房间去吧。会有人来的——他们会发现您在这里的。"

哈罗德点了点头，闪电般迅速地理解了眼下的处境。此刻菲利普·克莱顿已经丧失战斗能力，爱尔西的叫声想必已有人听见了，如果被人发现他在爱尔西的房间里，那只会造成尴尬而让人误解的局面。为爱尔西和他本人着想，绝不能有丑闻。

他尽可能悄无声息地从走廊一路冲回到自己的房间。刚回到房间，他就听到房门打开的声音。

他在房间里坐了近半个小时光景，静静地等待着。他不敢出去。他确信爱尔西迟早会来找他的。

有人轻轻敲了敲门，哈罗德跳起来把门打开。

不是爱尔西，而是她母亲，哈罗德被她那副样子吓呆了。她看上去突然间苍老了许多，灰色的头发凌乱不堪，两眼周围出现了黑眼圈。

他连忙把她搀扶到一把椅子前。她坐了下来，痛苦地喘着气。哈罗德急忙说道："您看起来累坏了，赖斯太太。要不要喝点什么？”

她摇了摇头。

“不用。别管我。我没事儿，真的。只是吓坏了，韦林先生，发生了一件可怕的事。”

哈罗德问道：“克莱顿伤得很厉害吗？”

她歇了口气，答道：“比那糟多了。他死了……”

5

整个房间似乎都在旋转。

仿佛一股冰水沿着脊背浇了下去，哈罗德一下子目瞪口呆，半晌说不出话来。

他有气无力地重复道：“死了？”

赖斯太太点了点头。

她用精疲力尽的平板声调说道：“那个大理石镇纸的棱角正好击中了他的太阳穴，他朝后摔倒，脑袋又撞在壁炉的铁栅栏上。我也不知道到底是哪样杀死了他——可他确实死了。我见过好多次死人，这一点还是清楚的。”

灾难——哈罗德的脑海里不断回响着这个词。灾难，灾难，灾难……

他激动地说道：“这是一起意外……我亲眼看着它发生的！”

赖斯太太厉声说道：“这当然是一起意外。我也知道。可是……可是……别人也会这么想吗？我……说实话，我很害怕，哈罗德！这里不是英国。”

哈罗德慢慢说道：“我可以证实爱尔西的说辞。”

赖斯太太说道：“没错，她也可以证实您的说辞。可这……

这正是问题所在！”

哈罗德的头脑既敏锐又谨慎，他明白她的意思。他回想这件事的前前后后，盘算着二人处境的不利之处。

他和爱尔西曾一起度过不少好时光。另一件事实是那两个波兰女人中的一位曾经看见他们俩在一种不太得体的情形下一起待在松林里。尽管那两位波兰女士明显不会说英语，但可能多少懂得一点。那个女人如果碰巧听到了他们俩的对话，可能也明白“嫉妒”和“丈夫”这类字眼的意思。不管怎么说，显然是她对克莱顿说了什么才引起了他的嫉妒，并导致眼下——他的死亡。克莱顿死的时候，他，哈罗德，又正巧在爱尔西·克莱顿的房间里。没有任何证据证明不是他蓄意用镇纸袭击了菲利普·克莱顿，也没有任何证据说明那位嫉妒的丈夫没有抓住他们俩在一起。有的只是他和爱尔西的一面之词而已。人们会相信吗？

一阵冰冷的恐惧紧紧攫住了他。

他不认为——不，他真的不认为——他或爱尔西会为了一起他们并没有犯下的谋杀罪而被判处死刑。真的，不管怎么讲，顶多也只能指控他们俩犯了过失杀人罪（这个国家里有过失杀人罪这个说法吗？）。即便他们最终被证明无罪，也要经过一番调查——所有的报刊都会报道这起案件。一对英国男女被指控——嫉妒的丈夫——很有前途的政客。好吧，这将意味着他的政治生涯的终结，他绝不可能从这种丑闻中幸存下来。

他一时冲动地说道：“我们能不能把那具尸体处理掉？把他埋在哪儿？”

赖斯太太那惊讶而轻蔑的目光让哈罗德脸红了。她尖锐地说道：“亲爱的哈罗德，这可不是侦探小说！那么干简直是疯了。”

“这倒也是。”他嘟囔道，“那我们该怎么办呢？上帝啊，我们该怎么办呢？”

赖斯太太绝望地摇了摇头。她皱起眉头，痛苦地思索着。

哈罗德问道：“我们能做点什么？不管是什么，只要能避免这场可怕的灾难……”

终于，这个字眼出现了——灾难！太可怕了！始料未及！真是彻底遭了大殃。

两人茫然地对视。赖斯太太嗓音沙哑地说道：“爱尔西……我的小宝贝。我做什么都行……要是让她经历那样的事，那会要她的命的。”她又补上一句，“您也一样，您的前途——一切就都完啦。”

哈罗德勉强说出：“不用管我。”

但他心里并非真的这么想。

赖斯太太接着痛苦地说道：“这一切太不公平啦……完全不是那么回事。你们之间什么事都没有，这一点我很清楚。”

哈罗德仿佛抓住了一根稻草，提议道：“至少您可以说明这一点——一切都很正常，没有什么暧昧的事。”

赖斯太太苦涩地说道：“不错，如果他们相信我的话就好了。可您知道这儿的人是什么样的！”

哈罗德郁闷地同意这一点。按照欧洲大陆的思维，他和爱尔西之间肯定有暧昧关系，赖斯太太的否认只会被当作是她为了自己的女儿而撒谎。

哈罗德沮丧地说道：“没错，我们不是在英国，真是倒霉到家了。”

“哦！”赖斯太太抬起头来，“这倒是真的……这里不是英国。我想也许能做点什么……”

“哦？”哈罗德充满渴望地看着她。

赖斯太太突然说道："您带着多少钱？"

"身边没带多少，"但他又补充道，"当然我可以发电报回去要。"

赖斯太太冷峻地说道："我们恐怕需要不少钱。不过，我认为倒是值得一试。"

哈罗德感到燃起了一点希望，问道："您说的是什么办法呢？"

赖斯太太果断地说道："我们自己没有办法隐瞒这桩死亡事件，但我确信可以通过官方途径掩盖这件事！"

"您真觉得这能行吗？"哈罗德重新燃起了希望，却仍有点怀疑。

"是的。首先旅馆的经理会跟我们站在一边，他肯定愿意把这事捂住秘而不宣。依我看，在这些偏僻古怪的巴尔干小国里，你可以贿赂任何人——而且警方可能比其他人更加腐败！"

哈罗德慢慢说道："知道吗，我认为您说得对。"

赖斯太太接着说道："幸运的是，我觉得旅馆里没有人听到动静。"

"你们房间对面，紧挨着爱尔西房间住的是谁？"

"那两位波兰女士。她们什么也没听见，要不然她们会从房间里出来到走廊看看的。菲利普很晚才来这里，除了夜班门房，谁也没看见他。哈罗德，我觉得这事可以捂住——给菲利普弄一张自然死亡的证明！只要钱给得够多，还有就是要找对人，大概警察局长就行！"

哈罗德黯然一笑，说道："这简直就是出闹剧，对吧？不管怎样，我们只能试试看了。"

6

赖斯太太简直就是能量的化身。她先把经理叫来了。哈罗德留在自己的房间里，先不介入此事。他跟赖斯太太达成一致：最好说那是一场夫妻间的争吵。爱尔西年轻貌美，会赢得更多的同情。

第二天上午来了几名警察，被引进赖斯太太房内。他们中午时分离开了。哈罗德发电报要求汇钱过来，但是整个调查过程都没有参加——实际上，他也没法参加，因为那些警察没有一个会说英语。

中午十二点，赖斯太太来到他的房间。她看上去面色苍白，疲惫不堪，不过她脸上那种如释重负的神情说明了情况。她简单地说道："办妥啦！"

"谢天谢地！您简直太了不起了！这简直令人不敢相信！"

赖斯太太意味深长地说道："事情进展得那么顺利，都让人觉得这是很正常的。他们几乎是立刻就伸手要钱了。这……这真有点让人恶心！"

哈罗德淡淡地说道："现在不是讨论公职人员的腐败的时候。他们要多少钱？"

"要价相当高。"

她读了读费用清单：

警察局长 XXX

警察署长 XXX

代理人 XXX

医生 XXX

旅店老板 XXX

夜班门房 XXX

哈罗德只简单评论道："夜班门房拿得不多啊，我想多半是金饰带的关系[①] 吧。"

赖斯太太解释道："经理坚持要求说人不是在他的旅店里死的，因此官方的说法是菲利普在火车上突发心脏病，于是他沿着走廊走动想透透气。要知道人们总是不把车厢门关好，他就摔出去跌在铁轨上了。那帮警察要是想干的话，是能干得相当不错的！"

"嗯，"哈罗德说道，"谢天谢地我们的警方不是这个样子。"

他带着英国人的优越感下楼吃午饭去了。

7

午餐后，哈罗德通常会跟赖斯太太和她的女儿一起喝咖啡。他决定今天照例这么做。

从前一天晚上到现在，他还是第一次见到爱尔西。她的脸色非常苍白，显然还没从那场惊吓中缓过来，不过她勇敢地努力试图表现得跟往常一样，说些天气和景致之类的平常话。

他们谈论起一位新到的游客，试着猜出他的国籍。哈罗德认为留着那样的唇髭必定是法国人；爱尔西说是德国人；赖斯太太则认为是西班牙人。

露台上除了他们以外，就剩坐在最远端的那两位波兰女士，

①意思是门房捞到的赡金少是因为他不像警察等公职人员那样身穿配有金饰带的制服。

她们都专注于刺绣。

像往常一样，哈罗德一看到她们就感到一阵莫名的畏惧袭过全身。那毫无表情的面孔，那弯弯的鸟喙一样的鼻子，那细长的爪子一般的手……

一名听差走来告诉赖斯太太有人找她。她起身跟他前去。爱尔西和哈罗德看见她在旅馆门口跟一位一身制服的警官碰头。

爱尔西屏住了呼吸。

“您觉得该不会是……出了什么岔子吧？”

哈罗德立刻宽慰她道：“哦，不会的，不会的，肯定不会的！”

可他本人也忽然感到一阵恐惧。

他说道：“您母亲真了不起！”

“我知道。妈妈是个非常了不起的人，她永远不会坐下来认输。”爱尔西颤抖了一下，“可这一切多么可怕啊，对吧？”

“现在别再想啦。一切都过去了，都处理妥当了。”

爱尔西低声说道：“可我忘不了……是我杀了他。”

哈罗德急忙说道：“别那样想。那只是一起意外事故，这你是清楚的。”

她显得高兴了一点。哈罗德又说道：“再说，事情已经过去了。过去的事就让它过去吧，永远也别再想啦。”

赖斯太太回来了，他们从她脸上的表情看出一切顺利。

“真是吓了我一大跳，”她几乎是兴高采烈地说道，“原来只是处理一些文件之类的例行手续。一切顺利，我的孩子们。我们现在摆脱了麻烦，我想我们应该来一瓶甜酒庆祝一下。”

点的甜酒端来了，他们举杯庆祝。

赖斯太太说道：“祝未来美好！”

哈罗德冲爱尔西微笑着，说道："祝您幸福！"

她也对他回以微笑，举起酒杯说道："也祝您……祝您成功！我敢肯定您会成为一位伟人。"

摆脱了恐惧之后，他们感到兴高采烈，近乎晕眩。阴影已经消散！一切顺利……

露台远端那两位鸟相的妇人站了起来，她们把活计仔细卷好，沿着石板走了过来。

她们轻轻鞠了一躬，在赖斯太太身旁坐了下来。其中一位开始讲话。另一位则盯着爱尔西和哈罗德，嘴角挂着一丝微笑。哈罗德觉得那不是一种善意的微笑……

他望了望赖斯太太。她正在听那个波兰女人讲话，尽管他一句也听不懂，但是赖斯太太脸上的表情却清楚不过，之前那种痛苦和绝望的神情又重现在她的脸上。她听着，偶尔简短地说几句话。

两姐妹站起身来，僵硬地微微一鞠躬，走进了旅馆。

哈罗德探身向前，声音沙哑地问道："怎么回事？"

赖斯太太用平静而绝望的声音答道："那两个女人要敲诈我们。昨天晚上她们全都听到了。现在我们努力把这事给捂住了，这就让这整件事糟糕了上千倍……"

8

哈罗德·韦林在湖边徘徊。他已经发狂似的走了一个多小时，试图通过消耗体力来平复内心绝望的心情。

最后他又来到了第一次注意到那两个可怕的女人的地方，如今他和爱尔西的命运正牢牢掌握在她们那邪恶的爪子里。他大声喊道："该死的女人！让这对吸血的妖怪见鬼去吧！"

一声轻轻的咳嗽让他转过身来，他发现自己与那位蓄着浓密唇髭的陌生人面对面，后者刚从树荫里走出来。

哈罗德不知道该说什么。这个小个子男人一定听见了他刚才说的话。

哈罗德一时不知所措，有点语无伦次地说道："哦……呃……下午好。"

那个人用标准的英语答道："可对您来说，我想，这个下午恐怕不太好吧？"

"嗯……呃……我……"哈罗德又无话可说了。

那个小个子说道："我想您遇到麻烦了吧，先生？我能帮您点什么忙吗？"

"哦，不用，谢谢！不用，谢谢！只是出出气，您知道。"

另一位轻声说道："可我觉得我能帮您的忙。您的麻烦跟刚刚坐在露台上的两位女士有关，对不对？"

哈罗德睁大眼睛望着他。

"您知道她们的底细吗？"哈罗德问道，"顺便问一句，您是谁啊？"

那个小个子以一种谦逊的姿态做出了回答，活像在承认自己是王室成员。"我是赫尔克里·波洛。我们到树林里走走，您把您的情况讲给我听听，怎么样？就像我刚讲过的，我认为我能帮你。"

时至今日，哈罗德也说不清自己为什么会向一个才交谈了几分钟的人倾诉全部心事，也许是因为压力过大的关系吧。不管怎样，事情就这么发生了。他把事情经过全都告诉了赫尔克里·波洛。

后者一言不发地听着，有一两次严肃地点点头。哈罗德刚一说完，波洛就出神似的说道："这些怪鸟，栖息在斯廷法利斯湖畔，长着钢铁般的尖喙，食人肉……没错，完全符合！"

"您说什么？"哈罗德瞪大了眼睛问道。

他想这个样子古怪的小个子八成是疯了！

赫尔克里·波洛微笑着。

"我只是在琢磨这件事，没什么。要知道，我有自己看问题的方法。至于您的这件事，看来您的处境相当不妙啊。"

哈罗德不耐烦地说道："这用不着你说！"

赫尔克里·波洛接着说道："这件事很严重，敲诈勒索。这些鸟身女妖会逼迫您付钱、付钱、再付钱！如果您拒绝她们，会发生什么事呢？"

哈罗德辛酸地说道："整件事会全都曝光。我的前途毁了，一个从没伤害过任何人的姑娘也将陷入万劫不复的境地，天晓得最终结局会是什么样子啊！"

"因此，"赫尔克里·波洛说道，"必须马上采取措施！"

哈罗德直截了当地问道："什么措施？"

赫尔克里·波洛身子后仰，半眯着眼睛，说道（哈罗德又在怀疑这人是否神志正常）："现在是使用铜钹的时候了。"

哈罗德忍不住问道："您是不是疯了？"

波洛摇了摇头，说道："当然不是！我只是在努力效仿我那伟大的前辈赫拉克勒斯。再耐心等待几个小时，我的朋友。到明天，我就可以把您从那些迫害您的人手中解救出来！"

9

第二天早上，哈罗德·韦林下楼时看到赫尔克里·波洛独自一人坐在露台上。不由自主地，他被赫尔克里·波洛许下的诺言深深打动了。

他走上前去，焦急地问道："怎么样了？"

赫尔克里·波洛满面春风地对他说："没问题了！"

"您这是什么意思？"

"所有问题全部圆满解决了。"

"可是您到底干了些什么啊？"

赫尔克里·波洛的回答很玄乎。

"我使用了铜钹。或者用现代术语讲，我让铜线嗡嗡地响了起来。简单说吧，我拍了封电报！您遇到的那些斯廷法利斯的怪鸟，先生，已经被转移到在今后相当长的一段时期里都不能再耍她们那些阴谋诡计的地方去了。"

"她们是通缉犯吗？已经被逮捕了？"

"正是。"

哈罗德深深地吸了口气。

"太棒啦！这可是我从来也没料到的。"他站起来，"我得赶快去把这事告诉赖斯太太和爱尔西。"

"她们已经知道了。"

"太好了，"哈罗德又坐了下来，"告诉我这是怎……"

他突然停了下来。

从湖旁小径走过来两个披着飘荡的斗篷、外形酷似大鸟的身影。

他惊叫道："你不是说她们俩已经被带走了吗！"

赫尔克里顺着他的目光望过去。

"哦，那两位女士吗？她们俩完全无害，就像门房告诉你的，她们俩是出身名门的波兰女士。她们的长相也许不太招人喜欢，但仅此而已。”

“可我不明白！”

“是的，您的确没明白！警方一直在通缉的是另外两位女士——诡计多端的赖斯太太和楚楚可怜的克莱顿太太！她们俩才是赫赫有名的食肉猛禽呢！那两个女人是专靠敲诈勒索为生的，我亲爱的先生。”

哈罗德感到天旋地转。他有气无力地说道：“可那个男人……那个被杀的男人呢？”

“没有人被杀。根本就没有那个男人！”

“可我亲眼见到他了啊！”

“哦，没有。身材高大、嗓音低沉的赖斯太太假扮男人相当在行，是她扮演了丈夫的角色——没戴那顶灰色的假发，再适当地化点妆就行了。”

波洛身子朝前探，拍了拍哈罗德的膝盖。

“人不能过于轻信，我的朋友。一个国家的警方是不可能那么容易被贿赂的——也许他们根本不可能被贿赂，尤其是事关谋杀！这两个女人利用大多数英国人不懂外语来耍花招。因为赖斯太太会讲法语和德语，所以总是她来跟经理交涉，处理全部事务。警察来了，而且进了她的房间，没错！可到底发生了什么？您并不知道。也许她只是说丢了一枚胸针之类的，只要找点借口让警察来这里一趟，让您看见他们。至于其他方面，实际发生了什么呢？那就是您拍电报要钱，一大笔钱，您都交给了赖斯太太，由她出面负责一切商谈！就是这么一回事！可她们非常贪婪，这些食肉猛禽。她们发现您莫名地对那两位倒霉的波兰女士厌恶至极。那两位无辜的女士走过来跟赖斯太太聊了几句完全无关痛痒的话，这就使她忍不住故伎重演，想再捞一笔。她知道您完全听不懂她们说了些什么。

“这样一来您就不得不再筹集更多的钱，而赖斯太太假装把钱分配给另外一批人。”

哈罗德深吸了一口气，说道：“那爱尔西……爱尔西呢？”

赫尔克里·波洛的目光移向了别处。

“她扮演的角色也很成功。她一贯如此，一位很有表演才能的小演员，表现得那么单纯而又无辜。她不是靠性感来勾引人，而是吸引别人向她献殷勤。”

赫尔克里·波洛又意味深长地补充道：“这种办法对英国男人总是非常有效！”

哈罗德·韦林又深吸了一口气，轻快地说道：“我要下功夫学会欧洲的各种语言啦！谁也别想再骗我第二次！”

第七章　克里特岛的公牛[①]

①克里特国王米诺斯为了巩固自己的统治，向海神波塞冬祈愿，海神应允他的请求送给他一头雪白的公牛作为权力的象征，条件是米诺斯要将这头公牛献祭给天神。米诺斯却被公牛的美丽打动，换用另一头公牛献祭。波塞冬大怒，令美神阿芙洛狄特使克里特王后帕西淮疯狂地迷恋上那头公牛，并与之交配生下了半人半牛的怪物弥诺陶洛斯。波塞冬又使公牛发狂，践踏克里特的田地。

欧律斯透斯安排的第七项任务是捉住这头克里特公牛。赫拉克勒斯坐船来到克里特岛，获得国王米诺斯的应允，捉住并带走了公牛，交给了欧律斯透斯。但这头公牛后来挣脱束缚，逃到马拉松，成为“马拉松公牛”，最终被忒修斯捕捉，拖至雅典献祭给雅典娜和阿波罗。

1

赫尔克里·波洛若有所思地望着他的访客。

面前这人面色苍白，下巴坚毅，眼睛灰里透蓝，头发是少见的青黑色——古希腊人那种泛着紫蓝色光泽的鬈发。

他注意到了那身裁剪讲究但已穿旧了、样式过时的花呢衣服，那只寒酸的手提包，以及隐藏在这姑娘明显的紧张不安之情之下的那种她自己可能都未察觉的傲气。他暗自想道：嗯，没错，她是一位“乡村望族”——不过没钱！而且一定是出了什么相当不同寻常的事，才迫使她来找我。

戴安娜·玛伯里开口说话了，声音有点发抖。

“我……我不知道您能不能帮我，波洛先生。情况……情况很不寻常。”

波洛说道：“也许我可以帮您呢。说来听听？”

戴安娜·玛伯里说道：“我来找您是因为我不知道该怎么办！我甚至都不知道是不是还有办法！”

“这让我来判断，好吗？”

姑娘的脸一下子涨红了。她急促地说道：“我来找您是因为那个已经跟我订婚一年多的人要取消婚约。”

她停下来，挑战似的看了他一眼。

“您肯定认为，”她说道，“我是彻底疯了吧。”

赫尔克里·波洛缓缓地摇了摇头。

“恰恰相反，小姐，别的不敢说，您非常聪明，这一点我毫不怀疑。我的日常业务显然不是去平息情侣间的纠纷，我也知道您很清楚这一点。因此，这件取消婚约的事里一定有什么不寻常的地方。是不是这样？”

姑娘点了点头，清晰而明确地说道：“休取消婚约是因为他认为自己要疯了。他认为疯子不应该结婚。”

赫尔克里·波洛抬了抬眉毛。

“可您不同意他的想法？”

“我也不知道……究竟什么样才算是疯了呢？其实每个人都可以说有点疯疯癫癫的啊。”

“是有这种说法。”波洛谨慎地表示赞同。

“只有当你开始认为自己是个煮荷包蛋什么的时候，他们才不得不把你关起来。”

“您的未婚夫还没达到那种程度？”

戴安娜·玛伯里说道：“我一点也看不出休有什么毛病。他，哦，他是我所认识的人当中头脑最清醒的一个。为人可靠、值得信赖……”

“那他为什么认为自己要疯了？”

波洛略一停顿，又接着说道：“也许，他的家族里有精神病史？”

戴安娜不情愿地点了一下头，算是勉强表示肯定。她说道：“我想他的祖父是个精神病患者——或者某个姑婆之类的亲戚。可我要说的是，每个家族里都会有那么一个怪里怪气的人，您知道，有点弱智或者聪明过头了或者别的什么毛病！”

她的眼神哀怨动人。

赫尔克里·波洛同情地摇了摇头，说道：“我为您感到难过，小姐。”

她扬起下巴，大声说道："我不要您为我难过！我要您帮我想想办法！"

"那您要我做点什么呢？"

"我也不知道——可事情好像有点不大对头。"

"那就给我讲讲您的未婚夫吧，小姐。"

戴安娜便一口气说道："他叫休·钱德勒，二十四岁。父亲是钱德勒海军上将。他们住在赖德庄园，那里自伊丽莎白时代起就属于他们家族。休是独生子。他参加了海军——钱德勒家族的人都是海员，这是一种传统，从十五世纪左右吉尔伯·钱德勒爵士随瓦尔特·瑞利爵士航海起就一直这样。休进入海军是顺理成章的事，他的父亲想必也不会同意别的选择。可现在……可现在又是他的父亲非要他脱离海军不可！"

"这是什么时候的事？"

"将近一年前吧。非常突然。"

"休·钱德勒在海军里过得还好吗？"

"相当好。"

"没有丑闻之类的？"

"休吗？什么都没有。他在海军里干得相当出色，他……他也不理解他父亲的想法。"

"钱德勒上将本人给的理由是什么呢？"

戴安娜慢慢地说道："他就没给出什么像样的理由。哦！他倒是说过休必须学会管理家族产业，但这只是个借口罢了。连乔治·弗洛比舍都意识到了这一点。"

"乔治·弗洛比舍是谁？"

"弗洛比舍上校，他是钱德勒上将最老的朋友，也是休的教父。他一生的大部分时间都是在庄园里度过的。"

“那对于钱德勒上将让儿子离开海军的决定，弗洛比舍上校是怎么想的呢？”

“他目瞪口呆，完全不能理解。实际上谁也无法理解。”

“就连休·钱德勒本人也无法理解吗？”

戴安娜没有立刻回答。波洛等了一下，又接着说道：“当时，也许，他本人也十分惊讶吧？可现在呢？他怎么说的呢？什么也没说吗？”

戴安娜不太情愿地小声说道：“大约一个星期前……他说……他说他父亲做的是对的——只能这么做。”

“您有没有问他为什么这么说？”

“当然问了。可他不肯告诉我。”

赫尔克里·波洛沉思片刻，接着说道：“你们身边有没有发生什么不寻常的事呢？也许是从差不多一年前开始的……有什么事引起了当地人的议论和猜测吗？”

她反问道：“我不明白您是什么意思？”

波洛用平静却带有威严的语气说道：“您最好还是告诉我吧。”

“什么事也没有，没有您指的那种事。”

“那么是哪种事呢？”

“我觉得您真是可恨！农场里经常会发生一些怪事。不过那通常都是些报复行为，要么就是村里的傻子或者什么人干的。”

“到底发生了什么事？”

她极不情愿地说道：“因为一些羊的事引起过一阵议论……那些羊都被人割断了喉咙。哦，这事真可怕！那些羊都是同一个农户的，而那个人又很不好相处。警察认为是有人对他怀恨在心。”

“可他们没有抓住干那事的人，对吧？”

“是的。”她又狠狠地加上一句，“如果您认为——”

波洛扬起了一只手，说道：“我在想什么您完全不知道。告诉我，您的未婚夫有没有去看过医生？”

“没有，我敢肯定他没有去过。”

“这对他来讲不是最简单的办法吗？”

戴安娜慢吞吞地说道：“他不肯去。他……他讨厌医生。”

“他父亲呢？”

“我觉得上将本人也不怎么相信医生。他说他们是一群江湖骗子。”

“上将本人看上去怎么样？他身体好吗？开心吗？”

戴安娜低声说道：“他一下老了很多，就在……就在……”

“就在近一年间？”

“是的。他垮了——只像他过去的一个影子了。”

波洛若有所思地点了点头，然后说道：“他当初同意他儿子的婚事吗？”

“哦，他同意的。您知道，我家田庄的土地跟他家的相连，我们家也世代住在那里。我和休订婚时他高兴坏了。”

“现在呢？他对你们俩取消婚约又怎么说呢？”

姑娘的声音微微发颤。“昨天上午我遇见了他，他看上去简直糟透了，用双手握着我的手说：‘孩子，这事对你来说太不幸了。可那孩子做得对——他只能那样做。’”

“所以，”赫尔克里·波洛说道，“您就找我来了？”

她点了点头，问道：“您有什么办法吗？”

赫尔克里·波洛答道：“我现在还不知道。不过我至少可以去一趟，亲自看看。”

2

休·钱德勒非凡的体魄给赫尔克里·波洛留下的印象压过了其他：他身材高大，体形无比匀称，胸膛厚实，肩膀宽阔，一头浅棕色的头发——浑身散发着巨大的力量和男性气息。

赫尔克里·波洛和戴安娜一起回到家后她立刻给钱德勒上将打了通电话，随即他们就去了赖德庄园。他们到那儿的时候，长长的露台上已经放着准备好了的下午茶。那里有三个男人，正在等待他们的到来。钱德勒海军上将白发苍苍，看上去比他的实际年龄要老得多，肩膀好像被过重的负担压弯了似的，眼神阴郁不安。他的朋友弗洛比舍上校跟他正相反，是一位干瘪强悍的小个子，一头微红的头发，鬓角处已经发白了。他是一个闲不住、脾气急躁、动作敏捷的小老头儿，像一条梗犬——那双眼睛特别锐利。他习惯皱着眉头、低下脑袋向前探，同时那双锐利的眼睛咄咄逼人地审视着你。第三个男人就是休。

“长得挺帅吧，嗯？”弗洛比舍上校注意到波洛正在仔细打量那个年轻人，就用一种低沉的嗓音问道。

赫尔克里·波洛点了点头。他跟弗洛比舍挨坐在一起。另外三个人坐在茶桌另一端，正以一种兴致勃勃但又多少有点做作的状态聊着天。

波洛喃喃说道：“没错，他很健壮——健壮又漂亮。他就像是那头年轻的公牛——对，可以说是那头献给波塞冬的公牛……是健美的男性样板。”

“看上去健康得很，是不是？”

弗洛比舍叹了口气，那双锐利的眼睛偷偷扫了赫尔克里·波洛一眼，然后说道：“知道吗，我知道你是谁。”

“哦，那又不是什么秘密！”

波洛庄严地挥了挥手。那手势似乎在说他又不是微服出巡，他是正大光明地出行。

过了片刻，弗洛比舍问道：“那个姑娘把你找来，是为了办这件事吧？”

“什么事？”

“小伙子休的事啊……唔，我看得出来你全都知道了。不过我不明白她为什么要去找你……真没想到这类事也属于你的业务范围——我的意思是说，这更应该属于医疗方面嘛。”

“各种事都属于我的业务范围……可能会让您感到惊讶。”

“我的意思是我实在不明白她指望你干些什么。”

“玛伯里小姐，”波洛说道，“是一位斗士。”

弗洛比舍上校点了点头，温和地表示赞同。

“是啊，她确实是个斗士。她是个好孩子。她不会放弃的。可你要知道，有些事情是无法抗争的……”

他的面色忽然显得既苍老又疲倦。

波洛把声调压得更低了些，小心地问道：“据我所知，这个家族有……精神病史？”

弗洛比舍点了点头。

“只是偶尔出现，”他小声说道，“间隔一代或两代。休的祖父是最近一个犯病的人。”

波洛朝那边的三个人瞥了一眼。戴安娜正很顺利地控制着交谈，一边笑一边跟休开玩笑。别人想必会觉得他们三个是这世上最无忧无虑的人。

“发作的时候什么样子？”波洛轻声问道。

“那个老家伙最后变得相当狂暴。三十岁以前他很正常——

再正常不过了。随后他开始有一点古怪，但过了许久大家才注意到，接着便谣言四起，人们开始议论纷纷。出了一些事，但被掩盖过去了。可是……哎，”他耸了耸肩膀，“最后他疯得越来越厉害，可怜的老家伙！几乎成了杀人狂！不得不送去鉴定和治疗。”

他停下片刻，又接着说道：“我相信他活到了很大的岁数……当然，休害怕的就是这一点，所以他不愿意去看医生。他害怕被关起来，被关着活许多年。这不能怪他，换成我，也会这么想的。”

“钱德勒上将呢，他是怎么想的？”

“这事儿把他整个儿搞垮了。”弗洛比舍简短地说道。

“他很爱他儿子吧？”

“儿子是他的一切。要知道，他妻子在一次游船事故中淹死了，那孩子当时才十岁。从那时起，他活着就只为这个孩子。”

“他和妻子的感情非常好吗？”

“他崇拜她。人人都崇拜她。她是……她是我所认识的女人当中最可爱的一位。”他顿了顿，接着突然问道，“想看看她的肖像吗？”

“乐意之至。”

弗洛比舍朝后推开椅子，站了起来，大声说道：“我带波洛先生去看一两样东西，查尔斯。他是一位鉴赏家。”

海军上将含含糊糊地挥了一下手。弗洛比舍步履沉重地沿着露台走，波洛跟在他身后。一时间戴安娜收起了脸上那欢乐的伪装，露出一种痛苦而疑惑的表情。休也抬起头，盯着那个留着浓黑唇髭的小个子。

波洛跟着弗洛比舍走进房子。从阳光下走进室内，眼前突然一阵昏暗，波洛一时几乎看不清东西。可他很快就意识到屋内到处都摆放着古老而漂亮的东西。

弗洛比舍上校领他走进画廊。带镶板的墙上挂着已故的钱德勒家族成员的肖像。一张张面孔或严肃或欢快，男人们穿着宫廷礼服或海军制服，女人们则身穿绸缎、佩戴珍珠。

最后，弗洛比舍在画廊尽头的一幅肖像画前停了下来。

“是奥宾[①] 画的。”他声音沙哑地说道。

他们站在那儿，抬头望着画中的那位身材高挑的女人，她的手放在一条灰色猎犬的颈圈上。这个女人有一头棕红色的头发，显得活力四射。

“那个男孩长得跟她一模一样，”弗洛比舍说道，“你是不是也这样认为？”

“没错，有些地方的确很像。”

“当然，他没有她那种柔美——那种女性的气质。他算是她的男性翻版，但是，总的来说……”他突然语塞，“可惜的是他继承了钱德勒家族中唯一不该继承的东西……”

两人沉默不语，四周弥漫着忧郁的气氛——仿佛那些已经故去的钱德勒家族的先人也在为流淌在他们血液中并代代相传的缺陷而叹息……

赫尔克里·波洛扭头望着他的陪伴者。乔治·弗洛比舍仍旧凝望着墙上那位美丽的女人。波洛柔声问道：“您跟她很熟吗？”

弗洛比舍断断续续地说道：“我们俩从小一起长大。她十六岁时，我被以中尉的身份派到印度去了……等我回来时……她已经嫁给了查尔斯·钱德勒。”

“您跟查尔斯也很熟吗？”

①威廉·奥宾爵士（Sir William Orpen，1878-1931），在伦敦工作生活的爱尔兰画家，以肖像画见长。

“查尔斯是我最老的朋友之一。他也是我最好的朋友——一直都是。”

“他们结婚后，您还常跟他们来往吗？”

“我的假期大都在这里度过，这里像是我的第二个家。查尔斯和卡罗琳一直给我留着一个房间，备好一切等着我来……”他挺起了胸膛，突然间挑战一样地朝前探出脑袋，“这就是为什么我现在还在这里，随时候着，以备所需。如果查尔斯需要我，我就在这儿。”

那团不幸的阴影又笼罩住了他们。

“您是怎么看待……这一切的？”波洛问道。

弗洛比舍一动不动地站在那里，又皱起了眉头。

“我认为这事谈得越少越好。老实说吧，我不明白你掺和进来是要干什么，波洛先生。我不明白戴安娜干吗要把你搅和进来，还把你拖到这儿来。”

“您知道戴安娜·玛伯里和休·钱德勒的婚约已经取消了吗？”

“是的，这我知道。”

“那您知道是为什么吗？”

弗洛比舍生硬地答道：“这我可一点儿也不知道。年轻人的事由他们自己安排，我不插手这种事。”

波洛说道：“休·钱德勒对戴安娜说他们结婚不合适，因为他快要精神失常了。”

他看到弗洛比舍的额头上冒出了汗珠，后者说道：“咱们非得要谈这件倒霉事不可吗？你觉得你能做什么？休做得对，可怜的家伙。可这不是他的错，这是遗传……胚质……脑细胞之类的……可既然他知道了，除了取消婚约他还能怎么做呢？这是一件必须要做的事。”

“如果能说服我，让我也深信不疑的话……”

“你可以相信我的话。”

“可您什么也没告诉我。”

“我跟你说了我不想谈这件事。”

“钱德勒上将为什么强迫休离开海军呢？”

“因为只能这样做。”

“为什么？”

弗洛比舍固执地摇了摇头。

波洛轻声说道：“是不是跟几头羊被杀有关？”

弗洛比舍生气地说道：“看来您已经听说过那件事了？”

“戴安娜告诉我了。”

“那姑娘最好闭上她的嘴。”

“她认为那件事并不能说明问题。”

“她不知道。”

“她不知道什么？”

弗洛比舍极不情愿而又生气，他断断续续地说道：“好吧，如果你非要知道的话。有天晚上钱德勒听到一点声响，他以为有人潜入了房子，就去查看。他发现儿子的房间里亮着灯，钱德勒便走了进去。休在床上睡着……睡得很沉，衣服都没脱。衣服上有血迹，房间里的盥洗池里也到处是血。钱德勒怎么也叫不醒儿子。第二天早上他听说有人发现有些羊的喉咙被人割断了，他去问休，但那孩子什么都不知道。他不记得自己出去过，可是他的鞋在旁门边，上面沾满了泥。他解释不清盥洗池里的血是怎么回事，什么也说不清楚。那个可怜的家伙什么都不知道，明白了吧？

“于是查尔斯来找我，把经过讲了一遍。该怎么办才好呢？

后来这事又发生了一次——是三天后的夜里。这之后……好吧，你也该明白了。那孩子必须离开军队。如果是在这儿，在查尔斯的眼皮底下，查尔斯还可以看着他。绝不能让他在海军里闹出丑闻。没错，这是唯一能做的事。”

波洛问道：“后来呢？”

弗洛比舍严厉地说道：“我不再回答你的任何问题了。难道你不认为休自己清楚该怎么办才最好吗？”

赫尔克里·波洛没有回答。他一向不愿承认有人比赫尔克里·波洛知道得更清楚。

3

他们回到大厅，正好遇到钱德勒海军上将走进来。他在那儿站了一会儿，外面明媚的阳光映出了他乌黑的身影。

他用低沉粗哑的声音说道：“你们俩都在这儿呢。波洛先生，我想跟您谈谈，到我的书房里来一下。”

弗洛比舍从那扇敞开的门走了出去，波洛则跟在上将身后走进了书房。他觉得好像是被传唤到指挥舱里去报告自己的行动似的。

上将示意波洛坐在一把安乐椅上，他自己坐在另一把上。波洛刚刚跟弗洛比舍在一起时深深地感受到了对方的烦躁不安、紧张焦虑和暴躁易怒——极度精神紧张的表现。现在同钱德勒海军上将在一起，他感受到的则是一种绝望情绪，一种死寂的、深深的绝望……

钱德勒深深地叹了口气，说道：“戴安娜把您带到这儿来，我不禁感到遗憾……可怜的姑娘，我知道这事让她很难承受。但是……嗯……这不幸的事情是我们家的私事，我想您能理解，波洛先生，我们不希望有外人介入。”

“我的确能理解您的感情。”波洛说道。

“戴安娜，可怜的姑娘，她不能相信……我一开始也不信。也许直到现在也无法相信，要不是我知道了——”

他顿住了。

“知道了什么？”

“那是流淌在血液里的。我指的是这个缺陷。”

“可您当初还是同意他们俩订婚了啊？”

钱德勒海军上将的脸一下子涨红了。

“您是说我当初就应该制止吗？可是当时我也没想到这一点。休很像他的母亲——他身上没什么地方能让你想到他是钱德勒家族的人。我倒希望他在各方面都像她一样。从孩子一直到长大成人，他从来也没有一丁点不正常的地方，直到现在。我真闹不明白——该死的，几乎每个古老的家族里都有点精神病的痕迹！”

波洛轻声问道：“您没有找医生为他检查一下吗？”

钱德勒咆哮道：“没有，我也不打算去找！这孩子在这里由我照看是安全的。他们不能把他像头野兽那样关起来……”

“您说他在这里很安全，可别的人安全吗？”

“您这话是什么意思？”

波洛没有回答。他沉着地直视着上将那双哀伤的深色眼睛。

上将辛酸地说道：“各人各尽其职。您是在寻找罪犯！我的儿子不是一名罪犯，波洛先生。”

“现在还不是。”

“您说‘现在还不是’，是什么意思？”

“事态在发展……那些羊——”

“谁跟您说了那些羊的事？”

“戴安娜·玛伯里，还有您的朋友弗洛比舍上校。”

“乔治最好闭上他的嘴。”

“他是您的一个很老的朋友，对不对？”

“我最要好的朋友。”上将嗓音嘶哑地说道。

“他也是……尊夫人的朋友吧？”

钱德勒微笑了。

“对，我想乔治爱过卡罗琳，那是在她很年轻的时候。他一直没结婚，我想就是因为这个原因。反正我是个幸运儿——我是这样想的。我把她抢过来了……却又失去了她。”

他叹了口气，双肩低低地垂了下去。

波洛问道：“尊夫人……淹死的时候，弗洛比舍上校跟您在一起吗？”

钱德勒点了点头。

“是的，事情发生的时候他跟我们一道在康沃尔。我和她一起划船出去玩——他那天碰巧在家。我始终没弄明白那条船怎么会翻……肯定是突然漏水了。我们正在海湾里，潮水不断上涨，我竭尽全力托起她……”他停了一会儿才继续道，“她的尸体两天后才被冲上来。感谢上帝我们没带休一起去！至少当时我是这么想的。现在看来……如果当时他跟我们一起去了，对这可怜的孩子来说也许是件好事。如果那时一切就都结束了，倒也……”

又是一声深深的、绝望的叹息。

“我们是钱德勒家族最后的成员了，波洛先生。等我们一死，赖德这儿就再也没有钱德勒家的人了。休同戴安娜订婚时我曾希望……还是别说这个了。谢天谢地，他们还没结婚。我只能说这些了！”

4

赫尔克里·波洛坐在玫瑰园里的一把椅子上，休·钱德勒坐在他身旁，戴安娜·玛伯里刚刚走开。

年轻人把他那张英俊而备受煎熬的脸转向他的同伴。

他说道："您必须让她理解这事，波洛先生。"

他停了一下，又接着说道："您知道，戴[1]是个斗士，她不会屈服的。她不愿意接受那种被迫接受的事。她……她坚信我的神志是正常的。"

"而您本人却相当肯定自己——抱歉这么说——精神错乱吗？"

年轻人又有点畏缩了，说道："我现在还没有完全失控……可情况越来越糟。戴安娜并不知道，上帝保佑她。她见到我的时候，我都……还算正常。"

"当您……犯病的时候，是什么样子的呢？"

休·钱德勒深吸一口气，接着说道："首先，我不断做梦。当我陷入梦境的时候，我就疯了。譬如说，昨天夜里，我梦见自己不再是个人。我先是变成了一头公牛——一头发疯的公牛，在炎炎烈日下四处奔跑，嘴里净是尘土和鲜血的味道，尘土和鲜血……接着我又变成了一条狗，一条流着口水的大狗。我得了狂犬病。我所到之处，孩子们都四处奔逃，人们想开枪打死我，有人给我端过来一大盆水，可我没法儿喝。我没法儿喝……"

他停了一下。"我醒过来，而且很快我就知道这是现实，我走到盥洗池那儿。我的嘴火辣辣的……辣得要命，又干又辣。我很

①戴安娜的昵称。

渴。可我没法儿喝水，波洛先生……我咽不下去……哦，上帝啊，我喝不进水……”

赫尔克里·波洛轻轻嘟囔了一声。休·钱德勒接着说下去，两只手在膝盖上紧紧地攥了起来。他的脸向前探着，半眯起眼睛，好像看到了什么东西正向他走来似的。

“还有些东西不是梦，是我完全清醒时看到的。各种可怕的鬼怪形象，它们不怀好意地斜眼看我。有时我能够飞起来，从床上飞到天上，顺风飘荡——那些鬼怪也陪着我一起！”

“啧！啧！”赫尔克里·波洛轻轻发出了几声。

这是一种轻微地表示不赞同的声音。

休·钱德勒转向他。

“哦，这是毫无疑问的，它就在我的血液里，是家族遗传的。我逃不掉的。感谢上帝，幸亏我及时发现了！赶在我和戴安娜结婚之前。如果我们生下一个孩子，并把这可怕的玩意儿传给了他！”

他把一只手放在赫尔克里·波洛的手臂上。

“您必须让她理解这一点。您必须告诉她，她得把我忘掉。她必须这样做。迟早，她会遇上一个合适的人。那个年轻的斯蒂夫·格林汉姆，他爱她爱极了，而且他是个非常好的小伙子。她跟他在一起会很幸福——也很安全。我想要她……幸福。当然，格林汉姆家日子过得比较艰难，她们家也一样，可等我死了，他们会过上好日子的。”

赫尔克里·波洛打断了他的话。

“为什么等您死了，他们会过上好日子？”

休·钱德勒微微一笑，这是温柔的、招人喜欢的一笑。他说道：“有我母亲留下的钱。要知道，她继承了不少钱，并把那些钱都留给了我，而我把钱都留给了戴安娜。”

赫尔克里·波洛往椅背上一靠，“哦”了一声。他接着说道：“可您也许会活得很久啊，钱德勒先生。”

休·钱德勒摇了摇头，果断地说道：“不，波洛先生，我不打算活到变成一个老头儿。”

突然他浑身一颤，身子后缩。

“上帝啊！你看！”他瞪着波洛的肩膀后方，“那儿……就在您身边……一具骷髅……骨头还在颤动呢。它在召唤我，向我招手呢……”

他两眼盯着阳光，瞳孔放得很大，身子忽然歪向一边，像要跌倒似的。

接着，他转向波洛，用一种几乎孩子般的语气说道：“您……什么也没看见吗？”

赫尔克里·波洛缓缓地摇了摇头。

休·钱德勒声音沙哑地说道：“我不太在乎这些幻觉。我害怕的是那些血。我房间里的血迹——在我的衣服上……我们以前有一只鹦鹉，有一天早晨它在我的房间里，喉咙被割断了……而我躺在床上，手里握着一把剃刀，沾满了血！”

他向波洛靠得更近了些。

“就在最近，还有些动物被杀死了。”他小声说道，“哪儿都有……村子里……外面的原野上。绵羊、小羊羔，还有一条柯利牧羊犬。父亲夜里把我锁起来，可有时……有时……早上房门却是开着的。我一定有把钥匙，藏在什么地方，可我又不知道把它藏在哪儿了。我不知道这是怎么回事。干那些事的人不是我……是另一个人附在我身上……控制着我……把我从一个正常人变成了一个嗜血而又不能喝水的狂暴的怪物……”

他用双手捂住了脸。

过了一会儿，波洛问道："我仍然不明白您为什么不去看一下医生？"

休·钱德勒摇了摇头，说道："您真的不明白吗？就身体而言，我很健壮，健壮得跟一头公牛一样。我可能会活很多年……很多年——但是被关着！我无法面对这种处境！不如干脆一了百了……您知道，有的是办法。一起意外事故，擦枪的时候……诸如此类的。戴安娜会理解的……我宁愿自己寻求解脱！"

他挑衅似的望着波洛，后者却没有回应他的挑战。波洛反而温和地问道："您平时吃什么喝什么呢？"

休·钱德勒把脑袋朝后一仰，大笑着喊道："消化不良引起的噩梦吗？您想的是这个？"

波洛仅仅温和地重复道："您平时吃什么喝什么呢？"

"跟大家的完全一样。"

"没服用什么特殊的药品？胶囊、药片什么的？"

"老天，没有。您真以为那些所谓特效药能治好我的病吗？"他嘲笑般地引述道，"你怎能医治那病态的心灵？'[①]"

赫尔克里·波洛淡淡地说道："我倒想试试。你们家里有人患眼病吗？"

休·钱德勒瞪着他，说道："父亲的眼睛给他造成了不少的麻烦，他经常到一位眼科医生那里去治疗。"

"唔！"波洛沉思片刻，接着说道，"弗洛比舍上校，我想，他在印度待过很长时间吧？"

"是的，他以前在印度驻军。他很喜欢印度……经常谈起印

---

①摘自《麦克白》第五幕第三场。

度，说起当地的传统、风物什么的。”

波洛又低声“唔”了一声。

接着他说道：“我发现你把下巴划破了。”

休扬了扬手。

“是的，挺大一个口子。有一天我刮胡子的时候父亲突然进来，把我吓了一跳。您知道的，这些日子我一直有点紧张。而且我的下巴和脖子上起了些疹子，刮起胡子来有点费劲。”

波洛说道：“您应该用点剃须膏。”

“哦，用了，乔治叔叔给了我一管。”

他突然笑了起来。

“咱们俩就像是女人们在美容院里聊天。润肤露啦、剃须膏啦、特效药啦、眼病啦，这些都有什么关系？您究竟打算干什么，波洛先生？”

波洛平静地说道：“我在为戴安娜·玛伯里竭尽所能。”

休的情绪一下子变了，脸色严肃认真起来。他把一只手放在波洛的手臂上。

“好的，请您尽力帮助她。告诉她必须忘掉一切，告诉她不必再抱什么希望……告诉她我跟您说的一些事……告诉她——哦，告诉她看在上帝的分上离我远点儿！这是她现在可以为我做的唯一的事了。躲开我！努力忘掉一切吧！”

5

“您有勇气吗，小姐？巨大的勇气？您将会非常需要。”

戴安娜尖声喊道：“这么说是真的了。是真的吗？他真的疯了？”

赫尔克里·波洛说道："我不是精神科医生，我没有资格说：'这个人疯了。这个人神志正常。'"

她走近他。"钱德勒海军上将认为休疯了。乔治·弗洛比舍认为他疯了。休自己也认为自己疯了……"

波洛望着她问："那您呢，小姐？"

"我？我说他没有疯！所以我才……"

她停了下来。

"所以您才来找我？"

"是的。我也不可能有什么别的原因来找您，对吧？"

赫尔克里·波洛说道："这正是我一直在想的事，小姐！"

"我不明白您是什么意思。"

"斯蒂夫·格林汉姆是谁？"

她瞪大了眼睛。

"斯蒂夫·格林汉姆？哦，他……他只是一个无关紧要的人。"

她抓住了他的手臂。

"您脑子里在转什么念头啊？您在想什么啊？您光是站在那里，摩挲您的小胡子，在阳光下眨巴眼，可您什么都不告诉我。您叫我担心……担心极了。您为什么要让我担心？"

"也许，"波洛说道，"因为我自己也在担心。"

她那双深灰色的眼睛瞪大了，抬头望着他。她悄声说道："您在担心什么？"

赫尔克里·波洛叹了口气——深深地叹了口气，说道："抓一个杀人犯要比制止一起谋杀容易得多。"

她惊叫道："谋杀？请不要这么说！"

"不管怎样，"赫尔克里·波洛说道，"我这么说了。"

他的语气变了，语速很快，而且近乎下命令。

“小姐，今天晚上您和我必须在赖德庄园过夜。我就指望您去安排好这件事了，您能办到吗？”

“我……嗯……我想可以。可是为什么？”

“因为时间紧迫。您跟我说过您有勇气，现在来证明这一点吧。按我的要求去做，别再问为什么。”

她一声不响地点了点头，转身离开了。

过了一两分钟，波洛跟在她身后走进了那幢房子。他听到她在书房里跟那三个男人交谈的声音。他走上宽大的楼梯，楼上没有任何人。

他很容易就找到了休·钱德勒的房间。屋角那儿有个带冷热水龙头的固定式盥洗池，盥洗池上方的一个玻璃架子上摆着各式各样的瓶瓶罐罐。

赫尔克里·波洛迅速而灵巧地翻查起来……

他没花多少时间就做完了要做的事。他又下楼来到大厅，这时戴安娜从书房里走了出来，满脸通红，一脸执拗的表情。

“行了。”她说道。

之后钱德勒海军上将把波洛拉进书房，关上门。他说道：“听我说，波洛先生，我不喜欢这样。”

“您不喜欢什么，钱德勒海军上将？”

“戴安娜刚才说她坚持要和您留在这儿过夜。我并不是不好客——”

“这不是好客不好客的问题。”

“我说了，我不想表现得不好客。可是，坦率地讲，我不喜欢这样，波洛先生。我……我不需要这样。我也不明白你们为什么要这样做，这能有什么好处呢？”

“这样说吧，我想做一个试验。”

“什么样的试验？”

“对不起，现在不便奉告……”

“听我说，波洛先生，首先我并没邀请您到我这里来——”

波洛打断了他的话。

“钱德勒海军上将，请相信我，我非常理解并欣赏您的想法，我来这里仅仅是因为一个深陷爱情的姑娘提出的固执要求。您告诉了我一些事，弗洛比舍上校告诉了我一些事，休本人也告诉了我一些事。现在……我要亲自去观察一下。”

“可是您要观察什么呢？我跟您说，这里没有什么可观察的！我每天晚上都把休锁在他自己的房间里，仅此而已。”

“可是……有时候……他告诉我说，第二天早上门并没有锁上？”

“什么？”

“您没发现门锁被打开了吗？”

钱德勒皱起了眉头。

“我一直以为是乔治打开了门锁——您说这话是什么意思？”

“您把钥匙放在哪儿了？就插在锁孔里吗？”

“不，我把它放在外面的那个柜子上。我，或者乔治，或者韦特斯——那个男仆，早上从那里拿钥匙。我们对韦特斯说这是因为休有梦游症……我敢说他知道得更多一些，不过他是个忠诚的仆人，跟了我不少年了。”

“还有别的钥匙吗？”

“据我所知没有了。”

“可以另配一把啊。”

“可是谁会去——”

“您儿子认为他自己可能在什么地方藏了一把，可他清醒时却不知道在哪儿。”

弗洛比舍上校从房间远处说道：“我不喜欢这样，查尔斯……那个姑娘——”

钱德勒海军上将连忙说道：“我也正是这么想的。那个姑娘绝不能和你一起留在这儿过夜。如果您愿意的话，您就自己来住吧。”

波洛问道：“您为什么不让玛伯里小姐今天晚上也住在这里呢？”

弗洛比舍低沉地说道：“太冒险了。在这种情况下……”

他停了下来。

波洛说道：“休是十分爱她的……”

钱德勒嚷道：“这就是为什么不行！该死的，伙计，有个疯子在，一切都颠三倒四、乱作一团。休自己也明白这一点。戴安娜绝不能到这里来。”

“这一点，”波洛说道，“得由戴安娜自己来决定。”

他走出书房。戴安娜已经坐在外面的汽车里等他了，她喊道：“我们去取一下晚上要用的东西，晚饭前就回来。”

他们俩驾车驶出长长的车道。波洛把刚才跟上将和弗洛比舍的谈话内容告诉了她。她轻蔑地笑道：“他们认为休会伤害我吗？”

作为答复，波洛问她能否在村里的药房停一下，他说他忘了带牙刷。

药房就在村里那条宁静的大街的正中间。戴安娜坐在车里等，她觉得赫尔克里·波洛买把牙刷花的时间可真长……

6

在布置着笨重的伊丽莎白时代橡木家具的宽敞房间里，波洛坐着等。除了等待，没有什么可做的事。该做的安排都做好了。

临近清晨时，事情发生了。

波洛听到外面有脚步声，他拉开门闩，打开了房门。外面的过道里有两个人影——两个中年男人，看上去比实际年龄要老得多。海军上将的脸色严肃而冷峻，弗洛比舍上校的身体不断地抽动颤抖着。

钱德勒简洁地说道："您跟我们一道来好吗，波洛先生？"

一个人影蜷缩成一团，躺在戴安娜卧室门前。亮光照亮了一头凌乱的浅棕色头发——休·钱德勒躺在那里，还在打呼噜。他穿着睡袍和拖鞋，右手握着一把锋利的、闪亮的尖刀。那把刀并不是通体闪亮，上面有些地方沾着一块块发亮的红斑。

赫尔克里·波洛轻轻惊叫一声。"上帝啊！"

弗洛比舍立刻说道："她没事儿。他没有碰她。"他又大声叫道，"戴安娜！是我们！让我们进去！"

波洛听见上将在低声嘟囔。

"我的孩子。我可怜的孩子。"

一阵拉开门闩的声音过后，门打开了，戴安娜站在那里，面如死灰。

她结结巴巴地说道："出了什么事？刚才有人……想要进来……我听见了响声……那人在摸索着门……门把手……乱抓门板……哦！太可怕了……像是一头野兽……"

弗洛比舍紧跟着说道："幸亏你把门锁上了！"

"波洛先生让我把门锁上的。"

波洛说道："抬起他来，搬到里面去吧。"

两个中年男人弯腰把那个失去了知觉的年轻人抬了起来。他们走过戴安娜时，她屏住了呼吸，几乎透不过气来。

"休？是休吗？他手上……那是什么？"

休·钱德勒的手上沾满了黏糊糊的、棕红色的东西。

戴安娜喘着气问："那是血吗？"

波洛向两个男人投去探询的一瞥。上将点了点头，说道："不是人血，感谢上帝！是一只猫的！我在楼下的大厅里发现了，喉咙被割开了。然后他肯定就到这儿来了……"

"这儿？"戴安娜的声音低沉而惊恐，"来找我吗？"

椅子上的那个男人动了动，嘟囔了几句。其他人望着他，不知所措。休·钱德勒坐了起来，眨着眼睛。

"哈罗，"他声音嘶哑，含糊不清，"出了什么事？为什么我……"

他停了下来，盯着还紧握在手中的那把刀。

他的声音缓慢而又低沉，他问道："我干了什么？"

他把他们挨个儿看了一遍，最后目光停在缩在墙边的戴安娜身上。他轻声问道："我袭击了戴安娜？"

他的父亲摇了摇头。休说道："告诉我发生了什么事？我必须知道！"

他们告诉了他——极不情愿、断断续续地告诉了他。他静静地坚持让他们说出全部情况。

窗外，太阳徐徐升起。赫尔克里·波洛拉开一扇窗帘，清晨的阳光照进屋内。

休·钱德勒神情镇定，语气平稳。

他说道："我明白了。"

接着，他站了起来，微笑着伸了个懒腰，用非常自然的语气说道：“美妙的早晨，不是吗？我想去树林里转转，看能不能打只野兔。”

他走出房间，留下其他人在身后呆呆地望着他。

接着上将要跟出去，弗洛比舍抓住了他的手臂。

“不，查尔斯，别去。对他来说……这是最好的办法了，可怜的小鬼。”

戴安娜扑倒在床上，哭泣起来。

钱德勒海军上将颤巍巍地说道：“你说得对，乔治……你说得对，我明白。这孩子有种……”

弗洛比舍也声音嘶哑地说道：“他是个男子汉……”

沉默了片刻，钱德勒突然问道：“该死的，那个天杀的外国佬到哪儿去了？”

7

枪械室里，休·钱德勒从架子上取下属于他的那把枪，正在装填子弹，这时赫尔克里·波洛的手放在了他的肩膀上。

赫尔克里·波洛只说了一个词，但是用一种奇怪的命令式的口吻说的。

“不要！”

休·钱德勒盯着他，怒气冲冲地说道：“把手拿开！别管闲事！这将会是一起意外事故，我告诉你，这是解决问题的唯一办法。”

赫尔克里·波洛又重复了一遍那个词。

“不要！”

“难道你没有意识到，要不是戴安娜碰巧把门锁上了，我就把她的喉咙割断了——她的喉咙！就用那把刀！”

“我不认为会发生那种事。你不会杀玛伯里小姐的。”

“可我杀了那只猫，对不对？”

“不，你没有杀那只猫。你也没有杀那只鹦鹉，没有杀那些羊。”

休瞪大了眼睛看着波洛，问道：“是你疯了，还是我疯了？”

赫尔克里·波洛答道：“咱们俩谁也没疯。”

就在这时，钱德勒海军上将和弗洛比舍上校走了进来。戴安娜也跟在他们后面。

休·钱德勒用微弱、茫然的声音说道：“这家伙说我没疯……”

赫尔克里·波洛说道：“我很高兴地告诉你，你的神志完全、彻底的正常。”

休狂笑起来。是通常人们认为只有疯子才会发出的那种笑声。

“真他妈可笑！割断羊和其他动物的喉咙也算神志正常，是吗？我杀死那只鹦鹉时神志完全正常，是吗？还有今晚杀死那只猫的时候，也是正常的吗？”

“我跟你说过了，你没有杀那些羊……或是那只鹦鹉……或是那只猫。”

“那是谁干的呢？”

“是某个一心一意想证明你疯了的人。事发的每一次你都被下了很大剂量的安眠药，然后那个人再往你手里放一把沾着血的尖刀或剃刀。是别人在你的洗手池里洗了沾满鲜血的手。”

“可这是为什么？”

“就是为了让你做我刚才制止你要去做的那件事。”

休目瞪口呆。波洛转身面向弗洛比舍上校。

“弗洛比舍上校，您曾在印度生活多年，您有没有遇到过使用药物让人变疯的案例？”

弗洛比舍上校表情一亮，说道：“我自己从来没遇到过，倒是经常听说。曼陀罗会把人逼疯。”

“没错。虽说不完全一样，但曼陀罗的有效成分很接近生物碱阿托品——后者是从颠茄或龙葵中提取出来的。颠茄制剂是很普通的药，而若为了治疗眼病，硫酸阿托品也可以随便开出来。把处方复制多份，到不同的地方买药，很容易搞到大量毒药却不会引起怀疑。从这些药物中可以提取出生物碱，然后再把它注入……比如说……剃须膏里。外敷时会引起皮疹，这样一来，剃须时就会很容易割伤皮肤，毒剂就会不断渗入血液，引发特定的症状——口干舌燥、吞咽困难、幻觉、重影——实际上就是钱德勒先生出现过的所有症状。”

他又转身，对那个年轻人说道：“为了消除我内心的最后一点怀疑，我告诉你，这并不是假设而是事实。你的剃须膏里被注入了很大剂量的硫酸阿托品，我取了点样本，化过验了。”

休气得脸色发白，浑身颤抖，他问道：“这是谁干的？为什么？”

赫尔克里·波洛说道：“这就是我一到这里就在研究的事。我在寻找谋杀的动机。戴安娜·玛伯里在你死后可以得到经济实惠，但我并没有认真考虑她——”

休·钱德勒脱口而出：“我也希望你没那样做！”

“我设想了另一个可能的动机。永恒的三角关系：两个男人和一个女人。弗洛比舍上校爱你母亲，但钱德勒海军上将娶了她。”

钱德勒海军上将喊道："乔治？乔治！我不会相信的！"

休用难以置信的口吻说道："您的意思是，怨恨会转移到——儿子身上？"

赫尔克里·波洛说道："在某种情况下，确实可能。"

弗洛比舍喊道："这纯粹是一派谎言！别相信他，查尔斯。"

钱德勒从他身旁躲开，自言自语地嘟囔着："曼陀罗……印度——对，我明白了……我们从来没怀疑过毒药，家族里有精神病史，所以我们不会去想……"

"没错！"赫尔克里·波洛的声音变得又高又尖，"家族中有精神病史。一个疯子……一心想要报复……狡猾……就像疯子们那样，隐瞒自己的疯病很多年。"他转身面对弗洛比舍，"上帝啊，你肯定早就知道，你肯定早就怀疑过，休是你的儿子，对吧？你为什么没有告诉他呢？"

弗洛比舍结结巴巴地开了口，还时不时咽唾沫。

"我原本并不知道。我不能确定……是这样的，有一次卡罗琳来找我……她被什么事吓坏了——遇到了很大的麻烦。我不知道，我从来也不知道，到底是怎么回事。她……我……我们失去了理智。之后，我立刻就走了——只能那样做，我们俩都明白，必须隐瞒下去。我……嗯，我怀疑过，可我不敢肯定。卡罗琳从来也没说过什么向我暗示休是我的儿子的话。随后这……这一连串疯病出现了，我觉得这倒把问题解决了。"

波洛说道："是啊，这倒把问题解决了！你没看出这个孩子往前探脑袋、皱眉头的那种神态——都是从你那儿遗传过来的。可查尔斯·钱德勒看出来了。好多年前就看出来了，并且从他妻子那里了解到了真相。我想她当时怕的是他，他已经开始显露出了疯病的迹象，这驱使她投入了你的怀抱——她一直爱的是你。

查尔斯·钱德勒便开始了报复。他的妻子死于一次划船意外。他跟她单独去划船，他完全知道那起事故是怎么发生的。然后他又把仇恨集中在这个姓了他的姓却不是他的儿子的孩子身上。你讲的那些印度故事给了他这个曼陀罗中毒的主意。得把休慢慢逼疯，把他逼到绝望自杀的境地。那种嗜血的疯狂是钱德勒海军上将的而不是休的。是查尔斯·钱德勒被疯狂驱使，在旷野里割断羊的喉咙，却是休为此受到惩罚！

“你知道我是什么时候开始怀疑的吗？钱德勒海军上将坚决反对他儿子去看医生的时候，我就开始怀疑了。休本人不愿看医生倒是很自然。可是作为他的父亲！也许有治疗方法可以救他的儿子啊——他有上百种理由应当听取医生的意见。可他都拒绝了，绝不允许任何医生为休·钱德勒看病——以免医生发现休的神志完全正常！”

休十分平静地说道：“神志正常……我真的神志正常吗？”

他向戴安娜迈近一步。

弗洛比舍声音嘶哑地说道：“你当然神志正常，我们家族里没有那种缺陷！”

戴安娜说道：“休……”

钱德勒海军上将拾起休那把枪，说道：“全都是胡说八道！我要去转转，看能不能猎一只野兔……”

弗洛比舍向前走去，赫尔克里·波洛拦住了他。波洛说道：“你自己刚刚说过……这是最好的办法……”

休和戴安娜已经从屋里走了出去。

剩下的两个人，一个英国人和一个比利时人，注视着钱德勒家族的最后一名成员穿过花园，走进树林。

不一会儿，他们就听到了一声枪响……

第八章　狄俄墨德斯的野马[1]

①欧律斯透斯安排的第八项任务是偷取狄俄墨德斯的野马。狄俄墨德斯是战神阿瑞斯之子，色雷斯的国王，他有四匹凶猛的野马。这些马之所以凶残是因为狄俄墨德斯一直用人肉喂养它们。关于这项任务有两种说法，其一是说赫拉克勒斯收买了一众年轻人来帮助他，他们偷到马之后被狄俄墨德斯追赶，赫拉克勒斯让好友阿布德罗斯看守马群，自己去杀退追兵。没想到回来时发现阿布德罗斯被马吃了，赫拉克勒斯愤怒地将狄俄墨德斯喂了马。另一种说法是，赫拉克勒斯一夜未睡，趁夜切断了拴马的铁链，将马赶至一处高地，并迅速挖了一道沟将高地环绕，又往沟里注满水。待狄俄墨德斯追来，赫拉克勒斯用挖沟的斧子将其杀死，以其肉喂马。两种说法都是以喂人肉的方式让疯狂的野马冷静，从而能轻松带去给欧律斯透斯。

1

电话铃响了。

“哈喽，波洛，是你吗？”

赫尔克里 · 波洛听出是年轻的斯托达医生的声音。他喜欢麦克 · 斯托达，喜欢他那腼腆、友好的咧嘴一笑，斯托达对犯罪学的幼稚的兴趣也让他觉得有趣，但波洛尊重斯托达对自己所从事职业的敬业精神。

“我不想打扰你……”年轻医生有点犹豫。

“有什么事让你困扰吗？”赫尔克里 · 波洛问道。

“没错。”麦克 · 斯托达的语气听起来如释重负，“一下子就让你猜中了！”

“那好吧，有什么我能效劳的，我的朋友？”

斯托达似乎依旧有点犹豫，他有些结结巴巴地答道：“我想十分冒、冒、冒昧地请你大半夜的来一趟……可、可、可我现在有点麻、麻、麻烦。”

“当然可以，到你家吗？”

“不是……实际上我眼下在棚屋区。克宁比棚屋区。门牌是十七号。你真能来吗？真是感激不尽。”

“马上就到。”赫尔克里 · 波洛答道。

2

赫尔克里·波洛沿着一排黑漆漆的棚屋走，一路寻找门牌。这时已经过了凌晨一点钟，大多数住户都已进入睡乡，只剩一两个窗口亮着灯光。

他刚到十七号，那扇门就开了，斯托达医生站在门口朝外张望着。

"您真是个好人！"他说道，"上来吧，好吗？"

一道窄小的梯子似的楼梯通往楼上。楼上右首边是一个很大的房间，里面摆满了长沙发、毯子，还有些三角形的银色靠垫和一大堆酒瓶及玻璃杯。

乱成一团，烟头到处都是，还有不少碎玻璃杯。

"哈！"赫尔克里·波洛说道，"亲爱的华生，我推测，这里刚办过一场派对吧！"

"没错，是刚办过一场。"斯托达不怀好意地笑着说道，"但我并不知道具体是什么派对！"

"这么说，你没参加吗？"

"没有，我到这里来纯粹是干我的本行。"

"出了什么事？"

斯托达说道："这里归一个叫佩兴丝·葛雷斯的女人所有——佩兴丝·葛雷斯太太。"

"听上去，"波洛说道，"倒是个迷人的老派名字。"

"葛雷斯太太既不迷人，也不老派。她是那种长得还可以的泼辣女人。她结过好几次婚，现在又交了个男朋友，可她怀疑那个人打算甩了她。他们这次派对是从喝酒开始的，以吸毒——准确地说是可卡因——而告终。可卡因那玩意儿，一开始会让你觉得棒极了，一切都变得美好了起来。它让你兴奋，让你觉得自己的能耐增长了一倍。但吸食多了，你就会变得狂躁，产生幻觉，精神错乱。葛雷斯太太跟她的男朋友大吵了一架，那人是个讨厌的家伙，叫浩克。结果，他当场甩了她，她就趴在窗口，用某个蠢货送她的一把崭新的左轮手枪朝他开了一枪。”

赫尔克里·波洛扬了一下眉毛。

“打中了吗？”

“没戏！我得说，子弹射偏了好几码远。她打中了一个沿街翻拣垃圾箱的倒霉的流浪汉，擦伤了他胳膊上的一点皮肉。当然，他大喊大闹了起来。屋里那帮人便赶紧把他硬拽了进来，结果又被他冒出来的血给吓坏了，乱作一团，最后把我找来了。”

“后来呢？”

“我给他包扎好了。伤势也不严重。接着有一两个人跟他商量了一番，最后那人同意收下几张五英镑的钞票，不再提这事。对他来讲倒也合适，可怜的家伙，算得上是突如其来的幸运一击吧。”

“你呢？”

“我还有别的活儿要干。葛雷斯太太当时就歇斯底里大发作，我给她打了点药，把她按到床上去待着。另外还有个姑娘有点不省人事了——她很年轻，我还得照看她。与此同时，其他人都尽快溜走了。”

他停了下来。

“这时，”波洛说道，“你才腾出工夫来思量一下眼前的局面。”

“一点儿没错。”斯托达说道，“如果只是平常的酗酒狂欢，也就到此为止了。可是聚众吸毒就不一样了。”

“你敢肯定你说的情况属实吗？”

“哦，完全肯定，绝对没错。就是可卡因。我在一个漆盒里找到了一些——你知道的，他们是用鼻子吸的。问题是，这玩意儿是从哪儿来的？我记得那天你谈到，如今掀起了一股新的、来势汹涌的吸毒浪潮，吸毒的人数在不断增加。”

赫尔克里·波洛点了点头，说道：“警方会对今晚的这个派对感兴趣的。”

麦克·斯托达怏怏地说道：“就是因为这个……”

波洛突然醒悟过来，颇感兴趣地望着他，问道：“但你……你不太愿意警方介入此事，对吗？”

麦克·斯托达咕哝道：“会牵连无辜……对他们来说，可真够倒霉的。”

“让你这么惦记的人是葛雷斯太太吗？”

“老天，不是！她是个冷酷无情的老油条！”

赫尔克里·波洛轻声说道：“这么说，是另外那个了……那个姑娘？”

斯托达医生说道：“当然，在某种程度上她也有点冷酷。我的意思是，她喜欢装出一副冷酷的样子，可她其实就是太年轻了……只不过是有点野，就是那种小孩子的无知和胡闹罢了。她搅和进这种放荡的生活里，是因为她觉得这很时髦，很新潮什么的。”

波洛的嘴角露出一丝微笑，他轻声问道：“这个姑娘，你在今晚以前见过她吗？”

麦克·斯托达点了点头。此时的他显得很年轻，也有点困窘。

“在莫顿郡见过，狩猎舞会上。她的父亲是位退休将军……曾经打打杀杀、枪林弹雨。如今是绅士老爷——诸如此类的那一套。他有四个女儿，都有点野……我得说那都是因为有那样一位父亲。她们住的地方是那个郡里最糟的地方——临近兵工厂。他们有大把的钱，但毫无老派的田间生活的感觉——他们是一群有钱人，但都不是什么好东西。这四个姑娘还结交了一帮坏蛋。”

赫尔克里·波洛若有所思地看了他一会儿，说道：“现在我知道你为什么要我来了。你想让我接管这件事？”

“行吗？我觉得应当采取点措施——的确，我承认我希望能尽力避免让希拉·格兰特曝光。”

“我想这倒是可以办到的。我想见见那位年轻女士。”

“跟我来。”

年轻医生领波洛走出了房间。对面的房间里传出一个女人躁动不安的叫喊声。

“医生……看在上帝的分上，医生，我要疯啦。”

斯托达走进那个房间，波洛跟在后面。这是一间凌乱不堪的卧室——香粉撒了一地，到处是些瓶瓶罐罐，衣服随便乱丢。床上躺着一个染着一头金发的女人，脸上是空虚与邪恶的神情。她喊道：“我满身都有小虫子在爬……真的，我发誓真是这样，我快疯啦……看在上帝的分上，给我打一针吧。”

斯托达站在床边，用职业性的温和语气安抚她。

赫尔克里·波洛悄悄走出房间。对面另有一扇门，他打开了房门。

这是一间很小的房间，与之前那间仅有一步之距，这里的陈设也很简单。一个苗条的姑娘一动不动地躺在床上。

赫尔克里踮起脚走到床边，低头望着那个姑娘。

深色的头发、苍白的长脸庞——还有……对，年轻……非常年轻……

姑娘微微睁开了眼，接着眼睛一下瞪大了。她瞪着眼睛，眼神惊恐。她坐起来，用力晃了晃脑袋，把一头浓密的黑发甩到后面去。她像一匹受到惊吓的小马，身子向后缩了一下，就像只小野兽在面对陌生人喂食时充满怀疑地向后蜷缩。

她开口了——嗓音稚嫩尖细，却很粗鲁。

“你他妈的是什么人？”

“别害怕，小姐。”

“斯托达医生在哪儿？”

就在这时，那个年轻人走了进来。姑娘松了一口气，说道：“哦！你在这儿！这家伙是谁？”

“他是我的朋友，希拉。你现在感觉怎么样了？”

姑娘说道：“糟透了，难受极了……我干吗要吸那破玩意儿？”

斯托达冷冷地说道：“我要是你，就再也不那么做了。”

“我……我再也不吸了。”

赫尔克里·波洛问道：“谁给你的？”

她睁大了眼睛，嘴唇抽动了一下，说道：“就放在那里——在聚会上。大家都尝了点儿。一开始倒挺美妙的。”

赫尔克里·波洛轻声问道：“是谁带来的呢？”

她摇了摇头。

“我不知道……可能是安东尼——安东尼·浩克吧。可我真的一点儿也不知道。”

波洛轻声问道：“这是你第一次吸可卡因吗，小姐？”

她点了点头。

“最好让这次成为你的最后一次。”斯托达说道。

“对……我想是应该这样……可那的确挺美妙的。”

“现在听我说，希拉·格兰特。”斯托达说道，“我是一名医生，我知道自己说的是什么。你一旦上了吸毒的贼船，就会陷入难以想象的苦难。我见过一些吸毒的家伙，我了解。毒品会把人毁掉，把身体和灵魂一起毁掉。跟毒品相比，酒都不值一提。现在马上和它一刀两断吧。相信我，这可不是闹着玩的！想想你父亲，他若知道了今天晚上的事会怎么说呢？”

“父亲？”希拉·格兰特的声音提高了，“父亲吗？”她扬声笑起来，“我简直不能想象他脸上的表情！绝对不能让他知道，他会七窍生烟的！”

“这话倒没说错。”斯托达说道。

“医生……医生……”从那个房间又传来了葛雷斯太太的哀号。

斯托达小声嘟囔着一些不好听的话，走出房间。

希拉·格兰特又盯着波洛，纳闷地问道：“你到底是谁？你没有参加派对啊。”

“是的，我没参加。我是斯托达医生的一个朋友。”

“那你也是医生吗？看上去不像。”

“我嘛，”波洛说道，他总会把简单的叙述表达得像大戏要开演一样，“我叫赫尔克里·波洛……”

这次自我介绍没失去效果，波洛偶尔会因无情的年轻一代竟然从没听说过他的大名而感到失望。

但是希拉·格兰特显然听说过他。她大吃一惊——目瞪口呆。她呆呆地盯着他……

3

有个未经证实的说法，在托基[①]，人人都有个姑妈。

---

①托基（Torquay）是英格兰西南部的一个城市，也是阿加莎的故乡。

还有个说法是，在莫顿郡，人人都有个远房亲戚。莫顿郡与伦敦距离适中，是狩猎、射击和垂钓的好去处，有几个景色如画而略显自负的村子，良好的铁路网和新修的公路方便人们往返于当地和大都市之间。伦敦人对这里的偏爱程度超过了不列颠群岛其他更富有田园风情的地区。如此一来，你如果没有四位数的收入，根本就不可能在这里定居。加上所得税和其他开支什么的，五位数的收入会更好些。

赫尔克里·波洛作为外国人，在这里没有远房亲戚，不过如今他结交了一大堆朋友，所以没费什么力气就获得邀请来到了这个地方。此外，他选择的女主人是一位以谈论邻里琐事为乐趣的可爱女士——唯一的缺点是，波洛在得到他感兴趣的人的信息之前，得先耐着性子听许多他不感兴趣的琐事。

“格兰特家吗？哦，是的，他们家有四个孩子。四个姑娘。那位可怜的将军管不住她们，这我一点也不奇怪。一个男人怎么可能对付得了四个姑娘呢？”卡米雪夫人挥舞着双手说道。

波洛问了一句“真的吗”，那位夫人便接着说了下去。

“他原来在部队里，纪律严明，他是这么跟我说的。可他那几个女儿把他给打败了。不像我年轻的时候那样啦。我记得当年老桑迪上校也是一个严守纪律的人，而他那几个可怜的女儿……”

接下来的漫长讲述都是关于桑迪家的姑娘们以及卡米雪夫人年轻时代的其他朋友们所接受的种种训练。

“不过，”卡米雪夫人又回到了最初的话题，“我倒不是说那些姑娘真有什么不好的品性，只不过是疯了点——结交了一帮不大像样的人。如今这里不再像以前那样了，乱七八糟的人都到这儿来了。再也没有可以称为‘世家家风’的东西啦。这年头就是钱、钱、钱。你能听到各种稀奇古怪的事！你刚才说谁来着？安东尼·浩克？哦，是的，我认识他。我觉得他是个非常讨厌的年轻人，可显然在大把大把地挣钱。他到这里来打猎、办各种聚会——非常奢华的聚会，也有相当奇怪的聚会，要是相信别人的议论的话，那就甭提多怪了。我可不是那种轻信别人说法的人，因为我觉得人们都怀有恶意。人们总是愿意相信最坏的事。要知道，现在很时兴说某某人酗酒、某某人吸毒。前些天有人跟我说，现在的年轻姑娘们都是天生的酒鬼，我却认为这么说不太好。要是哪个人举止不太正常或者有点迷糊，大家就说那是因为‘吸了毒’，这样说也不太公平。人们就是这么说拉金太太的，尽管我并不怎么喜欢她，可我真的认为她只是心不在焉而已。她是你问的那个安东尼·浩克的好朋友，如果让我说的话，这就是为什么她对格兰特家的姑娘们那么有怨气——说她们是吃男人的妖精！我敢说她们确实是在招蜂引蝶，可为什么不可以呢？毕竟这是很自然的嘛。她们长得漂亮，个个都是美人儿。”

波洛插进去问了一个问题。

“拉金太太吗？亲爱的，问我她是谁没用的。这年头，谁知道谁啊？据说她马骑得很好，而且看起来挺有钱。她丈夫以前在城里是个人物。他死了，不是离婚了。她刚来这儿没多久，是紧跟着格兰特家搬来的。我一直认为她……”

卡米雪夫人突然停了下来。她张开嘴，两眼突出，向前探出身子，用手里握着的那把裁纸刀在波洛的指节上划了一下。不顾他疼得直向后缩，她兴奋地喊道：“原来如此！你到这儿来就是为了这个啊！你这个狡猾的家伙，我非得要你全告诉我不可。”

“要我告诉您什么啊？”

卡米雪夫人又举起裁纸刀，比画着要再给他一下子，却被波洛灵巧地闪开了。

“别装蒜啦，赫尔克里·波洛！我看得出你的小胡子在颤悠。当然，肯定是有犯罪的事才让你来到这儿的——你刚刚就是在不知羞耻地套我的话！现在让我想想，会是谋杀吗？最近谁死了？只有老路易莎·吉尔摩，可她八十五岁了，还有浮肿病。不可能是她。可怜的里奥·斯弗顿在猎场上摔断了脖子，已经裹上了石膏——也不会是他。也许不是谋杀。真遗憾！我不记得最近有什么抢劫珠宝的大案……也许你是在追查一名罪犯……是贝瑞尔·拉金吗？她毒死了她丈夫吗？也许是内疚使得她两眼呆滞吧？”

“夫人、夫人！”波洛喊道，“您扯得太远啦。”

“胡说。你肯定是在追查什么，赫尔克里·波洛！”

“您熟悉古典文学吗，夫人？”

“古典文学跟这又有什么关系？”

“可大有关系。我在仿效我的伟大前辈赫拉克勒斯，他的一项艰巨的任务是驯服狄奥墨德斯的野马。”

“别跟我说你到这儿来是驯马的。你这把年纪，还总穿漆皮鞋！依我看，你这辈子就没上过马！”

“夫人，我说的马是象征性的。那是一群吃人肉的野马。”

“那多么让人厌恶啊。我一向认为那些古希腊人和古罗马人很讨人嫌。我不理解教士们为什么那么喜欢引用古典文学，首先，你听不懂他们在胡扯些什么；另外，我一向认为古典文学的主题很不适合教士们引用。那么多乱伦，还有那些一丝不挂的雕像——我本人倒不大在乎，可是要知道，教士们都是什么样的人，姑娘们没穿袜子进教堂他们都会很不高兴——让我想想，咱们刚才说到哪儿啦？”

“我也不太记得了。”

“你这个坏家伙，你大概就是不想告诉我拉金太太是不是谋杀了她丈夫？或者也许……安东尼·浩克是布赖顿行李箱谋杀案[①]的凶手？”

她满怀期望地看着他，可是赫尔克里·波洛面无表情。

“也可能是伪造案。”卡米雪夫人寻思着，说道，“有一天上午我在银行里看见拉金夫人了，她说她刚兑现了一张五十英镑的支票自用——在我看来她似乎急需大笔现金。哦，不对，这事反了——她如果是个造假犯，就应该把钱存进银行，对不对？赫尔克里·波洛，如果你像只夜猫子一样坐在那里一语不发，我可要朝你扔东西啦。”

“您得有点耐心嘛。”赫尔克里·波洛说。

4

阿什利宅邸是格兰特将军的寓所。这并不是一幢很大的房子，它坐落在一座小山边，有个不错的马厩和一个缺乏照管、杂草丛生的花园。

房子里面，房产经纪人想必会形容为“精装潢”。几尊盘腿打坐的佛像坐在简单的壁龛里，向下斜睨着，几张贝拿勒斯[②]产的铜制托盘和小桌子让房间里没什么空间了。壁炉架上摆着一排列队行进的象，四面墙壁上装饰着更多的铜制工艺品。

在这间英印合璧的第二故乡，格兰特将军坐在一把宽大破旧

①指的是一九三四年六月十七日，在布赖顿火车站一个无人认领的行李箱里发现了女子的碎尸一案，该案目前仍未查出真凶。

②印度东北部城市瓦拉纳西的旧称。

的扶手椅上，把一条裹着绷带的腿放在另一把椅子上。

“痛风。”他解释道，“您患过痛风吗，呃……波、洛先生？叫人心情真他妈不好！这都怪我父亲，喝了一辈子红葡萄酒——我祖父也是这样。罪就让我来受了。喝一杯吗？麻烦您摇一下铃好吗？叫我那个伙计进来。”

一个扎着头巾的男仆出现了。格兰特将军管他叫阿布杜尔，让他端来威士忌苏打。酒端进来之后，他慷慨地倒了一大杯，波洛不得不起身拦住他。

“我恐怕不能陪您喝啦，波洛先生。”将军伤心地瞧着酒架，说道，“给我瞧病的家伙跟我说，我再碰这玩意儿就等于服毒。我才不信他真懂啥呢。医生们屁都不懂，就知道扫兴。专爱让人忌吃忌喝，劝你吃些蒸鱼之类的狗食。蒸鱼——呸！”

盛怒之下，将军不小心挪动了一下那条病腿，一阵剧痛让他痛楚地叫骂了一声。

然后他对自己刚刚的叫骂道歉。

“我活像一只犯头痛的狗熊。我一犯痛风，我那几个女儿就躲得远远的。根本不管我死活。我听说您见过其中一个。”

“是的，我有幸见过一位。您有好几位千金，是吧？”

“四个，”将军沮丧地说道，“一个小子都没有。四个就知道冲你眨巴眼的丫头。这年头，你一点脾气都没有。”

“我听说四个都长得很漂亮。”

“还可以……还可以。可你知道，我从来不知道她们在干什么。这年头，你管不住这些丫头。这种放纵的时代，到处都是放荡的生活，一个男人能怎么办？总不能把她们锁起来，是吧？”

“我想邻里街坊们都喜欢她们吧？”

“有些恶毒的老婆子不喜欢她们。”格兰特将军说道，“这儿有不少装嫩的货色，男人得小心点儿。有一个蓝眼珠的寡妇差点儿虏获了我——过去她常到这儿来，像只小猫那样喵喵叫。‘可怜的格兰特将军，您过去的生活想必很有趣吧。’”将军眨眨眼，用一只手指头按着鼻子，“太露骨了点，波洛先生。不过，总的说来，这地方还算不错。对我来说就是太时髦、太闹腾了点。我喜欢当年的乡村生活——没有这么多来来往往的汽车，没有爵士乐，也没有那没完没了、吵人的收音机。我家里就不许有收音机，丫头们也清楚这一点。一个人有权在自己家里清静清静。”

波洛若无其事地把话题引到了安东尼·浩克身上。

“浩克？浩克……不认识他。哦，我想起来了，一个长得很猥琐的家伙，两只眼睛靠得很近。绝不能相信一个不敢跟你对视的人。”

“他是您女儿希拉的朋友，对吧？”

“希拉？不知道。她们从来不告诉我任何事。”他那两道浓眉耷拉下来，那对咄咄逼人的蓝眼睛从红通通的脸上直视着赫尔克里·波洛的眼睛，“听我说，波洛先生，这到底是怎么回事？能告诉我您到这儿来看我到底是为了什么吗？”

波洛慢吞吞地说道：“这可不太好说——就连我自己也不太清楚。我只能这么说，您的女儿希拉——没准儿是您的四个女儿，结交了一帮不大像样的朋友。”

“结交了一帮坏人，是吧？我一直都有点担心这种事。有时也听到一星半点的传言。”他伤心地望着波洛，“可我又有什么办法呢，波洛先生？我又有什么办法？”

波洛也颇感为难地摇了摇头。

格兰特将军接着说道：“她们跟着鬼混的那帮人出了什么事？”

波洛问了另一个问题作为回应。

“格兰特将军，您有没有注意到您的某个女儿曾经喜怒无常，兴奋一阵后又消沉下来……神经质……情绪不稳定？”

“妈的，先生，您说话就跟药品说明书似的。没有，我没注意到谁有过那样的毛病。”

“那就太走运了。”波洛严肃地说道。

“先生，您这话他妈的是什么意思？”

“吸毒！”

“什么！”

这句话简直是吼出来的。

波洛说道：“有人试图引诱你的女儿希拉吸毒。可卡因是很容易上瘾的，只需要一两个星期就够了。一旦上了瘾，吸毒的人不管花多少钱、做什么事都不在乎，不顾一切，就为了得到毒品。您可以想象贩卖毒品的人能赚到多少钱。”

说完波洛默默地听着老人嘴里迸出来的一连串诅咒和谩骂。当将军最后宣称一旦抓住那个狗娘养的东西他会如何修理对方之后，这阵怒火才算渐渐平息。波洛说道：“就像您那位可敬的比顿太太说的那样，我们先抓住这家伙再说。一旦抓住了那个毒品贩子，我会非常乐意把他交给您处置的，将军。”

波洛站起身来，被一张雕刻精良的小桌子绊了一下，他一把抓住了将军才恢复了平衡，连忙咕哝道：“简直太对不起了！另外，我请求您，将军……您明白的，求您……别向您的任何一个女儿提起这事！”

“什么？我得让她们交代出实情，我正要这么做！”

“这正是您不该做的事。您只会得到谎言。”

“可是，妈的，先生——”

“我向您保证，格兰特将军，但您必须只字不提。这至关重要，您明白吗？至关重要！”

“那好吧！听你的。”这位老战士咆哮道。

将军被劝阻住了，却没有被说服。

赫尔克里·波洛小心翼翼地绕过那些贝拿勒斯铜器，走了出去。

5

拉金太太的房间里挤满了人。

拉金太太本人在墙边的一张桌子边配制鸡尾酒。她个子很高，浅棕色的鬈发耷拉在脖子后面，一双灰里透绿的眼睛，瞳孔又黑又大。她动作灵敏，有一种优雅的邪气。她看上去像是三十岁出头的样子，但凑近了细看就会发现她眼角的鱼尾纹，这说明她至少比看起来的要老上十岁。

卡米雪夫人的一位朋友，一位活泼的中年妇女，带赫尔克里·波洛来到这里。有人递给他一杯鸡尾酒，并请他给坐在窗前的一个姑娘送去一杯。那个姑娘小小的个子，浅色头发，脸色白里透着粉红，犹如天使一般。她的眼神，赫尔克里·波洛立即注意到，警惕而多疑。

他说道：“祝您身体健康，小姐。”

她点了点头，呷了一口酒，然后突然说道：“您认识我妹妹吧。”

“您妹妹？啊，那您一定是格兰特家的小姐了？”

“我是帕姆·格兰特。”

“您妹妹今天去哪儿了？”

“她出去打猎了，应该很快就回来！”

“我在伦敦见到过您妹妹。”

“我知道。”

“她告诉您了？”

帕姆点了点头，接着又突然问道：“希拉是不是有麻烦了？”

“这么说，她没把事情全都告诉您？”

那个姑娘摇了摇头，问道：“安东尼·浩克当时也在吗？”

波洛还没来得及回答，房门打开了，浩克和希拉·格兰特走了进来。他们都穿着打猎装，希拉的脸颊上有一些泥巴印。

“哈喽，大伙儿，我们来讨杯酒喝。安东尼的水壶空了。”

波洛小声说道：“说到天使——”

帕姆·格兰特打断了他的话：“您指的是魔鬼吧。”

波洛连忙反问道：“是吗？”

贝瑞尔·拉金走了过去，说道：“你可来了，安东尼，跟我讲讲打猎的情况。你转完格莱特矮林了吗？”

她娴熟地把他拉到壁炉旁的沙发上。波洛看见他离开之前扭头望了一眼希拉。

希拉看见了波洛。她犹豫了一下，然后走到窗前波洛跟帕姆站的地方。她恶狠狠地说道：“原来是你昨天到我们家来了。”

“是您父亲告诉你的吗？”

她摇了摇头。

“阿布杜尔把你形容了一番。我……猜的。”

帕姆惊呼道：“您去见父亲了？”

波洛说道：“哦，是的。我们有些……共同的朋友。”

帕姆立刻说道：“我不信。”

“您不信什么？不信您父亲和我会有共同的朋友吗？”

姑娘的脸红了。

“别装傻了。我是说……那不是您来这儿的真正原因……”她转问她的妹妹，“你怎么不说话呀，希拉？”

希拉开口道：“这……这跟安东尼·浩克没什么关系吧？”

“为什么会跟他有关系呢？”波洛问道。

希拉脸红了，转身穿过房间，朝其他人走去。

帕姆突然冲动地小声说道：“我不喜欢安东尼·浩克。他身上有股邪气——她也有点，我是说拉金太太。瞧瞧他们俩现在的样子。”

浩克的脑袋正紧紧地贴着女主人，看上去像是在安慰她。后者的嗓音一下提高，说道：“……可我等不及啦。我现在就要！”

波洛微微一笑。

“女人们哪……不管是什么，她们总是立刻就要弄到手，是不是？”

帕姆没搭理他，她神情沮丧，神经质地不断搓弄着身上的花呢裙子。

波洛小声搭话道：“您跟您妹妹的性格完全不一样，小姐。”

她仰起头来，撇开那些套话，直接问道：“波洛先生，安东尼给希拉的东西到底是什么？到底是什么让她变得……不像原来那样了？”

他凝视着她，问道：“您吸过可卡因吗，格兰特小姐？”

她摇了摇头。

“哦，没有！原来是这么回事？可卡因吗？可那不是很危险吗？”

希拉·格兰特手里端着一杯新的饮料又回到他们身边，问道：“什么东西很危险？”

波洛说道："我们在谈论吸毒的后果。谈到精神和灵魂的慢性死亡——人生一切的真实和美好的东西的毁灭。"

希拉·格兰特屏住了呼吸，手中的杯子晃了晃，酒溅了一地。波洛接着说道："我想斯托达医生已经清楚地告诉过你生活毁灭的后果。染上毒瘾非常容易，戒掉就很难了。那个蓄意让别人堕落和痛苦却从中牟取暴利的人是一个吃人肉、喝人血的吸血鬼。"

说完波洛转身走开了，他听见帕姆·格兰特在身后喊了一声"希拉"，还听到一句耳语——一句微弱的耳语，是希拉·格兰特说的，声音低得几乎听不到："水壶……"

赫尔克里·波洛向拉金太太道了别，走到外面的大厅。大厅的桌子上放着一个打猎时带的水壶、一条马鞭和一顶帽子。波洛拿起了水壶，那上面写着两个大写字母："A.H."[①]。

波洛自言自语道："安东尼的水壶是空的吗？"

他轻轻摇晃了一下。没有水声。他拧开了壶盖。

安东尼·浩克的水壶并不是空的，里面装满了白色粉末……

6

赫尔克里·波洛站在卡米雪夫人家的露台上，正在苦劝一个姑娘。他说道："您还非常年轻，小姐，我相信您并不清楚，不是真正清楚，您跟您的姐妹们究竟在干些什么。你们就像狄奥墨德斯的野马，一直在被人家喂食人肉。"

希拉浑身颤抖，呜咽着说道："这听起来真是太可怕了。可这

①安东尼·浩克的首字母。

是真的！在伦敦的那天晚上斯托达医生告诉我之前，我从来都没有意识到这一点。他那么严肃，那么真诚。我那时才认识到，我一直在干多么可怕的事……在那之前，我以为这就像是——哦！就像是下班以后喝一杯那样，有些人愿意花钱消遣一下而已，不觉得是什么很要紧的事！”

波洛问道：“现在呢？”

希拉·格兰特说道：“您让我干什么我就干什么！我……我还会去告诉其他人，”她又加了一句，“我想斯托达医生不会再理我了吧……”

“正相反，”波洛说道，“斯托达医生和我正准备尽一切力量帮助你重新做人。你可以相信我们。但是有一件事情必须要做，我们必须消灭一个人——把他彻底消灭。而只有您和您的姐妹们可以消灭他。你们必须出面做证，只有你们出面做证才能给他定罪。”

“您是指……我们的父亲吗？”

“不是您的父亲，小姐。难道我没有告诉过你，赫尔克里·波洛无所不知吗？您的照片很容易被警方辨认出来，您是希拉·凯利，一名年轻的盗窃惯犯，几年前被送进过教养院。您从教养院出来后，这个自称是格兰特将军的人接近你，并且提供给你这个职务——一个做‘女儿’的职务。会有大把的钱、大把的享乐，过好日子。您要做的，就是把‘那玩意儿’介绍给您的朋友们，还要装作是别人给您的。您那几个‘姐妹’跟您的情况一样。”

他停了停，又说道：“来吧，小姐。这个人必须被揭发、被判刑。这之后……”

“这之后会怎么样呢？”

波洛咳嗽一声，微笑着说道：“您将被献给众神……”

7

麦克·斯托达惊讶地望着波洛，说道："格兰特将军？格兰特将军？！"

"正是，亲爱的。要知道，整个布景都是你可以称为'冒牌货'的东西。那些佛像，那些贝拿勒斯铜器，那个印度男仆，都是！还有那痛风，也是伪装的！痛风如今早已不多见了，只有很老很老的老头儿才有得痛风的——十九岁年轻姑娘的父亲不会得这种病！

"另外，我还确认了这一点。出去的时候我绊了一下，趁机用手抓住他那条患痛风的腿。那位先生正因为我跟他讲的那些话而忐忑不安，竟然没感觉到我那一抓。哦，没错，那位将军是彻头彻尾的冒牌货！不过不管怎么说，这个主意还是挺精明的。一位退休的驻印英国将军，一个可笑的、脾气暴躁的人物，在那里定居下来——没和其他退休的驻印英国军官住在一起，哦，不，他到了一个对一般退伍军人来说过于昂贵的地区。那里有的是有钱人，有从伦敦来的人，是推销那种货品的绝好的地方。又有谁会怀疑那四个活泼可爱的漂亮姑娘呢？就算出了什么事，她们也会被当成受害者——这是绝对没有问题的！"

"你去见那老魔鬼时到底是怎么打算的呢？是想让他害怕吗？"

"没错，我就是想看看接下来会发生什么事。我没多久就发现了。那几个姑娘接到了命令。安东尼·浩克，其实是她们的受害者之一，准备被当成替罪羊。希拉本想告诉我拉金太太大厅里那个水壶的事，可她不忍心那样做——另外那个姑娘冲她怒喊了一声'希拉'，她便不得已，支支吾吾地说出了那个水壶的事。"

麦克·斯托达站了起来，来回踱着步子，最后说道："你知道，我丝毫不松懈地看住了那个姑娘，我已经对青少年的犯罪倾向得出了一个很可靠的理论。如果你调查一下当今的家庭生活，就一定会发现——"

波洛打断他的话说道："*亲爱的*，我非常尊敬您的理论知识。我毫不怀疑，您的理论在希拉·凯利小姐身上会取得可喜的成功。"

"对其他人也有效。"

"其他人嘛，也许吧。可能也有效，可我敢确定的只是希拉那个小姑娘。您会驯服她的，毫无疑问！实际上，她已经对您完全言听计从了。"

麦克·斯托达红着脸说道："波洛，你在胡说什么呀……"

第九章　希波吕忒的腰带[1]

①欧律斯透斯安排的第九项任务是拿到亚马逊女巫希波吕忒的腰带，此腰带是希波吕忒的父亲、战神阿瑞斯送她的。关于此项任务有多种说法，获得最广泛认可的是希波吕忒对赫拉克勒斯印象极佳，愿把腰带送给他。然而，女神赫拉再次出来阻挠，她扮成亚马逊人潜入，散播谣言说赫拉克勒斯要诱拐女王，于是亚马逊人对赫拉克勒斯的船只发动攻击，无奈之下，赫拉克勒斯从背后脱下希波吕忒的腰带，并击退敌人，最后开船离开了。

1

一件事总是引出另一件事，这是赫尔克里·波洛总爱说的一句没多少新意的话。

他认为再没有什么比鲁本斯[①] 的名画被盗一案更能证明这句话的准确性了。

他对这桩鲁本斯画作盗窃案并没有多少兴趣。首先，鲁本斯不是他欣赏的画家；另外，这桩盗窃案的手法太过普通。他插手这起案件是因为亚历山大·辛普森恰好是他的一个朋友，另外出于某个他个人的原因，就是跟古典文学的关系！

画作失窃之后，亚历山大·辛普森派人把波洛请了过去并向他倾诉了自己的不幸遭遇。那张鲁本斯的画作是新近发现的一幅迄今为止尚鲜为人知的杰作，不过毫无疑问是幅真品。那幅画在辛普森画廊展出时，竟在光天化日之下被偷走了。当时大批失业者正躺在进入里兹酒店的必经之路上，以此进行抗议示威活动。其中一小部分人还进入了辛普森画廊，躺在地上举着“艺术太奢侈，饥饿者要吃饭”的标语。警察来了，人群好奇地聚在那里看热闹，直到示威者被警方用武力驱散之后，大家才发现那幅鲁本斯的画被人从画框上干净利落地割走了！

“要知道，那是一幅很小的画，”辛普森先生说道，“谁都可以把它夹在胳膊底下走出去，而那时人人都在看着那些可怜的失

①佛兰德画家，巴洛克时期美术界代表人物。

业的白痴。”

后来警方发现那些闹事的人是受人雇用的，在那起盗窃案中扮演无辜的角色。他们被指派到辛普森画廊去示威，而直到事后才知道让他们去那里的真正原因。

赫尔克里·波洛认为这是一个有趣的障眼法，可他对此无能为力。他指出，完全可以仰赖警方，侦破这起简单的盗窃案。

亚历山大·辛普森说道：“听我说，波洛。我知道是谁偷走了那幅画，并且知道画的去向。”

根据辛普森画廊的所有者所说，那幅画是被一个国际盗窃团伙应某位百万富翁的要求盗走的，那人不介意以极为低廉的价格购进艺术品，而且从来不问来历！辛普森说那幅鲁本斯的画作会被偷运到法国，然后转到那位百万富翁手中。英法两国警方都处于戒备状态，但辛普森认为他们不会截获。“画一旦落入那个恶棍手中，就难办了。有钱人可不好惹。这就是为什么要请您来。情况会变得很微妙，您是办这事的唯一人选。”

最后，尽管毫无热情，赫尔克里·波洛还是在百般劝说下接受了这个任务。他同意立即动身前往法国。他对这项调查其实兴趣不大，却由此意外接触到了一起女学生失踪案，那个案子倒让他更感兴趣。

他是从总警督贾普那里第一次听说这起案子的。当时波洛正对男仆为他收拾的行李表示满意，总警督前来拜访。

“哈，”贾普说道，“去法国，对不对？”

波洛说道：“*亲爱的*，你们苏格兰场的消息可真灵通啊！”

贾普咯咯笑起来，说道：“我们有眼线！辛普森竟然找你去办鲁本斯那个案子，可见他信不过我们！不过这都无所谓，我想托你办的是另外一件事。反正你要去巴黎，我想你不妨来个一箭双雕。赫恩警督正在那边跟法国人合作——你认识赫恩吧？是个好小伙子，不过也许不太有想象力。我想听听你对这案子的看法。”

“你说的到底是什么事？”

“一个孩子失踪了。今天的晚报会登出这条消息。看起来她像是被绑架了。她是克兰切斯特郡一位教长的女儿，名字叫金，温妮·金。”

接着他就开始讲述事情的经过。

温妮当时在去巴黎的路上，前往为英美姑娘们创办的高级女子学校——“波普小姐女子学校”。温妮是乘早班火车从克兰切斯特郡动身的，“大姐姐有限公司”的一名成员护送她走过伦敦街头，该公司的主要业务是护送女孩子从一个火车站到另一个车站。在维多利亚车站，温妮被交给波普小姐女子学校的二把手布尔肖小姐，随后由布尔肖小姐带领，同其他十八个姑娘一起乘港口联运火车离开维多利亚站。十九个女孩过了海峡，通过加莱海关，搭上了去巴黎的火车，还在餐车里一起吃了午饭。可是等到了巴黎市郊布尔肖小姐清点人数时，发现只有十八个姑娘了！

“啊哈，”波洛点了点头，“火车在什么地方停过吗？”

“在亚眠停了一下，但那时姑娘们都在餐车里，她们都肯定地说温妮跟她们在一起。这么说来，她就是在她们回自己的车厢隔间时失踪的。也就是说，她没有跟另外五个姑娘一起进入自己的隔间。她们也没怀疑出了什么事，只认为她在另外的两个包间里。”

波洛点了点头。

“那最后见到她……具体是在什么时候？”

“大约是在火车离开亚眠之后十分钟，”贾普轻轻咳了一声，

“她最后被人看见时……嗯……正要进厕所。”

波洛喃喃道：“这是人之常情。”他接着问道，“没有什么别的情况吗？”

“有，还有一件事，”贾普的脸色很严肃，“她的帽子在铁路边被发现了，距离亚眠大概十四英里的地方。”

“但是没有发现尸体？”

“没有发现尸体。”

波洛问道：“你是怎么想的呢？”

“我真不知道该怎么想！既然没找到尸体，她就不可能是从火车上摔下去的。”

“火车离开亚眠以后就再也没停过吗？”

“是的。只碰到了一个信号灯……慢行，但是没停。我怀疑是不是火车行驶得足够慢，人就能跳下火车而不受伤。你是不是在想，那个女孩子可能一时惊慌而想跑掉啊？这是她的第一个学期，她可能会想家，这倒是实情，可她毕竟已经十五岁半了——懂事的年龄了，而且她一路上精神挺好，一直在聊天什么的。”

波洛问道：“搜查过那列车了吗？”

“哦，当然，他们在火车抵达巴黎北站之前就彻底搜查了一遍。姑娘没在火车上，这点可以肯定。”

贾普又恼火地说道：“她就这么不见了——消失在空气里了！根本讲不通嘛，波洛先生。这太疯狂了！”

“她是个什么样的姑娘？”

“很普通，据我了解，是那种普通的正常姑娘。”

“我是说……她长得怎么样？”

“我这里有一张她的快照。她可真算不上是个美人坯子。”

他把照片递给波洛，后者默默地端详着。

照片上是个身材瘦长的姑娘，梳着两条毫无特色的辫子。这不是一张摆好姿势拍的照片，是在她不注意时抓拍下来的。她正在吃苹果，嘴巴张开，露出微微突出的牙齿，上面还戴着牙箍。她还戴眼镜。

贾普说道："长得很一般——不过孩子们在这个年龄都不好看！昨天在牙医那儿，我在《速写》杂志上看到一张本季美人玛西娅·冈特的照片。我还记得她十五岁时我去过她家的宅邸，调查那里发生的一起盗窃案。她一脸雀斑，笨手笨脚，牙齿暴突，头发乱蓬蓬的。可是一夜之间，她们就长大了，变成美人了——我不知道她们是怎么变的！就像是奇迹！"

波洛微笑着说道："女人是能创造奇迹的物种！那个孩子家里怎么样呢？他们说了什么有所帮助的信息吗？"

贾普摇了摇头。

"没什么有帮助的。母亲是个病人。可怜的老金教长真是急得傻了眼，他发誓说那个姑娘疯了一样非要去巴黎不可，她一直盼望着去。想去学绘画和音乐那类玩意儿。波普小姐那个学校的姑娘在艺术课上都是优等的。你也许知道，波普女子学校非常有名，许多社会名流的女孩都去那所学校。她十分严格——像个母老虎，那里的学费非常昂贵，挑选学生极为苛刻。"

波洛叹了口气。

"我了解那种类型的女人。从英国把姑娘们接过去的布尔肖小姐怎么样呢？"

"脑子倒还没乱，只是非常害怕波普小姐会说这是她的错！"

波洛若有所思地说道："没有什么小伙子跟这事有牵连吗？"

贾普指了指那张照片。

"你看她那副长相像有事的吗？"

“不，不像。不过不管她长相如何，都可能有颗浪漫的心啊。十五岁也不算小了。”

“好吧，”贾普说道，“如果是一颗浪漫的心鼓舞她跳下火车的话，我可要好好读读女作家们的小说了。”

他满怀期望地看着波洛，问道：“你什么想法也没有吗……呃？”

波洛慢慢地摇了摇头，说道：“他们没有碰巧也在铁路边找到她的鞋吗？”

“鞋？没有。为什么问鞋呢？”

波洛喃喃道：“只是一个想法罢了……”

2

赫尔克里·波洛正要下楼去乘出租车，这时电话铃响了。他拿起话筒。

“喂？”

贾普的声音说道：“很高兴你还没走。没事了，老伙计。我回到局里时看到了一张字条。姑娘已经找到了，在离亚眠十五英里的公路边上。她迷迷糊糊的，什么也说不清楚，医生说她被人用药催眠了。不管怎么说，她还好。她没什么事。”

波洛慢慢说道：“那你……不用我再帮什么忙了吧？”

“恐怕不用了！实际上……非常抱歉，麻麻麻烦你了。”

贾普为自己的俏皮话笑起来，接着便挂断了电话。

赫尔克里·波洛没有笑。他慢慢放下话筒，脸上露出忧虑的神情。

3

赫恩警督好奇地望着波洛，说道："我没想到您对这事那么感兴趣，先生。"

波洛说道："贾普总警督跟你讲过我会与您一起探讨这个案子吗？"

赫恩点了点头。

"他说您过来办点事，还说您可能会帮我们解决这个谜团。可我没想到您现在还会来，因为案子已经解决了。我以为您会去忙自己的事呢。"

赫尔克里·波洛说道："我自己的事可以先放一放。现在这件事倒让我很感兴趣。你说那是个谜团，而且现在已经解开了。可是在我看来，谜团还在那儿呢。"

"嗯，先生，我们把那个孩子找回来了，她也没受伤。这是最主要的。"

"可是你们怎么把她找回来的这个问题并没有解决，对不对？她自己是怎么说的？去看过医生了，对吧？医生是怎么说的？"

"说她被麻醉了。她现在还糊里糊涂的。很明显，离开克兰切斯特之后的事她都记不太清了，所有后来发生的事都像是被抹掉了。医生认为她可能有轻微的脑震荡。她的脑袋后面有块瘀伤，医生说可能就是这造成了她的记忆丧失。"

波洛说道："对某个人来说……倒挺合适！"

赫恩警督怀疑地问道："您不会认为她是在假装吧，先生？"

"您觉得是吗？"

"不，我敢肯定她不是。她是个好孩子……在她那个年龄显得幼稚了一点。”

“不，她不是在假装，”波洛摇了摇头，“不过我想知道她到底是怎么下火车的。我想知道这是谁干的……以及为什么？”

“至于为什么，我倒认为这是一起蓄谋的绑架，先生。他们打算把她当作人质，勒索赎金。”

“可他们没那么干啊！”

“可能她又哭又闹的把他们吓坏了，就急忙把她丢在路边了。”

波洛充满怀疑地问道：“他们从克兰切斯特教堂的教长那里能弄到多少赎金呢？英国教会的教长们又不是腰缠万贯的百万富翁。”

赫恩警督愉快地说道：“我觉得这整件事干得非常拙劣，先生。”

“哦，您这么认为。”

赫恩的脸微微红了，说道：“那您是怎么想的呢，先生？”

“我想知道她是怎么被人弄下火车的。”

警官的脸色沉了下来。

“这可真是个谜，真的。她刚刚还好好地坐在餐车里，跟其他姑娘聊着天。五分钟以后就消失了……说没就没！就像变戏法儿似的。”

“没错，就像是变戏法儿！波普小姐女子学校的学生们所住的车厢里还有什么其他乘客？”

赫恩警督点了点头。

“这一点问得非常好，先生。这很重要。特别重要，因为那是最末一节车厢，等所有人都离开了餐车以后，各节车厢之间的门就锁上了——主要是为了防止有人在列车服务员收拾走午餐并备好茶点之前又挤进餐车来要茶。温妮 · 金和其他姑娘一起回来的，学校一共订了三个包间。”

“那节车厢的其他包间里都有些什么人呢？”

赫恩掏出了他的笔记本。

“乔丹小姐和巴特斯小姐——两位打算去瑞士的中年老小姐。她们俩没什么问题，非常可敬，是从汉普郡来的，在当地的名声很好。两名法国销售代表，一个从里昂来，另一个是从巴黎来的，两位都是规规矩矩的中年人。还有一个年轻人詹姆士 · 埃利奥特和他的妻子。她是个花枝招展的女人，丈夫的名声不太好，警方怀疑他跟一些不太干净的买卖有关——不过从没沾上过绑架的事。不管怎样，他的包间被搜查了一遍，但没在他的手提行李里找到能证明他与此案有关的东西，也看不出他会跟这件事扯上关系。最后还有一位美国女士，范 · 苏德太太，要去巴黎旅行。我们不了解她的情况，但看上去没什么问题。就是这些人。”

赫尔克里 · 波洛说道：“火车离开亚眠站之后肯定没有停过吗？”

“绝对没有。只减速行驶过一段，不过也没慢得可以让人从车上跳下去——起码不会毫发无损。”

赫尔克里喃喃道：“这就使问题变得更加有意思了。那个女学生在亚眠郊外凭空消失，又在亚眠郊外凭空出现。那她这段时间一直在哪儿呢？”

赫恩警督摇了摇头。

“听起来挺邪门儿的，可就那样发生了。哦，对了，他们告诉我您打听过鞋的事——那个姑娘的鞋。她被发现的时候是穿着鞋的，可是铁路边上还有一双鞋，是一个信号员发现的。他捡回家去了，因为那双鞋看着还挺新的。是一双厚实的黑色便鞋。”

“哈！”波洛说道，看起来很满意。

赫恩警督好奇地问道：“我不明白那两只鞋怎么了，先生，那能说明什么呢？”

“它们证实了一个理论，”赫尔克里·波洛说道，“这个理论可以说明那个戏法儿是怎么变的。”

4

波普小姐女子学校跟许多其他的这类学校一样，坐落在纳伊区。赫尔克里·波洛正抬头望着校舍高雅的外观，突然被从楼里涌出的一群姑娘淹没了。

他数了一下，共有二十五名。她们着装统一，都穿着深蓝色外衣和裙子，头戴看起来不太舒服的深蓝色丝绒制英式帽子，上面有一道显眼的波普小姐选择的紫金两色的帽圈。她们从十四岁到十八岁不等，有胖有瘦，头发有深有浅；有的笨拙，有的灵巧。跟在她们后面的，是一个看起来大惊小怪的灰发女人和一个娇小的姑娘。波洛判断那一定就是布尔肖小姐。

波洛站在那里观望了她们片刻，然后按下门铃，请求会见波普小姐。

拉维妮亚·波普小姐跟她的副手布尔肖小姐完全不同。波普小姐很有个性，令人敬畏。尽管波普小姐在家长们面前会表现得优雅、平易近人，但面对其他人时她会保持那种明显的高傲态度，作为一位女校长，这倒是一种才能。

她那灰色的头发梳理得层次分明，衣着严谨而优雅。她无所不知，无所不能。

她接待波洛的房间是一间颇具文化修养的女人的房间，里面摆着雅致的家具和鲜花，挂着一些相框，里面全是波普小姐以前的学生、现在已是社会名流的签名照片——其中许多人穿着锦衣华袍。墙上还挂着一些世界名画的复制品和几幅不错的水彩素描。房间收拾得极其干净整洁，你会觉得没有一粒灰尘胆敢藏身于这座圣殿。

波普小姐以一种明察秋毫的态度接待了波洛。

“赫尔克里·波洛先生吗？我当然听说过您的大名。我想您到这儿来大概是为了温妮·金那件不幸的事吧？真是一件让人非常苦恼的事。”

波普小姐看上去并不苦恼。她好像理所应当似的接受了灾难，并予以恰当的处理，把影响降低到近乎于无。

“这种事，”波普小姐说道，“过去可从没发生过。”

今后也不会再发生的！她的态度似乎在这样说。

赫尔克里·波洛说道：“这是那个姑娘在这里的第一学期，对吧？”

“是的。”

“您此前曾跟温妮……还有她的父母面谈过吧？”

“不是最近的事。是在两年前，当时我住在克兰切斯特附近——事实上是住在主教家里……”

波普小姐的口气仿佛在说：请注意，我是那种住在主教家里的人！

“我在那里时认识了教长和金夫人。金夫人，唉，如今疾病缠身了。接着我见到了温妮，一个很有教养的姑娘，对艺术有明确的爱好。我对金夫人说，我很愿意一两年之后接受温妮进我的学校——等她的基础教育结束以后。波洛先生，我们这里专门教授艺术和音乐。我们带姑娘们去歌剧院，去法兰西剧院，到卢浮宫去听演讲。最好的教师到我们这里教授她们音乐、演唱和绘画。广泛的文化修养是我们培养的目标。”

波普小姐忽然想起波洛并不是一位家长，连忙问道：“您找我有什么事吗，波洛先生？”

“我想了解一下温妮目前的情况怎么样了？”

“金教长前往亚眠，带着温妮回家去了。孩子受到惊吓之后，这是最明智的做法。”

她接着说道：“我们这里不接受体质弱的姑娘。我们没有照顾病人的设备。我对教长说，依我看，他最好把孩子接回家去。”

赫尔克里·波洛直截了当地问道：“您觉得这到底是怎么一回事呢，波普小姐？”

“我一点也不清楚，波洛先生。这整件事，根据他们给我的汇报，听起来简直不可思议。我认为我那位负责照管姑娘的工作人员不该受到责怪——当然，她也许应该更早一点发现少了一个姑娘才对。”

波洛说道：“警方大概已经来拜访过您了吧？”

波普小姐那高贵的身躯微微颤抖了一下。她冷冰冰地说道：“地方警局的一位勒法热先生打电话来找我，问我能否为这起事件提供一些线索。我当然无能为力。接着他又要求检查一下温妮的行李，已经跟其他姑娘的行李一起送到这儿了。我告诉他，另有一名警方人员也打来电话说过这件事了，我猜想他们的各个部门之间是有重叠的。没多久我又接到一个电话，对方坚持说我没把温妮的全部物品都交给他们。为此我跟他们大发脾气，我可不能忍受公职人员的随意训斥。”

波洛深吸了一口气，说道：“您真是勇猛果敢，我很敬重您这一点，小姐。我想温妮的行李被送到这里时还是原封未动的吧？”

波普小姐微微面露不快。

“我们是有规章制度的，”她说道，“大家都是严格遵守规章办事。姑娘们的行李送到这儿时都是原封未动的，她们的东西都必须按我的要求取出、存放。温妮的行李是和其他姑娘们的一起打开的。当然，她的行李后来又被重新打包了，交给警方时跟行李刚被送到这里时是完全一样的。”

波洛问道：“完全一样吗？”

他踱到墙边。

“这幅画画的肯定是著名的克兰切斯特大桥，远处是大教堂。”

“您说得对，波洛先生。很明显，温妮画了这幅画带过来，是想作为一个惊喜送给我。这个就放在她的行李里，用包装纸裹着，上面写着‘送给波普小姐，温妮奉上’。这孩子真可爱。”

“哦！”波洛说道，“您认为……这幅画画得怎么样？”

波洛见过不少克兰切斯特大桥的画，这是每年都会在美术学院里见到的题材——有时是油画，有时是水彩。波洛见过的画有的很出色，有的则很平庸，还有的相当乏味，可他从没见过像眼前这幅如此粗制滥造的画。

波普小姐宽容地微笑着，说道：“我们不应该让姑娘们灰心，波洛先生。当然，温妮有可能画得更好些。”

波洛若有所思地说道：“她画水彩画不是更自然些吗？”

“是的，我都不知道她在尝试油画呢。”

“嗯，”赫尔克里·波洛说道，“请允许我取下来看一看，小姐。”

他摘下那幅画，把它拿到了窗前。仔细查看一番后，他抬头说道："小姐，我想请您把这幅画送给我。"

"呃，说真的，波洛先生——"

"您不会装作真的非常喜欢这幅画吧。这幅画画得糟透了。"

"哦，它毫无艺术价值，这我同意。可这是一个学生的习作，而且——"

"小姐，我敢说这是一幅非常不适合挂在您墙上的画。"

"我不明白您为什么那么说，波洛先生。"

"我这就向您证明这一点。"

他从口袋里掏出一个瓶子、一块海绵和一些破布，说道："首先我给您讲个小故事，小姐。跟那个丑小鸭变成白天鹅的故事很相似。"

他一边说，一边忙碌地干着活。房间里充满了松节油的气味。

"您大概不常看时事讽刺剧[①]吧？"

"的确不看，我认为那太浅薄了……"

"浅薄，没错，不过有时也富有教益。我见过一位聪明的讽刺剧艺术家，用最神奇的方式不断变换她的身份。她一会儿扮成一位夜总会明星，艳丽动人；十分钟以后，她成了一个瘦小、贫血、患有扁桃腺肿大的孩子，穿一身运动服；再过十分钟，她又成了一个衣衫褴褛的吉卜赛女人，站在一辆大篷车旁边给行人算命。"

"很可能，毫无疑问，可我不明白——"

"我正在向您说明火车上的戏法儿是怎么变的。那个女学生温妮梳着两条普通的发辫，戴着眼镜，套着难看的牙箍——她走进了厕所，一刻钟之后从里面出来时却变成了——借用赫恩警督的话来说就是，一个'花枝招展的女人'。透明丝袜，高跟鞋，

①指在剧场里表演的脱口秀类节目，演员通过多种表演形式讽刺时弊。

一件貂皮大衣罩住女学生的校服，天鹅绒帽子束在鬈发上……那张脸，对，那张脸。胭脂、香粉、口红、睫毛膏，一通涂抹！这位迅速变装的艺术家的脸究竟长什么样呢？恐怕只有老天爷知道！可是您，小姐，您本人经常见到那些笨拙的女学生是如何奇迹般地摇身一变，成为迷人光鲜的、初入社交界的美女的。”

波普小姐惊讶得喘不过气来。

“您是说温妮·金把自己乔装打扮成——”

“不是温妮·金，不是。温妮在去伦敦的路上就被人绑架了，我们那位迅速变装的艺术家顶替了她。布尔肖小姐从来没见过温妮·金——她怎么知道那个梳着长发辫、戴着牙箍的女学生根本不是温妮·金呢？目前为止，一切都还好，可是那个冒名顶替的女人不敢真的到这里来，因为您认识真正的温妮。所以说变就变！温妮在厕所里消失了，出来时变成了一个叫詹姆士·埃利奥特的人的妻子，他的护照上有个妻子！那对发辫、眼镜、棉线袜子、牙箍——这些都可以塞进一个小包里。但是那双难看的厚皮鞋和那顶帽子——那顶不能弯折的英式帽子，得想法子给处理掉，于是就被扔到车窗外面去了。后来，真正的温妮被带过海峡。没人在找一个被从英国带到法国的、病怏怏的实际上是被麻醉了的孩子——随后她就悄悄地被扔在公路边上了。如果麻醉的时候同时使用了东莨菪碱，她就会几乎记不起发生了什么事。”

波普小姐盯视着波洛，问道：“可是为什么呢？这样无聊的伪装是为了什么呢？”

波洛严肃地答道：“温妮的行李！这些人打算把一样东西从英国偷运到法国。一件所有海关人员都在高度警戒、全力寻找的东西，实际上是一件赃物。还有什么地方能比一个女学生的行李更安全？波普小姐，您的名气很大，您的学校出了名的正派。在巴黎北站，那些寄宿生小姐的行李统统免检通过。那是著名的波普小姐英语学校的学生！然后，在绑架案发生以后，以地方警局的名义派人取走那个姑娘的行李，不是再自然不过了吗？”

赫尔克里·波洛微笑道：“不巧的是，学校有条规定，行李到了以后都会被打开，里面有一件温妮送给您的礼物，但不是温妮在克兰切斯特装进行李的那件礼物。”

波洛走近她。

“您已经把这幅画送给我了。请看，您肯定也觉得它不适合挂在您的学校里。”

他举起画布。

就像魔术一样，克兰切斯特大桥不见了，取而代之的是一幅色彩丰富但色泽暗淡的古典题材绘画。

波洛轻声说道：“希波吕忒的腰带。希波吕忒把她的腰带送给了赫拉克勒斯，是鲁本斯画的。一幅伟大的艺术品——但不管怎么说，不太适合挂在您的客厅里。”

波普小姐的脸微微红了。

希波吕忒的手放在她的腰带上，除此以外她全身一丝不挂……赫拉克勒斯身上只有一张狮皮，轻轻地搭在肩上。鲁本斯笔下的肉体十分丰满、性感……

波普小姐恢复了常态，说道：“一件精美的艺术品……但是……正像您说的……毕竟……我们还要考虑到家长的敏感性。有些家长的思想趋于狭隘……如果您明白我的意思……”

5

波洛正要离开学校时突然遭遇了围攻。他被一群身材有胖有瘦、头发有深有浅的姑娘团团包围了。

“老天爷！”他嘟哝道，“这简直就是亚马逊女战士的袭击！”

一个高个子的金发姑娘喊道：“谣言已经传开了……”

她们逼近了，赫尔克里·波洛被团团围住。他被淹没在一群朝气蓬勃的年轻女孩的浪潮中。

二十五个声音，音调有高有低，却发出同样的一句话：

“波洛先生，请在我的纪念册上签个名好吗？”

第十章　革律翁的牛群[①]

①欧律斯透斯安排的第十项任务是带回革律翁的牛群。革律翁是传说中蛇发女妖美杜莎和巨人泰坦的后裔，关于他的外形有多种说法，有说他有三个头的，有说他有六只手、六条腿且有翅膀的，还有说他只有两条腿，但有三个躯体和六只手。无论长相如何，他都被描绘成一位战士，他有一群红色的牛，由一只双头犬看守，由“夜神之女”的儿子放牧。这群牛生活在极乐花园赫斯珀里得斯，位于遥远的西部角落、靠近北非阿特拉斯山脉。赫拉克勒斯先借助赫利俄斯赐予的黄金战车远征来到花园，再用有名的橄榄木棍杀死双头犬和牧牛人，最后用沾有勒拿九头蛇毒血的箭射穿了革律翁的脑袋。

但将牛群带回的路途更加艰险，他先后遭遇会吐火的巨人卡库斯和女神赫拉的阻挠，终于将牛群交给了欧律斯透斯，最终这群牛被献祭给了女神赫拉。

1

“我真的很抱歉像这样不请自来，波洛先生。”

卡纳比小姐两手紧紧抓住她的手提包，身子向前探着，焦急地望着波洛的脸。像往常一样，她气喘吁吁的。

赫尔克里·波洛扬了扬眉毛。

她急切地问道：“您还记得我，对吧？”

赫尔克里·波洛眨眨眼睛，说道：“我记得您是我所遇见过的最成功的罪犯之一[①]！”

“哦，老天，波洛先生，您非得这样说吗？您之前对我真好。埃米莉和我经常谈到您；我们如果在报上见到有关您的消息，就剪下来贴在一个簿子里。至于奥古斯特斯嘛，我们最近又教会了它一个新花样儿。我们对它说，‘为歇洛克·福尔摩斯而死，为福琼先生而死，为亨利·梅里韦尔爵士而死，为赫尔克里·波洛先生而死。’[②]它就会躺在地上一动也不动，直到我们发话它才再动弹！”

“我真是受宠若惊！”波洛说道，“我们亲爱的奥古斯特斯如今怎么样了呢？”

卡纳比小姐双手交握，滔滔不绝地夸赞起她的那条狮子狗来。

“哦，波洛先生，它比以前更聪明了。它什么都知道。您知

---

①参见本书第一章《涅墨亚的狮子》。

②这里卡纳比小姐提到了几位著名的侦探：歇洛克·福尔摩斯毋庸赘言，福琼先生是英国作家H.C.贝利笔下的一名侦探，亨利·梅里韦尔爵士是美国作家卡特·狄克逊笔下的侦探。

道吗，那天我正在欣赏一个婴儿车里的小宝宝，突然觉得谁在揪我，原来是奥古斯特斯正在使尽全力咬那条牵狗绳。您说它鬼不鬼？”

波洛眨了眨眼，说道：“看来奥古斯特斯也有咱们刚刚谈到的那种犯罪倾向！”

卡纳比小姐没有笑，她那张温和的胖脸露出忧虑而哀伤的神情。她气喘吁吁地说：“哦，波洛先生，我真担心。”

波洛温和地问道：“怎么了？”

“您知道吗，波洛先生，我很害怕——我真的很害怕……我肯定是一名根深蒂固的罪犯，如果我能用这个词形容的话。我总是有些怪想法。”

“什么样的想法？”

“极其邪门儿的想法！譬如说，昨天我脑子里忽然冒出一个抢劫邮局的非常可行的计划。我从来没有想过这种事，可它突然出现了！还有一个非常巧妙的逃避关税的办法……我觉得有把握——相当有把握，会得逞。”

“很可能会。”波洛不动声色地说道，“那正是您的想法的危险所在。”

“这让我感到不安，波洛先生，十分不安。我是一个有严格的道德底线的人，竟会产生这些违法……邪恶……的想法，真叫我心烦。我想，也许是因为我太闲了。我已经离开了霍金太太，现在受雇于另一位老太太，每天给她读点书，替她写几封信。那些信很快就写完了，而我刚开始给她朗读，老太太立刻就睡着了，这样我就一个人坐在那里，闲得无聊——咱们都知道人闲着会生出什么事来。”

“啧啧。”波洛叹道。

“最近我读了一本书，一本非常现代的书，是从德文翻译过来的。书中对犯罪倾向提出了许多有趣的见解。根据我的理解，人必须让自己的冲动得到升华！这就是我到您这里来的原因。”

“哦？”波洛说道。

“您看，波洛先生，我认为渴望刺激并不算多邪恶。我很不幸，我的人生非常平淡乏味。我有时觉得只有……呃……狮子狗大奖赛的时候，我才真正有点活力。当然了，这种想法该受谴责，可是按那本书所说，人不能总是逃避事实。我来找您，波洛先生，是因为我希望能够通过行动让我那对刺激的渴望得到升华——如果我能这样说的话，站到天使这边来！”

“啊哈，”波洛说道，“这么说，您今天是以一个同事的身份来找我了？”

卡纳比小姐脸红了。

“我知道这样做很冒昧，可您心地那么好……”

她停了下来，那双浅蓝色的眼睛露出一种小狗希望你会带它出去散步时那样的神情。

“这倒是个好主意。”赫尔克里·波洛慢慢地说道。

“当然我一点也不聪明，”卡纳比小姐解释道，“不过我……很会装样子。必须得这样，否则你就会立刻被人解雇，而失掉陪伴的职位。不过我又发现，如果你装得比自己原本还要笨，偶尔会取得不错的效果。”

赫尔克里·波洛笑了起来，说道：“您真令我着迷，小姐。”

“哦，老天，波洛先生，您真是个好心眼的人。那您觉得我行吗？正巧，我刚得到一笔遗产——很少的一笔，不过够我们姐妹俩省吃俭用生活的了，所以我不必完全依赖我挣的薪水了。”

“我得考虑一下，”波洛说道，“您的才能可以用在什么地方。

我想，您自己没有什么想法吧？”

“您知道吗，您肯定能看穿别人的想法，波洛先生。我近来一直很为我的一个朋友担心，我原本就打算请教您呢。当然，您可能会觉得这只是一个老处女的幻想——纯属想象。人们也许容易夸大事实，只接受那些跟自己的想法一致的说法。”

“我不认为您会夸大事实，卡纳比小姐。告诉我您在想些什么。”

“嗯，我有个朋友，一个非常亲密的朋友，尽管近些年我不常见到她。她叫埃米琳·克莱格，嫁给了英格兰北部的一个男人。几年前丈夫死了，给她留下一笔可以过宽裕日子的遗产。丧夫后她郁郁寡欢，孤独寂寞，而且她恐怕在某种程度上是个相当愚蠢又轻信别人的女人。波洛先生，宗教可以成为巨大的帮助和心灵寄托——我指的是正统宗教。”

“您指的是希腊教会吗？”波洛问道。

卡纳比小姐显得大吃一惊。

“哦，当然不是，我说的是英国圣公会。尽管我不赞同罗马天主教，可那至少是公认的教派。还有卫斯理派和公理派，都是著名的正派教派。我说的是那些奇怪的教派。他们不知从哪里冒出来的，却有一种感染力，可有时候我十分怀疑背后是否真有宗教感情。”

“您认为您那位朋友正在遭受那种教派的欺骗吗？”

“是的。哦！我是这么想的！他们称自己为‘牧羊人的羊群’[①]，总部设在德文郡——海边一处很优美的地段。信徒们到那里去参加一种他们称为隐修的活动，每次为期两周，就是举行各

①基督教中把基督比作牧羊人，信徒为羔羊，而非信徒则为迷途的羔羊。

种宗教活动和仪式。每年有三大节日：牧场来临节、牧场繁茂节和牧场收获节。”

“最后一个简直是胡说八道。”波洛说道，“因为没有人收获牧场。”

“整件事都是胡说八道。”卡纳比小姐激动地说道，“整个教派以办这个活动的头目为中心，他被称为‘伟大的牧羊人’，一个自称安德森博士的人。我认为他相貌非常英俊，且很有风度。”

“对女人很有吸引力，对不？”

“恐怕是这样。”卡纳比小姐叹了口气说道，“我父亲当初就是个英俊的男人。有时候在教区里十分尴尬，女人们争着为他绣制祭袍，教会的工作也不好统一……”

她充满回忆地摇了摇头。

“那个‘伟大的羊群’的成员多数是妇女吗？”

“我估计至少四分之三都是。那里的男人多半是怪胎！他们的活动之所以成功主要靠妇女支撑——靠她们提供的基金。”

“哈，”波洛说道，“现在咱们谈到点子上了。坦率地说，您认为这整件事是个骗局，对吧？”

“坦率地说，波洛先生，我是这样认为的。另外还有一件事让我十分不安。我听说我那位可怜的朋友对这个神教着了迷，最近立下遗嘱，要把全部财产留给那个组织。”

波洛立刻追问道：“是不是有人……建议她这样做的？”

“公平地说，没有。这完全是她自己的主意。那位‘伟大的牧羊人’向她指明了一种新的生活方式，这样在她死了以后，她所有的一切就全都为那个‘伟大的事业’效力了。最让我不安的是……”

“嗯……继续。”

“那群奉献者中有一些很有钱的女人，可去年一年里，她们当中至少已经死了三位了。”

“她们的钱都留给了那个教派吗？”

“是的。”

“她们的亲属没有抗议吗？我得说这种事很可能会引起诉讼啊。”

“您看，波洛先生，参加这个组织的一般都是些孤独的女人，没有什么近亲或朋友。”

波洛若有所思地点了点头，卡纳比小姐匆匆说下去。

“当然，我无权暗示什么。据我所能了解到的情况，那几个人的死亡也没有什么不正常的地方。其中一例，我相信是流感后患上肺炎死的，另一例是死于胃溃疡。完全没有什么值得怀疑的迹象，如果您明白我的意思，她们也不是死在‘青山圣殿’，而是死在自己家里。我当然觉得这没有什么问题，可我还是……嗯，不希望埃米琳出事。”

她紧握双手，乞求地望着波洛。

波洛沉默片刻，当他再开口时，语气变得沉重而严肃。

他说道：“您能不能给我或者帮我去查一下那个教派里最近死去的那几名教徒的姓名和地址？”

“当然可以，波洛先生。”

波洛缓缓说道：“小姐，我认为您是一位非常勇敢而坚定的女人，又有出色的表演才能。您愿不愿意接受一项可能会有很大危险的工作？”

“我太想干了。”爱好冒险的卡纳比小姐说道。

波洛警告道：“如果真有危险的话，可能是非常严重的那种。您明白……这事要么只是个骗局，要么就危险得多。要弄清它到底是哪一种，您本人必须得成为那个‘伟大的羊群’中的一员。我建议您夸大自己最近继承到的遗产数额。您目前是一位富有而又没有生活目标的女人，您跟您的朋友埃米琳争论她已经皈依的那个教派，告诉她那都是胡说八道。她竭力说服您改变信仰，您被说服到‘青山圣殿’去。在那里，您被安德森博士的说服力和魅力迷住。我相信您能成功扮演这个角色。”

卡纳比小姐谦虚地微笑着，小声说道：“我想我能把这事办好。”

2

“好啦，老朋友，你给我查到了什么情况？”

贾普总警督若有所思地望着提出问题的小个子，恼火地说道：“没什么我想要的东西，波洛。那些长头发的宗教骗子跟毒药一样可恨，给女人们灌输些迷信的玩意儿。不过这家伙倒一直很小心，你抓不到他什么把柄，他那一套听起来有点反常，却无害。”

“你了解这个安德森博士的情况吗？”

“我调查过他过去的经历。他本来是一名很有前途的化学家，后来被某所德国大学踢了出来。他母亲好像是犹太人。他一直爱好东方神话和宗教，业余时间全都用在这上面了，还写了不少有关这一主题的文章——其中有些在我看来简直就是疯话。”

“所以，有可能他只是个单纯的宗教狂热分子？”

“我得说很可能就是这么一回事！”

“我给你的那些姓名和地址调查得怎么样了？”

“没有什么问题。埃弗里特女士死于溃疡性结肠炎，医生相当肯定没有什么花样。劳埃德太太死于支气管肺炎。韦斯顿女士死于肺结核，她患这病好多年了，遇到那帮人之前就得了。李小姐死于伤寒，是由于在英国北部吃了点沙拉引起的。其中三个是在自己家里死去的，劳埃德太太则死在法国南部的一家旅馆里。就这些死亡事件而言，跟那个'伟大的羊群'或者安德森在德文郡的那个地方无关。看起来都是巧合。全都没有问题，准确无误。"

赫尔克里·波洛叹了口气，说道："可是，*亲爱的*，我觉得这就是赫拉克勒斯的第十项任务，而这位安德森博士就是那个革律翁怪物，我的任务就是要把他消灭掉。"

贾普不安地望着他。

"听我说，波洛，你最近没有一直在读什么奇怪的文学作品吧？"

波洛庄严地说道："我的观点还和以往一样，准确、可靠并且切中要害。"

"你自己也可以创办一个新宗教了，"贾普说道，"信条就是：'没有人和赫尔克里·波洛一样聪明，阿门。重复。随意重复念！'"

3

"这里的宁静让我觉得舒服极了。"卡纳比小姐一边说，一边心醉神迷地深呼吸着。

"我早就跟你说过了，艾米。"埃米琳·克莱格说道。

两个好朋友坐在一个小山坡上，眺望着一片美丽的蔚蓝大海。草长得碧绿，土地和峭壁是鲜艳的深红色。这片被称作"青山圣殿”的地产在一个面积六英亩左右的岬角上，只有窄窄的一条土路与大陆相连，所以几乎算得上是个小岛。

克莱格太太深情地喃喃道：“这片红色的土地……充满喜悦和前途的土地……神迹将在这里显现。”

卡纳比小姐深深地叹了口气，说道：“我觉得昨天晚上大师布道时把一切都讲得非常美好。”

“等着吧，”她的朋友说道，“今晚的‘牧场繁茂节’庆典更好呢！”

“我盼着参加呢！”卡纳比小姐说道。

“你会享受一次精神上的美妙体验。”她的朋友向她保证道。

卡纳比小姐一周前来到了“青山圣殿”。初到这里时她的态度是：“这都是些什么胡说八道啊？真的，埃米琳，像你这样一个有理智的女人居然……等等，等等。”

初次跟安德森博士见面时，她就诚恳地表明了自己的想法。

“我不希望在这里感受到任何虚情假意，安德森博士。我父亲是英国圣公会的一名牧师，我的信仰也从来没有动摇过。我不接受异端教义。”

那个高大的金发男人冲她微笑着——一种非常贴心、充满理解的笑容。他宽容地望着这位端端正正坐在椅子上、充满挑衅意味的胖女人。

“亲爱的卡纳比小姐，”他说道，“您是克莱格太太的朋友，我们欢迎您。请相信我，我们的教义并非异端邪说。在这里，一切宗教都受欢迎，都同样受到尊重。”

“这样做是不对的。”已故的托马斯·卡纳比牧师这位坚定的女儿说道。

大师往椅背上一靠，用圆润的嗓音低语道：“在天父的国度里有许许多多大厦……请记住这点，卡纳比小姐。”

她们离开之后，卡纳比小姐小声对她的朋友说：“他真是个英俊的男子。”

“是的，”埃米琳·克莱格说，“还那么神奇地充满灵性。”

卡纳比小姐同意这话，真的，她也感觉到了，一种无法用语言描述的气质。一种灵性的光环……

她给自己敲响了警钟。她到这里来可不是要成为那个“伟大的牧羊人”的魅力、灵性或者什么的牺牲品的。她在心里召唤出赫尔克里·波洛的身影，可他的形象变得非常遥远而且庸俗……

艾米·卡纳比小姐在心里嘱咐自己，千万控制住自己。别忘了你到这儿是干什么来的……

但是随着日子一天天过去，她发现自己轻松屈服于“青山圣殿”的魅力了。安宁、简朴、简单而可口的伙食；颂扬爱和崇敬的宗教仪式之美；大师简单动人的话语，一切都是人性中最美好而最高尚的东西——在这里，世上的一切争斗和丑恶都被拒之门外，只有安宁和爱……

今晚是那伟大的夏季庆典——“牧场繁茂节”。在这场庆典上，她，艾米·卡纳比将会被接纳，成为“羊群”的一员。

庆典在那座壮丽的白色混凝土大楼举行，那里被发起人称作“神圣的羊栏”。信徒们在日落前聚集在那里。他们身披羊皮斗篷，脚穿凉鞋，双臂裸露。“羊栏”正中的一座高台上站着安德森博士。那个高大的男人，金发碧眼，留着金色的胡须，那英俊的身影从未像此刻这般令人敬仰。他身穿一件绿色长袍，手握一根金色的牧羊人手杖。

他高高举起手杖，人群立刻鸦雀无声。

“我的羊群在哪里？”

人群齐声答道："牧羊人啊，我们在这里！"

"让你们的心中充满欢乐和感恩吧。这是欢乐的盛宴！"

"欢乐的盛宴，我们都很快乐。"

"你们不会再有悲伤，不会再有痛苦。只有欢乐！"

"只有欢乐……"

"牧羊人有几个头？"

"三个，一个金头，一个银头，一个喧响之头。"

"羊有几个身躯？"

"三个，一个血肉之躯，一个腐化之躯，一个光明之躯。"

"你们将如何被封存在羊群里？"

"通过血的圣礼。"

"你们准备好领受圣礼了吗？"

"我们准备好了。"

"蒙上你们的眼睛，伸出你们的右臂。"

人群顺从地用事先拿到的绿披肩把眼睛蒙住。卡纳比小姐也像其他人那样，把右臂伸向前方。

"伟大的牧羊人"沿着行列在他的"羊群"中穿行，偶尔有几声叫喊，那是疼痛或狂喜的呻吟。

卡纳比小姐在心里恶狠狠地想道：这一切简直是亵渎神明！这种宗教性的歇斯底里真叫人哀叹。我绝对要保持冷静，观察其他人的反应。我不会昏了头——我不会……

"伟大的牧羊人"已经来到她面前。她感到自己的手臂被人抬起、握住、然后传来一阵尖锐的刺痛，就像被针刺了一下。"牧羊人"的声音低语道："血的圣礼带来欢乐……"

他走了过去。

没多久传来了一声命令。

"除去蒙蔽，享受精神的欢愉吧！"

太阳正在下沉。卡纳比小姐朝四周望了一下，跟别人一样慢慢走出那"羊栏"。她突然感到飘飘然，快乐极了。她在一片柔软的青草地上坐了下来。她过去为什么认为自己是一个孤独的没有人要的中年妇女呢？生活多美妙——她自己也很美妙！她有思考的能力——有梦想的能力。世上没有她办不到的事！

一股强烈的兴奋感涌遍全身。她看了看她周围的信徒——他们好像猛然间高大了起来。

像行走的树木[①]……卡纳比小姐心中虔诚地想道。

她抬起一只手。这是一种有目的的手势，用这个手势，她就能指挥全世界！恺撒、拿破仑、希特勒，那些可怜的、悲惨的小人物啊！他们根本不知道她——艾米·卡纳比能办到什么！明天她就会安排好世界和平，让各个国家结为同盟。不再有战争、不再有贫困、不再有疾病。她，艾米·卡纳比，将会设计出一个新世界！

但是不必着急，时间是无限的……一分钟接着一分钟，一小时接着一小时！卡纳比小姐感觉四肢沉重，头脑却欣喜般地自由。她的头脑可以任意遨游整个宇宙。她睡着了——可即使睡着了，她还在做梦……广袤的空间……高大的楼宇……一个崭新而美妙的世界……

渐渐地，那个世界缩小、逝去，卡纳比小姐打个了哈欠。她动了动自己僵硬的四肢。昨天到底发生了什么事？昨天晚上她梦到……

月亮出来了。卡纳比小姐借助月光勉强可以看清手表上的时

①出自《马可福音》第八篇第二十四节："我看见人们，像树木一样，四处行走。"

间。她昏昏沉沉地发现表针指着九点四十五分。她记得太阳下山是在八点十分。仅仅过了一小时三十五分钟？不可能。然而——

真了不起！卡纳比小姐暗自想道。

4

赫尔克里·波洛说道："您必须非常小心地遵从我的指示，明白吗？"

"哦，是的，波洛先生。您可以相信我。"

"您已经提到捐助那个邪教组织的打算了吗？"

"是的，波洛先生。我亲口对大师——哦，请原谅，对安德森博士说的。我十分激动地告诉他，这整个事业是件多么了不起的启示啊——我如何原本想来此嘲弄一番结果却相信而留下来了。我——说真的，说这些话的时候我感觉相当自然。您知道，安德森博士有一种迷人的吸引力。"

"我看出来了。"赫尔克里·波洛不动声色地说道。

"他的举止非常有说服力，你会真的感觉他根本不在乎钱。'尽力而为吧，'他用他那讨人喜欢的派头微笑着说，'即便你什么也给不了也没关系。你照样是羊群中的一员。''哦，安德森博士，'我说，'我还不是一个那么差劲的人。我刚从一位远房亲戚那里继承了一笔数目可观的遗产，尽管在所有手续办完之前我还不能动用它，不过有一件事我想立刻就做。'然后我解释说我正在立遗嘱，要把我的一切财产都留给那个组织。我又解释说自己没有任何近亲。"

"他是不是优雅地接受了这项遗赠？"

"他完全不为所动。说我还会活很多年的，他看得出我在过去很长一段时间里生活痛苦、精神空虚。他讲得真的很动人。”

“想必是的。”波洛完全不动声色，他接着说道，“您提到自己的健康状况了吗？”

“提了，波洛先生。我告诉他我一直有肺的毛病，犯过不止一次了，但是几年前我在一家疗养院里治疗过，我希望这病算是治好了。”

“好极了！”

“其实我的肺十分健全，我不明白为什么非要说我得过肺病。”

“相信我这是必需的。您提到您那位朋友了吗？”

“提了，我告诉他——我是十分机密地讲的——亲爱的埃米琳除了从她丈夫那儿继承的那笔遗产以外，不久后还会从一位宠爱她的姑妈那里继承一笔更大的财产。”

“好的，这样就可以让克莱格太太暂时平安无事啦。”

“哦，波洛先生，您真认为这里头有什么不对头的地方吗？”

“这正是我想要努力查清的。您在‘圣殿’里见过一位柯尔先生吗？”

“我上次去那儿的时候见到过一位柯尔先生。一个非常古怪的人。他穿草绿色的短裤，只吃甘蓝菜。他是一个非常狂热的信徒。”

“好的，一切进行得很顺利——我要表扬您所做的工作，现在全都为那个秋季的庆典准备好了！”

5

“卡纳比小姐，请等一下。”

柯尔先生一把抓住卡纳比小姐，两眼兴奋得发亮。

“我看到了一个幻象，一个非常了不起的幻象——我非得告诉您不可。”

卡纳比小姐叹了口气。她相当害怕柯尔先生和他的那些幻象，有些时候她确信柯尔先生是个疯子。

而且她发觉柯尔先生的那些幻象有时令人十分难堪，它让她想起了她来德文郡之前读过的那本谈论潜意识的德文书中的一些露骨的章节。

柯尔先生两眼闪闪发亮，嘴唇抖动着，开始激动地说道：“我刚刚一直在闭目沉思——思考着充实的生活，和谐的至高无上的快乐……然后，您知道，我睁开了眼睛，看到了……”

卡纳比小姐强打精神，并且希望柯尔先生这次见到的不是他上次见到的景象——那次分明是古代苏美尔的两位男女神祇举行婚礼的宗教仪式。

“我看见，”柯尔先生朝她探出身子，大口喘着气，眼神真的非常疯狂，“先知伊利亚[①] 乘着他那辆火红的战车从天堂下来。”

卡纳比小姐松了一口气，伊利亚好多了。她倒不太在乎伊利亚。

“下面，”柯尔先生接着说，“是巴尔[②] 的祭坛，成百上千个祭坛。一个声音向我喊道，‘看啊，写吧，见证你将要看到的一切吧……’”

他停了下来。卡纳比小姐礼貌地小声说道：“哦？”

“祭坛上摆放着祭品，捆绑在那里，绝望地等待着被宰杀。全都是处女——上百名处女，年轻漂亮的、一丝不挂的处

①公元前九世纪以色列的先知。

②古代腓尼基人的太阳神。

女……”

柯尔先生咂了咂嘴，卡纳比小姐脸红了。

“接着飞来了一大群乌鸦，奥丁[1]的乌鸦从北方飞来了。它们跟伊利亚的乌鸦相遇，一起在空中盘旋，然后它们向下猛扑，啄食那些祭品的眼睛。一片哀号和咬牙声，那个声音喊道：‘看这献祭吧，因为从今天起耶和华与奥丁签订了血盟！’然后那些祭司便扑向他们的祭品，举起尖刀，屠杀那些处女……”

卡纳比小姐挣扎着甩开了这个折磨她的人，后者嘴边淌着涎水，正陶醉在性虐的激情中。

“打扰一下！”

她急忙向李普斯康搭话，他是“青山圣殿”的看门人，正巧路过这里。

“请问，”她说道，“您有没有见到我丢失的一枚胸针？我肯定把它掉在这附近的什么地方了。”

李普斯康显然没被“青山圣殿”的静谧和光明所感化，只简单地吼着说他没见到什么胸针，而且四处寻找东西也不是他的职责。他想摆脱卡纳比小姐的纠缠，可她缠着他不放，不停地唠叨那枚胸针，直到她离狂热的柯尔先生有了一段安全的距离。

正在这时，大师本人从那“伟大的羊栏”里走了出来，受到他那慈祥的微笑的鼓励，卡纳比小姐壮起胆子向他说出了心里话。

他是否认为柯尔先生相当——相当——

大师把一只手搭在她的肩膀上。

“您应当摆脱恐惧，”他说道，“至善的爱可以驱除恐惧……”

①北欧神话里掌管文化、艺术、战争、死亡的最高之神。

“可我认为柯尔先生确实疯了。他看到的那些幻象——”

“暂且，”大师说道，“透过他那充满肉欲的双眼，他所见的还不尽如人意……不过，总有一天他会学会透过心灵去看——就会见到神灵。”

卡纳比小姐感到局促不安。当然，要那么说的话……她又提出另一点小小的不满。

“另外，说真的，”她说道，“李普斯康一定得那么令人讨厌、那么粗鲁无礼吗？”

大师又祥和地微微一笑。

“李普斯康，”他说道，“是一条忠诚的看门狗。他是个粗人，一个未经开化的灵魂。不过很忠诚，彻头彻尾的忠诚！”

他向前走去。卡纳比小姐看到他遇到柯尔先生，停了下来，把一只手搭在后者的肩上。她希望大师的影响会改变那人今后见到的幻象的内容。

反正，还有一个星期就到秋季庆典了。

6

在将要举行庆典的那天下午，卡纳比小姐在纽顿伍德伯里这个冷清小镇的一家小茶馆里会见了赫尔克里·波洛。卡纳比小姐满脸通红，比往常还要气喘吁吁。她坐在那里呷着茶，用手捏碎一块岩石面包。

波洛问了几个问题，她都用只言片语简单作答。

接着他问道：“有多少人参加这次庆典？”

“我想大概有一百二十人。埃米琳当然会在场，还有柯尔先生——最近他真的非常怪。他有很多幻觉，他向我描述过一些，真是古怪极了……我希望，我真的希望他别是精神失常了。此外还会有不少新成员，大约二十名。”

“好。您知道您该干些什么吗？”

沉默片刻后，卡纳比小姐用一种奇怪的语气说道：“我知道您告诉我该做的事，波洛先生……”

“很好！”

接着，艾米·卡纳比清楚而明确地说道：“不过我不会去做的。”

赫尔克里·波洛瞪大了眼睛望着她。卡纳比小姐站了起来，语速很快，语气歇斯底里。

“您派我到这里来监视安德森博士，您怀疑他在干各种各样的坏事，可他是个了不起的人——一位伟大的导师。我全心全意信任他！我再也不干您说的那种监视工作了，波洛先生！我是牧羊人的羊群中的一员。大师给世界带来了一个新信息，从现在起，我的身心全都属于他所有。对不起，我自己付我的茶钱！”

说完这些微微令人扫兴的话之后，卡纳比小姐“啪”的一声往桌上放下一先令三便士，然后就冲出了茶馆。

“老天爷！老天爷！”赫尔克里·波洛叹道。

女侍者叫了两次他才回过神来，发现她正拿着账单等他付钱。他瞥见临桌一个样子阴沉的男人正以一种饶有兴趣的眼神注视着他，脸一下子红了。他付完钱，匆匆走了出去。

他在努力地思索着。

7

“羊群”再次聚集在“伟大的羊栏”里。宗教问答也都吟诵过了。

“你们准备好领受圣礼了吗？”

“我们准备好了。”

“蒙上你们的眼睛，伸出你们的右臂。”

“伟大的牧羊人”身穿绿色长袍，神采奕奕，在等待的人群中走来走去。那个只吃甘蓝菜、经常见到幻象的柯尔先生紧挨在卡纳比小姐身旁，当针头扎进他的皮肉里时，他发出了一声痛楚而狂喜的呼喊。

“伟大的牧羊人”站在卡纳比小姐身旁，双手握着她的手臂……

“不，住手！不许动……”

难以置信的话语，史无前例。接着发生了一阵扭打，响起一声怒吼。蒙在眼睛上的绿纱都被揪了下来，大家看到了难以置信的景象——那位“伟大的牧羊人”正在披着羊皮的柯尔先生和另一名信徒的牢牢控制中挣扎。

柯尔先生用职业的语气迅速说道：“我有逮捕令。我要警告你，你说的每一句话都可能成为呈堂证供。”

这时，另有一些身影出现在“羊栏”门口——都是穿着蓝色制服的身影。

有人喊道：“是警察。他们要把大师带走。他们要把大师……”

每一个人都震惊了——吓坏了。对他们来说，那位“伟大的牧羊人”是个殉道者，就像世上所有伟大的导师那样遭到外界无知的迫害而受难……

与此同时，柯尔警督正小心地收拾起从那位“伟大的牧羊人”手中掉落在地上的皮下注射器。

8

“我勇敢的同事！”

波洛热情地握着卡纳比小姐的手，把她介绍给贾普总警督。

“非常出色，卡纳比小姐，”贾普总警督说道，“没有您的协助，我们完不成这项任务，这是真的。”

“哦，老天！”卡纳比小姐受宠若惊地说道，“您这样说太客气了。您知道，恐怕我还真挺享受这项任务的呢。蛮刺激的，您知道，我扮演的这个角色，有时还真有点失控，真觉得自己也是那些傻女人当中的一员呢。”

“您的成功就在于这一点，”贾普说道，“您的表演相当投入。只有这样才能骗过那位先生！他是一个相当狡猾的流氓。”

卡纳比小姐转向波洛。

“茶馆里的那一刻太可怕了。我不知道该怎么办，只好当机立断地采取行动。”

“您真了不起！”波洛热情地说道，“一时间我还以为不是您就是我失去理智了呢。有那么一瞬间我还真以为您是那个意思呢。”

“真吓了我一跳，”卡纳比小姐说道，“咱们俩正在密谈时，我从镜子里看见了李普斯康，就是那‘圣殿’的看门人，他就坐在我身后的一张桌子旁。我不知道那是偶然的还是他在跟踪我。就像我说的，我只好当机立断尽我所能，同时相信您会明白这是怎么一回事。”

波洛微笑着说道：“我确实明白了。那个人坐得离我们足够近，可以偷听到我们的谈话。我一走出茶馆就安排好人等他出来时跟踪他。他径直回到了‘圣殿’，我就明白完全可以信任您，您不会让我失望——可我的确也在担心，因为这事给您增添了危险。”

“真……真的有危险吗？那支注射器里装的是什么啊？”

贾普说道：“你来解释还是我来？”

波洛严肃地说道：“小姐，这位安德森博士在实施一项剥削和谋杀计划——科学谋杀。他大半生都在从事细菌研究。他用另一个名字在舍菲尔德开了一家化学试验室，在那里培养各种杆菌。每次庆典上，他就往他的信徒身上注射少量但足够有效的印度大麻，也叫大麻酚或者大麻精。那会让人产生宏伟的幻觉和愉悦感。借此把那些信徒牢牢地拴在他身边。这就是他许诺的带给他们的灵魂的欢乐。”

“真是非同寻常，”卡纳比小姐说道，“真是一种非凡的感觉。”

赫尔克里·波洛点了点头。

“这就是他惯用的手段——操纵他人的精神，造成集体性歇斯底里，还有就是借助这种药物反应。但他心里还在盘算下一步计划。

“那些感恩戴德的孤独的女人纷纷立下遗嘱，死后把财产赠给这个异端教会。那些女人一个接一个死去，都死在自己家里，而且看上去显然是自然死亡。我尽量不用太专业的知识来解释一下：通过培养，可以强化某些细菌。譬如说，普通的大肠杆菌就是溃疡性结肠炎的病因，伤寒杆菌也可以被注入体内，肺炎球菌也一样。还有一种叫作旧结核菌素的东西，对健康人无害，却能刺激陈旧的结核灶再次活跃起来。您意识到这个人的聪明之处了吧？这些死亡事件会发生在全国各地，由不同的医生治疗，不会有引起怀疑的危险。我想，他还研制了一种可以延缓却又能加强杆菌活性的物质。”

“如果世上真有魔鬼的话，他就是一个！”贾普总警督说道。

波洛继续说道："按照我的指示，您告诉他您曾是个结核病患者。柯尔逮捕他的时候，那支注射器里就装着旧结核菌素。由于您是健康人，那玩意儿伤害不了您，这就是我让您强调自己患过结核病的原因。直到现在我都很害怕他会选用别的病菌，可我敬重您的勇气，只好让您冒这个险。"

"哦，那倒没什么关系。"卡纳比小姐愉快地说道，"我不在乎冒险。我只害怕地里的公牛之类的东西。可你们有足够的证据给那个恶棍定罪吗？"

贾普咯咯地笑了起来。

"证据多得很，"他说道，"我们查到了他的那个试验室、他培育的各种细菌和他犯罪的全部计划。"

波洛说道："我想，很可能他已经犯下了一系列谋杀案。我敢说他也并不是因为他母亲是犹太人才被德国大学解雇的，那只是他编造出来的一个听起来颇为可信的故事，以便合理地解释他为什么会到这里来，并博得同情。实际上，我猜他是个纯种雅利安人。"

卡纳比小姐叹了口气。

"怎么啦？"波洛问道。

卡纳比小姐说道："我刚刚想起我第一次参加庆典时所做的那个美妙的梦——我想是大麻造成的。我把整个世界安排得那么美好！没有战争，没有贫穷，没有疾病，没有丑恶……"

"那一定是个好梦。"贾普羡慕地说道。

卡纳比小姐忽然跳起来，说道："我得回家了，埃米莉一直很担心。我听说亲爱的奥古斯特斯一直非常想我。"

赫尔克里·波洛微微一笑，说道："它可能在担心，您也许会跟它一样，要为赫尔克里·波洛去死呢！"

第十一章　赫斯珀里得斯的金苹果[①]

①完成了十项任务后，欧律斯透斯又表示其中勒拿的九头蛇和打扫奥革阿斯的牛棚是在他人的帮助下完成的，不符合要求，需要再完成两项。其中之一就是盗取极乐花园赫斯珀里得斯里的金苹果。这个花园也就是第十项任务中牛群所在的地方。这棵苹果树是盖亚作为礼物送给赫拉和宙斯的，树上结的苹果吃一口就可获得不朽，一条叫拉冬的像蛇一样的龙终日盘绕在树上看守。

赫拉克勒斯先抓到一个“海中老者”，得知了花园的所在地。前往途中经历的困难有多个版本，到达后他欺骗支撑苍天的阿特拉斯，让他帮忙去花园里偷苹果，自己帮他支撑苍天。但阿特拉斯偷到苹果后改变主意了，不愿再回去撑天，赫拉克勒斯再次欺骗他，说答应代替他支撑苍天，但想换个舒服点的姿势。阿特拉斯被他说服，暂时撑住天，而赫拉克勒斯马上拿了苹果走掉了。但这么一来，这项任务也是依靠他人帮助才完成的，于是又有了其他版本的故事，即赫拉克勒斯直接打死了守龙拉冬，拿到苹果。最终金苹果被雅典娜还回了赫斯珀里得斯。

1

赫尔克里·波洛若有所思地望着坐在红木写字台后面的那个人的脸。他注意到那宽大的额头、刻薄的嘴巴、贪婪的下巴和那双洞察一切的敏锐眼睛。一眼望过去，波洛就明白了埃梅里·鲍尔为什么会成为当今的金融巨子。

波洛又把目光转移到那双放在写字台上的修长精致的手，也明白了为什么埃梅里·鲍尔赢得了伟大的收藏家的名号。他在大西洋两岸都以艺术鉴赏家而闻名。他对艺术品的酷爱和对历史文物的感情是紧密相连的。对他来说，一件艺术品光精美是不够的，他要求它还应该有历史背景。

埃梅里·鲍尔正在讲话。他的语调很平静——声音不大却字字清晰，比单靠大嗓门说话取得的效果要好。

“我知道您近来不再接办什么案子了。不过我想您会接办这起的。”

“这么说，这是一件意义重大的事了？”

埃梅里·鲍尔说道：“对我来说是意义重大的。”

波洛保持着一种探询的态度，脑袋稍稍歪向一边，看上去简直就像一只沉思的知更鸟。

对方继续说道：“是关于找回一件艺术品的。准确地讲，是找回文艺复兴时期的一只雕花金杯。据说那是教皇亚历山大六世、罗德里奇·博基亚使用过的杯子。他有时会把那只杯子里的酒敬给一位受宠若惊的客人喝。那位客人，波洛先生，通常都会死去。”

“这个历史故事倒不错。”波洛喃喃道。

“那个金杯的经历总与暴力相伴。它失窃过多次，为了占有它还发生过谋杀。几个世纪以来，一系列流血事件与之紧紧相随。”

“是为了它本身的价值还是出于其他原因？”

“金杯本身的价值确实可观。它的工艺极为精湛，据说是由本韦努托·切利尼[①] 制作的。上面雕刻了一棵树，一条嵌着珠宝的毒蛇盘绕其上，树上的苹果是非常漂亮的绿宝石。”

波洛明显被引出了兴趣，他轻声说道：“苹果？”

“绿宝石特别精美，蛇身上的红宝石也一样，但是，这个金杯的真正价值当然是它的历史背景。一九二九年，它被桑·维拉齐诺侯爵拿出来拍卖。收藏者争相出价，我最终按当时的汇率，以三万英镑的总价拍到了它。”

波洛扬了一下眉毛，喃喃道：“真是个天价！这位桑·维拉齐诺侯爵真走运。”

埃梅里·鲍尔说道：“我要是真想要一件东西，便会不惜一切代价弄到手，波洛先生。”

赫尔克里·波洛轻声说道：“您一定听说过一句西班牙谚语：‘上帝晓谕，取汝所需，给予所值。’”

金融家皱了皱眉头，眼中闪过一丝怒火，他冷冷地说道：“没想到您还是一位哲学家，波洛先生。”

“我已经到了爱思考的年纪，先生。”

“毫无疑问。但是思考并不能把我那只金杯找回来。”

“您认为不能吗？”

①本韦努托·切利尼（Benvenuto Cellini，1500–1574），意大利文艺复兴时期活跃于佛罗伦萨的金匠、雕刻家、画家，受到广泛的尊敬和喜爱。

"我想采取行动才更有必要。"

赫尔克里·波洛泰然自若地点了点头。

"许多人犯了同样的错误。不过，请您原谅，鲍尔先生，我们已经离题太远了。您刚才正说到您从桑·维拉齐诺侯爵手里买到了那只金杯？"

"正是。可我现在要告诉你的是，它在真正到我手里之前就被偷走了。"

"这是怎么发生的呢？"

"那位侯爵的宅邸在金杯售出的那天晚上被人破门而入，窃贼盗走了八九件价值不菲的贵重物品，包括那只金杯。"

"然后采取了什么措施？"

鲍尔耸了耸肩。

"警方当然立即着手调查，结果查出这起盗窃案是一个著名的国际盗窃团伙干的。其中的两名成员，一个叫杜布雷的法国人和一个叫瑞可维蒂的意大利人，被抓住并接受了审讯，几件赃物从他们手里找到了。"

"但是没有那只博基亚金杯？"

"但是没有那只博基亚金杯。就警方查明，是三个人一起作案，除了我刚提到的那两个人之外，还有一个爱尔兰人，叫帕特里克·卡西。这人是个经验老到的飞贼。据说实际上正是他实施的盗窃。杜布雷是这伙人的头脑，负责制订作案计划；瑞可维蒂负责开车接应，在下面等着从上面送下来的赃物。"

"那些赃物是不是被分成了三份？"

"很可能是这样。另外，追回来的几件物品都是其中最不值钱的。那些过于显眼的精品可能被匆匆偷运到国外去了。"

"那第三个人卡西怎么样了？一直没被缉拿归案吗？"

“以一种您想不到的方式。他已经不年轻了，肌肉比以前僵硬。两周以后，他从一栋楼房的五层摔了下来，当场毙命。”

“在什么地方？”

“巴黎。他企图盗窃百万富翁、银行家杜弗格里叶的寓所。”

“而那以后，那只金杯就再也没有露面吗？”

“没错。”

“它没有被拿出来出售吗？”

“我敢肯定没有。我可以说不只是警方，一些私家侦探也一直在搜寻它呢。”

“您付的钱怎么样了呢？”

“那位侯爵倒是个很讲规矩的人，主动提出把钱退还给我，因为那只金杯是在他家中失窃的。”

“可您没有接受？”

“是的。”

“为什么呢？”

“可以说是我想把这事掌握在自己手里。”

“您的意思是说：如果您接受了侯爵的退款，那只金杯如果被追回，就会是他的财产了；而反之，从法律上讲，它现在仍归您所有，对不对？”

“一点没错。”

“您这种立场的幕后考量是什么呢？”

埃梅里·鲍尔微微一笑，说道：“看得出来您赞同这个想法。嗯，波洛先生，其实很简单。当时我认为我知道金杯在谁手里。”

“很有意思。那个人是谁呢？”

“鲁本·罗森塔尔爵士。他不仅是一位收藏家同行，还跟我有私人恩怨。我和他曾经在好几笔生意上交手——总的算下来是我占了上风。我们俩的敌意在争夺这只金杯时达到了顶点，双方都下定决心要拥有它，这多少也和面子有点关系。我们各自指定的代理人在竞购中一直竞价。”

“您的代理人最终竞得了这件宝物？”

“不完全是。我预先还另雇了一个代理人——公开的身份是某个巴黎买家的代理人。您明白的，我们俩谁也不会向对方让步，宁愿让第三方买家得到那只金杯，事后可以再悄悄跟那个第三者接触，那就是另一种完全不同的局面了。”

“一个小花招。”

“没错。”

“这一手成功了。而随后鲁本爵士立刻发现自己被耍了？”

鲍尔微微一笑。

那是一个意味深长的微笑。

波洛说道：“现在我明白当时的形势了。您认为鲁本爵士下定决心不被击败而故意安排了那起盗窃案，对吗？”

埃梅里举起一只手。

“哦，不，不！不能说得这么露骨。可以这么说……没过多久，鲁本爵士就买到了一只文艺复兴时期的金杯，来历不明。”

“警方想必已经通报了那只金杯的特征了吧？”

“这只金杯大概不会被公开展示。”

“您认为鲁本爵士只要明白自己拥有了它，就心满意足了，是吗？”

“是的。另外，如果我接受了侯爵的退款，之后鲁本爵士就可以跟他私下成交，这样那只金杯就合法地归他所有了。”

他稍作停顿，接着说道：“但是只要我保有合法的所有权，就仍有很多可能的手段把它收回。”

“您是说，”波洛直截了当地说道，“您可以让人把它从鲁本爵士那里再偷回来吗？”

“不是偷，波洛先生。我只是收回原本就属于我的财产。”

“可我猜您没能成功？”

“出于一个很好的原因：罗森塔尔从来没得到那只金杯！”

“这您是怎么知道的？”

“最近出现了石油股权的并购，在这件事上罗森塔尔和我的利益一致了。我们现在是盟友而不再是敌人，我便坦率地跟他谈起这事，他立刻向我保证那只金杯从来就没到过他手中。”

“您相信他吗？”

“相信。”

波洛若有所思地说道：“那近十年来您一直就像英国俗话所说的，攻击错了目标？”

那位金融家悻悻地说道：“没错，这正是我一直在干的傻事！”

“那现在……一切都要从头开始了？”

对方点了点头。

“这就是您把我找来的原因吧？我就是你放出去寻觅旧踪迹的那条狗——追寻相当久远的踪迹。”

埃梅里 · 鲍尔冷冷地说道：“这事要是很容易办，我也就无须派人去请您了。当然，如果您认为这事不可能……”

他确实找到了正确的字眼。赫尔克里 · 波洛顿时坐直了身子，冷冷地说道：“我从来不知道‘不可能’是什么意思，先生！我只是在自问，我是否对这事足够感兴趣而愿意接办？”

埃梅里 · 鲍尔又微微一笑，说道：“可以给您这个条件——酬劳随您说。”

这个矮个子看着那个大人物，轻声说道：“您真那么想要那件艺术品吗？我想肯定不是！”

埃梅里·鲍尔说道：“这么说吧，我跟您一样，从不接受失败。”

赫尔克里·波洛低下头说道：“嗯，要是这么说的话……我明白了……”

2

瓦格斯塔夫警督很感兴趣。

“那只博基亚金杯吗？是的，我记得呢。当时我在这头负责这个案子。您知道，我会说点意大利语，我还去那头跟一群意大利佬商谈呢。可那只金杯一直没再露过面。真是奇怪极了。”

“您是怎么认为的呢？被私下卖掉了吗？”

瓦格斯塔夫摇了摇头。

“我深表怀疑。当然也有那么一点可能性……不，我的想法简单多了：那玩意儿被藏了起来，而唯一知道藏在哪儿的那个人已经死了。”

“您是指卡西吗？”

“是的。他可能把它藏在意大利的什么地方了，要么就是把它偷运出国。不过如果是他把它藏了起来，不管藏在哪儿，那东西一定还在那儿呢。”

赫尔克里·波洛叹了口气。

“这是一种浪漫的理论。珍珠被封在石膏模型里——那个故事叫什么来着？《拿破仑半身像》[①]，对不对？不过在这个案子

①福尔摩斯探案集《归来记》中的名篇。

里丢失的不是珠宝，而是一只硕大的、结实的金杯。可以想象，它可不太容易被藏起来。”

瓦格斯塔夫含含糊糊地说道：“哦，我不知道。我想也是能办到的。藏在地板下面之类的地方。”

“卡西有自己的房子吗？”

“有，在利物浦，”他咯咯地笑了起来，“但没藏在那儿的地板下面，这一点我们确认过了。”

“他的家人呢？”

“妻子是那种正派女人，患有肺结核，对她丈夫的生活方式担心得要死。她笃信宗教，一名虔诚的天主教徒，却下不了决心离开他。她几年前死了。女儿随母亲，当了一名修女。儿子就不同了，跟他老爹是一个模子里刻出来的。我最后一次听说他，是在美国寻欢作乐。”

赫尔克里·波洛在他的小笔记本里写上“美国”。他问道：“卡西的儿子有没有可能知道那只金杯的隐藏之处呢？”

“我不相信他知道。那样的话，杯子早就到倒卖赃物的人手中了。”

“那只杯子也可能被熔化了。”

“可能吧。我得说这很有可能。可我不太明白，那只金杯只对收藏家而言价值连城——而且收藏家们还会耍不少鬼把戏，您知道了会大吃一惊的！有时候，”瓦格斯塔夫一本正经地加上一句，“我认为收藏家们根本就没有什么道德观念。”

“哈！举例说，如果鲁本·罗森塔尔爵士也在耍您所谓的‘鬼把戏’，您会感到惊讶吗？”

瓦格斯塔夫咯咯一笑。

“我觉得他有胆量这么做。涉及艺术品的时候，他就不那么审慎正直了。”

“那个团伙的其他成员怎么样了？”

“瑞可维蒂和杜布雷都被判了重刑。不过我想他们俩现在也该刑满出来了。”

“杜布雷是个法国人，对吧？”

“对，他是那个团伙的头儿。”

“团伙里还有其他成员吗？”

“还有一个姑娘，以前被称作‘红发凯特’。她给那些阔太太当女佣，借机打探底细，东西都收藏在哪儿，等等。那个团伙被破获后，她逃到澳大利亚去了。”

“还有其他人吗？”

“有个叫尤吉安的家伙据说也是那个团伙里的人。他是个掮客，总部在伊斯坦布尔，在巴黎设有分店。没找到什么控告他的证据——不过他是个狡猾的家伙。”

波洛叹了口气。他看了一眼自己的小笔记本，上面写着：美国、澳大利亚、意大利、法国、土耳其……

他嘟囔道：“我得给地球扎根带子了……”

“您说什么？”瓦格斯塔夫警督问道。

“我看出来了，”赫尔克里·波洛说道，“办这个案子得周游世界。”

3

赫尔克里·波格习惯跟他那位能干的男仆乔治讨论自己接办的案子。也就是说，赫尔克里·波洛会提出一点想法，乔治则用他作为一位绅士身边的绅士的职业生涯中所积累的丰富的生活智慧做出回答。

“如果你遇到了这种情况，乔治，”波洛说道，“需要到分散在世界上的五个地方去调查，你会怎么着手去做呢？”

“嗯，先生，坐飞机最快。尽管有人说坐飞机肠胃很不舒服，可我并不那样认为。”

“我问自己，”赫尔克里·波洛说道，“那位赫拉克勒斯是怎么做的呢？”

“您指的是那名自行车手吗，先生？”

“或者，”赫尔克里·波洛继续思索着说道：“我干脆只问他到底做了些什么？乔治，答案是他就是精力旺盛地四处奔走，可他最后还是不得不从别人那里获得信息。像有人说的那样，从普罗米修斯那里，还有些是从涅柔斯那里打听到的。”

“是吗，先生？”乔治说道，“这两位先生我从没听说过。他们是旅行社的经纪人吗，先生？”

赫尔克里·波洛自顾自地接着说道：“我那位委托人，埃梅里·鲍尔，就知道一件事——行动！让一些不必要的行动浪费能量是毫无用处的。有一条生活准则，乔治，绝不要自己去做别人能替你办的事！尤其是，”赫尔克里·波洛一边说，一边起身走向书架，“费用开支不成问题的时候！”

他从书架上取下一册标有字母“D”的卷宗，翻到“可信赖的侦探所”一栏。

“现代的普罗米修斯。”他小声说道，“乔治，请替我抄下几个名字和地址：纽约的汉克斯侦探事务所，悉尼的莱登和波舍侦探事务所，罗马的吉奥瓦·梅吉侦探事务所，伊斯坦布尔的纳呼姆侦探事务所，巴黎的罗杰和佛朗柯那侦探事务所。”

他等乔治写完，然后说道：“现在请帮我查一下去利物浦的火车。”

“好的，先生，您要去利物浦吗？”

“恐怕是的。乔治，我可能还要去更远的地方，不过现在还不需要。”

4

三个月后，赫尔克里·波洛站在一块岩石上眺望着大西洋。海鸥上下翱翔，发出忧郁的长鸣。空气柔和而湿润。

赫尔克里跟其他初次来到伊尼什欧文[①] 的人一样，感觉自己来到了世界的尽头。他一辈子都没想象过有如此遥远、荒凉、寂寥的地方。这里有一种美，一种忧郁的美，一种属于遥远而不可思议的往昔的美。爱尔兰西部的这个地方，古罗马人的铁蹄没有践踏过，没有建造一座坚固的堡垒，也没有修建一条完整而适用的道路。这是一块对人世间那种井然有序的生活方式和常识都茫然无知的土地。

赫尔克里·波洛低头看着漆皮鞋的尖端，不禁长叹不已。他感到凄凉和相当的孤独。他的生活标准在这里是不被认可的。

他的目光顺着荒无人烟的海岸线望去，又回到大海。遥远的那边是传说中常提到的极乐岛，那片青春之地……

他喃喃自语道：“苹果树，歌唱和那些金……”

猛然间，赫尔克里·波洛恢复了常态——令人出神入迷的魔障被破除了，他又变回那个穿着漆皮鞋和整洁的铁灰色男装的小个子了。

---

①位于爱尔兰共和国多尼加尔郡的一座半岛。

从不远处传来一阵钟声。波洛理解那钟声，那是他从少年时代起就很熟悉的声音。

他轻快地沿着崖壁出发。大约十分钟后，他看见了建在崖壁上的那栋建筑。四周围有高墙，墙上有一扇嵌满铁钉的大木门。赫尔克里·波洛走到门前，门上有个巨大的铁门环，他敲了几下，接着又小心地拉了一下一条生了锈的铁链，门里面的小铃铛立刻响起了尖厉的叮当声。

门上的一块小方板被推开了，露出一张脸。那是一张围在浆洗过的白头巾里的充满怀疑的脸，上唇有明显的胡须，发出的却是女人的声音。那是赫尔克里·波洛称为“母老虎”的声音。

那声音问他有什么事。

“这里是‘圣玛丽和众天使修道院’吗？”

那令人生畏的女人严厉地说道：“还能是什么别的地方吗？”

赫尔克里·波洛不想回答这个问题。他对这条守门的巨龙说道：“我想见一下院长。”

巨龙很不情愿，但最后还是让步了。门闩被拉开，大门打开了，赫尔克里·波洛被引到修道院用来接待客人的一个空荡荡的小房间里。

没多久，一位修女悄无声息地走了进来，念珠在她的腰间晃动。

赫尔克里·波洛出生在天主教家庭，他明白此时的气氛。

“请您原谅我来打搅您，嬷嬷。”他说道，“不过，我想您这里有一位修女，原来俗家名叫凯特·卡西，对吧？”

院长微微点头，说道：“是的。她皈依后叫玛丽·厄休拉修女。”

赫尔克里·波洛说道：“有一桩错事需要纠正。我相信玛丽·厄休拉修女能帮助我。她知道一些可能非常宝贵的信息。”

院长摇了摇头。她表情宁静，声音平静而遥远。

“玛丽·厄休拉修女无法帮助您。”

“可我向您保证……”

他停住了。院长说道：“玛丽·厄休拉修女两个月前去世了。”

5

在杰米·多诺万旅馆的酒吧间里，赫尔克里·波洛很不舒服地靠墙坐着。这家旅馆与他认为旅馆应有的样子相去甚远。床铺破旧坏损，窗户上的两块玻璃也是如此——波洛特别讨厌的夜间的凉气也因此长驱直入。给他送来的热水温吞吞的，吃下去的肉在他胃里产生古怪又难受的感觉。

酒吧里有五个人，他们都在谈论政治。他们讲的大部分赫尔克里都不明白。反正他也不太关心这方面的事。

没多久，他发现其中一个人走过来，坐在他旁边。这个人的社会阶层跟其他那些人有点不同。他带着那种城镇小混混的特征。

他非常恭敬地说道：“我跟您讲，先生。我跟您讲——‘培金的骄傲’那匹马没戏的，根本没戏……肯定一跑起来就玩儿完了，一跑起来就玩儿完。您听我的……大伙儿都该听我的。知道我是谁吗，山生[①]（先生），您知道吗，我缩（说）？阿特拉斯，那奏是（就是）我，‘都柏林的太阳’的那个阿特拉斯，整个赛

①这位先生吐字不清，译文以这种方式处理，括号里是准确的意思。

马季节都在给出获胜则（获胜者）的建议……我不是建议了‘莱瑞家的姑娘’吗？二十五比一。二十五比一。跟着阿特拉斯您就错不了。”

赫尔克里·波洛怀着奇怪的敬意望着他。他声音颤抖着说道：“老天爷，这真是天意！”

6

几个小时之后。月亮时隐时现，像在卖弄风情似的时不时从云层后面露一下面。波洛和他的新伙伴已经走了好几英里路，此时他走起来一瘸一拐的。他的脑海里闪过一个想法：世上毕竟还是有其他种类的鞋可以穿的，比漆皮鞋更适合在乡间行走。实际上乔治早就向他礼貌地建议过了。“穿一双舒适的厚底粗革鞋吧。”乔治当时是这么说的。

赫尔克里·波洛当时不喜欢这个想法。他喜欢穿漂亮考究的鞋，显得干净利落。可现在走在这条砾石路上，他意识到其实还是有其他种类的鞋可以穿的……

他的同伴突然说道：“神父会不会不肯宽恕我？我不想犯下一桩良心上过不去的大罪。”

赫尔克里·波洛说道：“你只是在把现世的事交给现世的君主。”①

他们来到修道院墙下。阿特拉斯准备完成他的任务。

他呻吟一声，用低沉的、痛苦的语气说自己要被彻底毁灭了。

赫尔克里·波洛威严地说道：“安静。你要负担的又不是整

①此句出自《马太福音》第二十二篇第二十一节，“恺撒的物当归恺撒；神的物当归给神”。

个世界的重量。只是赫尔克里·波洛的重量而已。”

7

阿特拉斯接过两张崭新的五英镑钞票。

他满怀希望地说道：“也许到早晨我就记不起我是怎么挣到这笔钱的啦。我已经不担心奥瑞里神父会不会宽恕我啦。”

“忘掉一切吧，我的朋友。明天世界就都是你的了。”

阿特拉斯嘟哝道：“我该把它押在哪匹马上好呢？‘勤奋的小伙子’是一匹了不起的马，一匹漂亮的马！还有‘希拉·波伊恩’。七比一，那我就押它吧。”

他停了一下，接着说道：“是我在幻想还是我确实听到您刚才提到了一个异教神的名字？赫拉克勒斯，您刚才说的是……老天，明天三点半真有一匹叫‘赫拉克勒斯’的马参赛。”

“我的朋友，”赫尔克里·波洛说道，“把钱押在那匹马身上吧。我告诉你，赫拉克勒斯从不失败。”

果然，第二天罗塞林先生的那匹“赫拉克勒斯”出人意料地赢得了波因南大奖，比赛开始的赔率是六十比一。

8

赫尔克里·波洛灵巧地解开了那个包扎得很精细的包裹。首先是牛皮纸，然后是衬纸，最后是一层绵纸。

他把那只闪闪发光的金杯放在埃梅里·鲍尔面前的写字台上。杯子上雕刻着一棵树，结满了绿宝石嵌成的苹果。

金融家深吸了一口气，说道：“祝贺您，波洛先生。”

赫尔克里·波洛鞠了一躬。

埃梅里·鲍尔伸出了一只手。他抚摩金杯的边缘，手指在它周围比画着。他深沉地说道："是我的了！"

赫尔克里附和道："是您的了！"

对方叹了口气，朝椅背上一靠，用公事公办的语气问道："您在哪儿找到的？"

赫尔克里·波洛说道："一座祭坛上。"

埃梅里目瞪口呆。

波洛接着说道："卡西的女儿是个修女。在她父亲去世的时候，她正要做最终立誓[①]。她是个纯真虔诚的姑娘。这只金杯藏在利物浦她父亲家中，她把它带到了修道院，我想，她是想为父亲赎罪。她把它奉献出来用以赞颂上帝。我想那些修女从来也没意识到这只金杯的价值。她们大概就是把它当作一件家族的遗物收下来了。在她们眼中，它只是一只圣餐杯，她们也就那么用它。"

埃梅里·鲍尔说道："一个非同寻常的故事！"他接着问道，"那您怎么想到去那里找的呢？"

波洛耸了耸肩。

"也许……算是排除法吧。那个奇怪的事实，就是没有人试图出手这只金杯。这就说明它存放在一个一般物质价值观不起作用的地方。我想起帕特里克·卡西的女儿是个修女。"

鲍尔由衷地说道："好吧，就像我刚说过的，祝贺您。请告诉我您的费用，我给您开张支票。"

赫尔克里·波洛说道："没有费用。"

---

①最终立誓是皈依的最后一步，表明将终身奉献给上帝，永远做修女。

对方瞪大了眼睛看着他。

“您这是什么意思？”

“您小时候读过童话故事吗？童话里的国王都会说：‘你想要什么就说吧。’”

“那您是想要什么东西了？”

“对，不过不是钱。只是个简单的要求。”

“嗯，什么要求？您想要我给您一点证券市场上的信息吗？”

“那是另一种形式的钱。我的要求比那个要简单得多。”

“那是什么呢？”

赫尔克里·波洛把手放在金杯上。

“把这只杯子送回修道院。”

沉默片刻后埃梅里·鲍尔说道：“您疯了吧？”

赫尔克里·波洛摇了摇头。

“不，我没疯。您看，我给您看一个机关。”

他拿起那只金杯，用手指使劲儿按下盘绕在树上的那条蛇张开的嘴。杯子里面很小的一块金雕的内层滑向了一边，露出连通空心杯柄的一个小孔。

波洛说道：“看见了吧？这就是那位博基亚教皇的饮酒杯。通过这个小洞，毒药流入酒内。您自己也说过这只杯子的历史充满邪恶。谁拥有它，伴随而来的就是暴力、流血和邪恶的欲望。邪恶没准儿也会降临在您身上！”

“迷信！”

“可能是吧。可您为什么那么迫切地想要拥有它呢？不是为了它的美丽，也不是为了它的价值。您已经有了上百件——也许上千件——美丽而稀有的东西。您要它是出于您的虚荣心。您不想被别人击败。好吧，您并没被人击败。您赢了！金杯归您所有了。可是现在，为什么不做出一个了不起的、崇高的姿态呢？把它送回到它近十年来一直静静待着的地方。让它的邪恶在那里得到净化。它过去一度曾属于教会，那就让它回归教会吧。让它再一次立在祭坛上，得到净化和宽恕，就像我们希望人们的灵魂也能从他们的罪恶中得到净化和宽恕那样。”

波洛向前探了一下身子。

“让我给您描述一下我找到它的地方——一座和平的花园，面朝西海，向着被人遗忘了的充满永恒的美丽和青春的伊甸园。”

他用简单的词语形容了一番遥远的伊尼什欧文的魅力。

埃梅里·鲍尔靠在椅背上，一只手捂着眼睛。他终于开口说道：“我出生在爱尔兰西海岸，小时候离开那里到了美国。”

波洛轻声说道：“我听人说过。”

金融家坐直了身子，目光又变得敏锐起来。他嘴角上挂着一丝微笑，说道：“您真是个怪人，波洛先生。听您的。以我的名义把这只金杯作为一件礼物送给那个修道院吧。一件相当贵重的礼物。三万英镑啊——可我又能得到什么好处呢？”

波洛严肃地说道：“那些修女会为您的灵魂祈祷。”

这位有钱人的笑容展开了，是一种贪婪而又渴望的微笑。他说道：“这……也可以说是一种投资吧！也许是我做过的最好的投资……”

9

在修道院的那间会客室里，赫尔克里·波洛向院长讲述了整件事的经过，并把金杯交还给了她。

她小声说道：“告诉他，我们感谢他，我们会为他祈祷。”

赫尔克里轻声说道："他正需要你们为他祈祷。"

"这么说，他是个不幸的人了？"

波洛说道："他是那么不幸，以至于都忘记幸福是什么了；他是那么不幸，以至于他自己都不知道自己是个不幸的人。"

修女轻轻说道："哦，一个有钱人……"

赫尔克里·波洛没有再说什么，因为他知道没有什么可说的了……

第十二章　制伏恶犬刻耳柏洛斯[①]

①欧律斯透斯让赫拉克勒斯去完成的最后一项任务是捕捉地狱恶犬刻耳柏洛斯。刻耳柏洛斯常被形容为一只三头恶犬，但也有许多别的说法。欧律斯透斯安排这项任务并非因为想得到刻耳柏洛斯，而是单纯认为赫拉克勒斯做不到。

赫拉克勒斯以修行厄琉息斯秘仪为借口开始这次任务，后来在地狱使者赫尔墨斯以及雅典娜的帮助下来到冥界。关于赫拉克勒斯是如何捕捉刻耳柏洛斯的，有各种说法。一说哈迪斯要求赫拉克勒斯不能用武器，于是他凭借自己如狮皮般强韧的皮肤的保护，抱住恶犬的头，直到它屈服。一说即便如此哈迪斯仍不同意，生气的赫拉克勒斯便用箭攻击。而据狄奥多罗斯讲述，是冥后珀尔塞福涅将赫拉克勒斯当兄弟招待，并用铁链拴好刻耳柏洛斯交给他。

赫拉克勒斯将恶犬带给欧律斯透斯，一种说法是之后欧律斯透斯又将恶犬还回冥界，另一种说法是恶犬逃脱了，自己返回了冥界。

1

赫尔克里·波洛在地铁车厢里晃来晃去，忽而倒向这个人，忽而又倒向另一个人，心里想着这个世界上的人真是太多了！伦敦地铁在傍晚的这个时刻——六点半——确实人满为患。闷热、嘈杂、拥挤、摩肩接踵，时不时就被一群人的手、胳膊、身体或肩膀碰到！你要挤进去，并被周围的陌生人推来搡去，而且总的来说——他恶心地想——都是一群平庸无聊的陌生人！人类从整体来看毫无吸引力。一张闪烁着智慧之光的面孔是多么难得啊！一位端庄的妇女又是多么的罕见啊！是何种激情让女人们在这么糟糕的状况下还能织毛线？女人织毛线时的形象确实也不是她的最佳状态：全神贯注，两眼呆滞，坐立不安，手指头忙个不停！真需要野猫般的敏捷和拿破仑那样的意志力才能在一节拥挤不堪的地铁车厢里坚持不懈地织毛线，可女人们却做到了！她们如果抢到了一个座位，就会忙不迭地拿出细得可怜的虾红色毛线，咔哒咔哒地挥舞起毛线针！

不恬静，波洛心想，一点女性的优雅都没有！他那过时的灵魂对现代生活的压力和匆忙十分反感。他身边的那些年轻女性全都如此相像，如此缺乏吸引力，如此缺少那种多彩而诱人的女性气质！他要求更火热艳丽的魅力。哈！那种都会名媛，时髦、善解人意、高雅——一个曲线美妙的女人、一个衣着奇特奢华的女人！从前就有这样的女人。可现在……现在……

地铁在一个站停下，人们涌了出去，把波洛挤回到织毛线的针尖旁；接着又涌进来一群乘客，把他跟同车人挤得比刚才还像沙丁鱼。地铁又开始启动，猛地一动，波洛被甩到一位带着一堆鼓鼓囊囊的包裹的胖女人身上，他道了声“对不起”，接着又被弹回到一个瘦骨嶙峋的高个子男人身上，那人的公文包正巧顶住他的腰眼，他又道声“对不起”。他感到自己的小胡子也不再鬈曲而是耷拉了下来。简直就是地狱！幸亏下一站他要下车啦！

这一站是皮卡迪利广场，看来大概有一百五十人要在这儿下车。他们像一股大浪那样冲出来，涌向站台。没多久，波洛又被紧紧地挤上一架通向地面的升降扶梯。

波洛心里想，这下总算从地狱里钻出来了……升降扶梯上，一只手提箱从后面顶到了他的膝关节，真是疼得钻心！

这时，有一个声音在喊他的名字。他吃惊地抬起了头。在对面的下行扶梯上，他难以置信地看到了一个过去相识的人，维拉·罗萨科娃[①]。她是个身材丰满的艳丽女人，一头浓密的棕红色头发上戴着一顶小草帽，帽檐上装饰着一排羽毛鲜艳的鸟形饰物，肩上垂着颇有异国情调的毛皮披肩。

她那张猩红色的嘴大张着，饱满而带有异国口音的嗓音轰然回响——听起来她的肺相当健康。

“没错！”她喊道，“没错！亲爱的赫尔克里·波洛！咱们俩一定要再见面！非见不可！”

但是那正一上一下反方向运行的两架扶梯比命运本身更无情。赫尔克里·波洛被稳稳地、毫不留情地送到地面上，而维拉·罗萨科娃女伯爵却被送往下面。

波洛向一侧扭着身子，探出了栏杆，绝望地喊道：“亲爱的

①这位女伯爵曾在短篇小说《双重线索》（*The Double Clue*，收录在短篇集《蒙面女人》中）和长篇小说《四魔头》（*The Big Four*）中出现。

夫人——我在哪里可以找到您啊？”

她的回答从下面微弱地传到他耳边。那句话出人意料，却又古怪地适合那一刻的境遇。

“在地狱里……”

赫尔克里·波洛一连眨了几下眼。突然，他的脚下一颤，原来他没注意到，自己已经到达扶梯顶端——忘了及时向前迈一步。人群从他身旁四下散开，旁边还有另一群人挤向下行的扶梯。他要不要加入那个队伍呢？这是不是那位女伯爵刚才那句话的意思？高峰时段在地下旅行就像是在“地狱”里，如果这就是女伯爵的意思，那他可真是无比赞同她的说法……

波洛下定决心，挤进那堆下降的人群，被送到深处。但在扶梯底端并没有女伯爵的身影。波洛只好在蓝色、琥珀色等灯光的标志中选择一个方向走。

女伯爵是否正走向贝克鲁站台或皮卡迪利站台？波洛先后到那两个站台去寻找。他被上下车的人群冲来挤去，可始终没找到那位火红艳丽的俄国女人——维拉·罗萨科娃女伯爵。

赫尔克里·波洛精疲力尽、无比懊恼，他再次踏上那通向地面的扶梯，步入皮卡迪利广场的喧嚣之中。他带着愉快的兴奋心情回到了家里。

矮小刻板的男人追求高大艳丽的女人，可以说是件不幸的事。波洛从来没能摆脱这位女伯爵对他的致命诱惑。尽管距离他上一次见到她已过去了二十年，她的魔力却依然存在。诚然，她现在的精心装扮犹如风景画家笔下的日落，遮掩着一个女人的真实面貌，但对赫尔克里·波洛来说，她依然是奢华诱人的女人的代表。这位小资产阶级人物仍然对贵族怀有激情。回想起当年她偷窃珠宝时那干练的样子，又激起了他的钦佩之情。他还记得她那非凡的镇定自若，在受到指责时爽快地承认了事实。真是一个千里挑一——百万人中挑一的奇女子！而他再次遇到了她，却又把她丢了！

“在地狱里。”她是这么说的。他肯定没听错吗？她是这么说的吗？

可她这话究竟是什么意思呢？她指的是伦敦的地铁吗？或者该从宗教意义上理解她这话？如果说她的生活方式使得地狱成了她死后合理的归宿，可是——可是她那种俄国式的寒暄也不会是在暗示赫尔克里·波洛也该有同样的下场啊！

不，她肯定另有所指。她一定是指……赫尔克里·波洛一时间被搞得晕头转向。一个多么神秘、多么难以预测的女人啊！换做一个普通些的女人，想必会尖叫着说“里茨饭店”或者“克莱丽奇饭店”。维拉·罗萨科娃却喊出了一个令人痛苦而不可思议的词——“地狱”！

波洛叹了口气，却并没有气馁。在困惑之中，次日上午他采取了最简单也最直截了当的办法，他询问了他的秘书，莱蒙小姐。

莱蒙小姐令人难以置信地丑陋，却又令人不敢想象地能干。在她眼中，波洛并不是什么特殊人物——只是她的雇主罢了。她为他提供优质的服务。她个人的想法和梦想正集中在一套新的文件分类系统上，这玩意儿正在她的头脑深处慢慢趋于完善。

“莱蒙小姐，能问你一个问题吗？”

“当然可以，波洛先生。”莱蒙小姐把手指从打字机键盘上移开，聚精会神地等待着。

“如果一位朋友要你跟她……也有可能是他——在地狱会面，您会怎么做？”

像往常那样，莱蒙小姐连想都没想——正如俗话所说：她无所不知。

她答道："我想最明智的做法是打电话去订张桌子。"

赫尔克里·波洛目瞪口呆地盯着她。

他结结巴巴地说道："你……会……打……电话……订……一张桌子？"

莱蒙小姐点了点头，把电话拉到身前。

"今天晚上吗？"她问道，他没有作答，于是她便理所当然地认为是同意了。她轻快地拨出电话号码。

"法学会街一四五七八号吗？是'地狱'吗？请预订一张两人桌。赫尔克里·波洛先生。十一点钟。"

她放回听筒，手指又回到打字机键盘上。她的脸上露出一点——微微的一点——不耐烦的神情。她已经完成了任务，现在的表情似乎在说，可以让她继续做正在干的活儿了吧？

可是赫尔克里·波洛却要求她解释一下。

"这个'地狱'到底是怎么回事？"他问道。

莱蒙小姐看上去有点惊讶。

"哦，您不知道吗，波洛先生？是一家夜总会，新开的，生意十分火爆——我想是某个俄国女人开的。今晚之前我就可以给您轻松地办妥会员身份。"

至此，已经浪费了不少的时间——莱蒙小姐的表情明确地表现出这一点，她又迅速投入到高效而完美的打字工作中去了。

当天晚上十一点，赫尔克里·波洛走进一家夜总会。大门上方装着每个字母闪一下的霓虹灯招牌。一位身穿红色燕尾服的绅士接待了他，并接过他的大衣。

波洛顺着指引走下通往底层的宽阔楼梯。每级台阶上都写着一条警句。第一级上写着："我是好意。"

第二级是"勾销往事，重新开始"。

第三级写着："我可以随时放弃。"

"真是通向地狱之路的良好祝愿。"赫尔克里·波洛喃喃赞赏道，"想得真不赖！"

他走下楼梯。楼梯底端有个小水池，里面种着鲜红的百合花，一座船形的桥横跨在上面。波洛过了桥。

在他左首，一个人造大理石洞穴里蹲着一条波洛这辈子见过的最大、最丑，也是最黑的狗！它直挺挺地蹲在那里，一动也不动。波洛满心希望那条狗也许不是真的。可就在这时，那条狗转过它那凶恶丑陋的脑袋，黝黑的身躯里发出连续的低沉咆哮。那声音真让人胆战心惊。

这时波洛看见一只装着小圆狗饼干的筐子，上面标着"贿赂刻耳柏洛斯一块吧"！

狗的眼睛直盯着那些饼干，又发出一阵连续低沉的咆哮声。波洛急忙抓起一块饼干扔向那条大狗。

血盆大口张开，接着有力的下颚咔嚓一声闭上。刻耳柏洛斯接受了贿赂！波洛走进一扇敞开的门。

屋子不大，四个角摆着小桌，中间是舞池，由小红灯照亮。四面墙壁上装饰着壁画，房间最里面有一个大烤架，旁边站着几位厨师，他们身着魔鬼服装，身后有尾巴，头上有角。

波洛把这一切都看在眼里。这时，容光焕发的维拉·罗萨科娃女伯爵身穿红色晚礼服，带着她那种俄国人性格里的冲动，张开双臂朝他冲了过来。

"啊，您终于来了！我亲爱的……我最亲爱的朋友！又见到您别提多高兴啦！过了那些年……那么多年——多少年了？不，咱们不提多少年！对我来说，就像是昨天似的。您没变，一点也没变！”

“您也一样，亲爱的朋友。”波洛叫道，弯腰吻了一下她的手。

可他完全清楚二十年毕竟是二十年。罗萨科娃女伯爵虽说不能被刻薄地形容为一个老太婆，至少也是个亮丽的老太婆了。饱满的热情、纵情享受生活的激情依然存在，而且她懂得，比任何人都懂得，如何奉承男人。

她拉着波洛来到一张已有两个人的桌子边。

“这是我的朋友，大名鼎鼎的朋友，赫尔克里·波洛先生。”她介绍道，“他就是不法分子们的克星！我一度也畏惧他，可现在我过上了一种极端规矩而枯燥的生活。是不是这样？”

那个她冲着说话的又高又瘦的年长男人答道：“永远别说枯燥，女伯爵。”

“这位是李斯基德教授，”女伯爵介绍道，“他知道过去所有的事，对这里的装修给了我不少无价的灵感。”

那位考古学家微微一颤。

“要是我早知道您要干什么就好了！”他喃喃道，“这结果真让人震惊。”

波洛更仔细地观察了一下四周的壁画。正对着他的那面墙上是俄耳浦斯和他的爵士乐队，欧律狄克则眼巴巴地望着烤架[①]。对面墙上是奥西里斯和伊西斯[②]，他们俩好像在举办一场古埃及

①两位都是希腊神话中的神。俄耳浦斯（Orpheus）生来具有音乐天赋，在夺取金羊毛时用琴声制伏了守护金羊毛的巨龙，死后成为天琴座。欧律狄克（Euridice）是其爱妻，意外身亡后进入冥界。俄耳浦斯深爱其妻，不惜亲入冥界以其琴声打动了冥王。冥王准许欧律狄克重回人间，但要求俄耳浦斯在她回到人间之前不得回头看她。结果俄耳浦斯在踏入人间前回头看了欧律狄克一眼，欧律狄克的灵魂重回冥界。

②奥西里斯（Osiris）生前是一个开明的国王，死后是地界主宰和死亡判官。伊西斯（Isis）是古埃及的主神之一，被敬奉为理想的母亲和妻子、自然和魔法的守护神。

冥界划船会。第三面墙上是一些欢快的年轻人，正在享受裸体混浴。

“青春的国度。”女伯爵解释道，接着一口气说下去，完成了她的介绍，“这位是我的小艾丽丝。”

波洛向坐在桌子旁边的另一个女人鞠了一躬，那是一位外表很严肃的姑娘，身穿格子外套和裙子，戴着一副牛角框眼镜。

“她非常非常聪明。”罗萨科娃女伯爵说道，“她是一位有学位的心理学家，深知精神病人为什么会犯精神病的一切原因！其实并不像您认为的那样，他们就是疯了！不对，有各式各样的原因呢！我总觉得那很古怪。”

叫艾丽丝的姑娘和蔼却有点不屑地微微一笑，用坚决的口气问教授愿不愿意跳个舞。后者显得受宠若惊，却有一些犹豫。

“我亲爱的小姐，我恐怕只会跳华尔兹。”

“现在演奏的正是华尔兹。”艾丽丝耐心地说道。

他们起身跳舞，两人都跳得不太好。

罗萨科娃女伯爵叹了口气，独自沉思片刻后轻声说道：“她真的不难看……”

“她没有好好打扮自己。”波洛判断道。

“坦率地说，”女伯爵大声说道，“我不理解这年头的年轻人，他们不再设法打扮得招人喜欢。我年轻的时候，总是努力去挑选适合我的颜色，在裙子里垫点东西，把紧身胸衣在腰间束得更紧一点。还有头发，弄个更有情趣的发型……”

她把额头上那浓密的橙红色卷发往后理了一下。不可否认，她依然在努力，竭尽全力！

“只满足于上天赐予你的，那……那可太傻了！也太傲慢了！那个小艾丽丝写了不少关于性的长篇大论，我倒要问问，几时会有男人约她去布赖顿度周末呢？都是些长篇大论和工作、工人福利、世界的未来。全都值得尊敬，可我倒要问问，那快乐吗？看啊，我倒要问问，这些年轻人把这个世界搞得多么乏味！到处是清规戒律！我年轻的时候可不是这样！”

“这倒让我想起来了，贵公子好吗，夫人？”话说出之后波洛才想到已经过了二十年。[①]

女伯爵的脸顿时明亮起来，洋溢着母性的热情。

“那个可爱的天使！已经长得那么大了，宽肩膀，英俊极了！他如今在美国，干建筑那一行。筑桥，盖银行，造旅馆，建百货公司，修铁路，凡是美国需要的，他都干！”

波洛显得有些迷惑。

“那他是位工程师？或者是位建筑师？”

“这又有什么关系？”女伯爵问道，“他可爱极啦！整天就只关心钢梁、机械还有那种叫应力的玩意儿。那些东西我是一点也不明白。不过我们很爱彼此——我们一直很爱彼此！也就是因为他的缘故，我也爱小艾丽丝。他们俩已经订了婚。他们是在一架飞机上——还是一条船？也可能是在一列火车上相遇的。然后就在谈论工人福利的过程中相爱了。她来到伦敦后前来看我，我就真诚地喜欢上了她。”女伯爵把手臂交叉，放在自己宽阔的胸脯上，“我说：‘你和尼基两人相爱，所以我也爱你。可你要是爱他，为什么把他留在美国呢？’她就谈到她的‘工作’，她正在写的书和她的事业。其实坦率地说，我根本就听不明白，不过我总是说：‘人应当宽容。’”她转过头，问道，“亲爱的朋友，您认为我这里弄得怎么样？”

①与“贵公子”有关的故事请参考《四魔头》。

“挺好的。”波洛一边说，一边赞同地四处环视了一下，“很别致！”

这家夜总会宾客盈门，洋溢着无可置疑的成功气氛，这是无法作假的。这里有身着盛装的慵懒夫妇、穿灯芯绒裤子的不羁艺术家、穿商务套装的矮胖商人。身穿魔鬼服装的乐队在演奏狂热的音乐，毫无疑问，“地狱”的生意红火极了。

“我们这里什么人都有，”女伯爵说道，“就应当这样，对吧？地狱的大门是向所有人敞开的。”

“大概穷人除外吧。”波洛提示道。

女伯爵笑了。“我们不都被教育说富人进不了天堂吗？那他们自然应当在地狱里得到优待啊。”

教授和艾丽丝跳完舞回来了。女伯爵站起身来。

“我得去跟阿里斯泰德说几句话。”

她跟侍者领班、一个打扮成梅菲斯特[①]模样的瘦子交谈了几句，然后又挨桌转过去跟客人们打招呼。

那位教授擦了额头上的汗，呷着一杯酒，说道：“她真是个了不起的人物，是不是？人们能感觉得出来。”

教授说完便告退起身，去和另一桌的人说话。波洛独自留下来陪着严厉的艾丽丝，看到她那双蓝眼睛里冷淡的神色，他不禁感到微微发窘。他看得出来她其实相当好看，可他觉察出了她明显的警惕。

“我还不知道您姓什么呢。”他轻声说道。

“库宁汉。艾丽丝·库宁汉博士。我听说您过去就认识维拉？”

①梅菲斯特（Mephisto）是歌德的作品《浮士德》中的魔鬼。

“肯定有二十年了。”

“我发现她是一个很有趣的研究对象。”艾丽丝·库宁汉博士说道，“当然，我对她感兴趣是因为她是我要嫁的那个男人的母亲，不过从专业角度出发，我也对她很感兴趣。”

“是吗？”

“是的。我正在写一本关于犯罪心理学的书，我发现这里的夜生活非常富有启发性。有几种犯罪类型的人经常光顾这里，我同他们当中的一些讨论过他们的早年生活。您肯定知道维拉的犯罪倾向吧，我是指她偷过东西。”

“嗯，是的……这我知道。”波洛略感惊讶地说道。

“我本人管这种行为叫喜鹊情结。您知道，她总是偷闪闪发亮的东西，从不偷钱。总是偷珠宝首饰。我发现她童年时代很受宠爱，但也被管得很严。生活对她来说是无法忍受的枯燥乏味——枯燥而安全。她的天性渴望戏剧性——渴望惩罚。这就是她沉溺于偷窃行为的根源。她想要与众不同的重要性，想要受过惩罚的恶名！”

波洛表示反对。“她作为俄国旧政权的一员，在革命期间的生活肯定不可能安全而乏味吧？”

库宁汉小姐那双淡蓝色的眼睛微微显露出一丝感兴趣的神情。

“哈，”她说道，“旧政权的一员？她是这样告诉您的吗？”

“她是一位无可否认的贵族。”波洛坚定地说道，竭力不去回忆女伯爵亲口告诉他的有关她早期生活的各种不同的版本。

“人总是相信自己想要相信的事。”库宁汉小姐说道，带着一种专业的目光瞧了他一眼。

波洛警觉起来。他觉得不出一分钟她就会跟他讲他的情结是什么了。他决定把战斗打回到敌营里去。他享受同罗萨科娃女伯爵的交往，部分原因在于她的贵族出身，他不打算让这个戴着眼镜、长着双煮熟了的醋栗似的眼睛、有个心理学学位的小丫头扫他的兴！

“您知道我发现了什么令人吃惊的事吗？”他问道。

艾丽丝·库宁汉没多费口舌，干脆地说她不知道。她摆出一副深感无聊而又宽容大度的样子。

波洛接着说：“让我感到惊讶的是您。您很年轻，如果下点功夫的话会显得很漂亮，嗯，让我惊讶的是您却不肯下这个功夫！您穿着那种带着大口袋的厚外套和厚裙子，好像要去打高尔夫球似的。可这里又不是高尔夫球场，这里是摄氏二十二度的地下室。鼻子上热得出油您也不往上擦点粉，您嘴上涂的口红毫无情趣，也没有勾勒出唇部的线条！您是个女人，可您并不在意您是个女人。我要问您一声，为什么呢？真是怪可惜的！”

他满意地看到艾丽丝·库宁汉在一瞬间显露出了一点人性，他甚至看到她眼中闪过一丝怒火。但马上她又恢复了轻蔑微笑的样子。

“亲爱的波洛先生，”她开口说道，“恐怕您已经跟现代的价值观脱节了。重要的是本质，而不是那些服饰！”

她抬头望了过去，一位非常英俊的深色头发的青年正向他们走来。

“这个人是一个特别有趣的类型。”她热忱地小声说道，“保罗·瓦莱斯库！专吃软饭的男人，有一种奇特的对堕落的渴望！我想让他再多跟我讲讲他三岁时一个照看他的保姆的事。”

片刻之后，她就跟那个青年一起翩翩起舞了。他跳得潇洒极了，他们俩跳到波洛身边时，波洛听到她在说：“在伯格纳的那个夏天之后，她送给了你一只玩具鹤，对吗？一只鹤……哦，这可很有启发性！”

一时间波洛幸灾乐祸地想着，这位库宁汉小姐对犯罪类型的兴趣早晚有一天会让她惹祸上身，会有人在荒郊的树林里发现她那残缺的肢体。他不喜欢艾丽丝·库宁汉，可他足够诚实地意识到自己不喜欢她的原因在于她明显看不起他赫尔克里·波洛！他的虚荣心受到了伤害！

这时，他发现了另一件事，立刻就把艾丽丝·库宁汉抛在了脑后。舞池对面的一张桌子旁坐着一位年轻的金发男子。他身穿晚礼服，神态举止显示出他是个过惯了悠闲放荡日子的家伙。他的对面坐着一个喜好奢华的姑娘。他傻乎乎地凝视着她。谁看见他们俩都会悄声说：“一对既有钱又有闲的家伙！”波洛却深知这个小伙子既没有钱也不算闲。他是查尔斯·史蒂文斯警督。波洛认为史蒂文斯警督很可能是在这里执行任务……

2

第二天上午波洛前往苏格兰场，去拜访他的老朋友贾普总警督。

贾普得知了他的探听意图后显得很惊讶。

“你这条老狐狸！”警督亲昵地说道，“你是怎么知道的，我真服了！”

“我向你保证我什么也不知道。一点儿也不知道！只是出于无聊的好奇罢了。”

贾普说波洛这话哄不了人！

“你想知道那个‘地狱’的所有情况吗？嗯，表面上看，只是一家夜总会之类的地方。相当火爆！他们肯定挣了不少钱，当然开销也很大。表面上是由一个俄国女人经营的，自称是个女伯爵还是什么的——”

“我认识罗萨科娃女伯爵。”波洛冷冷地说，“我们是老朋友了。”

“可她只是个傀儡，”贾普接着说道，“她没有投钱进去。可能是那个侍者领班，阿里斯泰德·帕波波洛斯，那家伙有股份——可我们也不相信那是他的地盘。实际上我们不知道那是谁的地盘！”

“于是史蒂文斯警督就去了解情况？”

“哦，你看见史蒂文斯了是吧？幸运的小子，接了这么一个大把挥霍纳税人的钱的好差事！到目前为止他可发现了不少情况！”

“你们想在那儿查出些什么来呢？”

“毒品！大规模的毒品交易，不是用现金而是用宝石交易的。”

“哦？”

“是的。某位女士，也许就是那个什么女伯爵，觉得收现金很麻烦，反正她就是不愿意从银行里提取大笔现金。可她得到了珠宝，有时还是家族里的传家宝！那些东西被送到某个地方去‘清洗’或者‘重新镶嵌’。宝石被从底座上取下来，再换上假宝石。那些被换下来的宝石就在本地或欧洲大陆卖掉。一切都风平浪静，不会有失窃案，也不会出现要求追捕盗贼的呼声。你说迟早会发现某件头饰或某条项链上的宝石是假的？某女士也只表现出全然不知、惊慌失措的样子。不知道替换是何时以及如何发生的——那条项链从来就没离开过她啊！最后就剩可怜的警察们汗流浃背地徒劳追查那些被辞退的女仆、可疑的男管家和擦玻璃的工人。

“可我们并不像那些社交名媛想象得那么蠢！我们接二连三地接到报案，并从中发现了一个共同点，那就是所有涉案的女人都有吸毒的迹象——她们神经质、烦躁易怒，会肌肉抽搐、瞳孔放大，等等。问题是，她们从哪儿得到的毒品，以及谁在经营毒品交易？”

“你认为答案是那个‘地狱’吗？”

“我们相信那里就是毒品交易的总部。我们找到了改造首饰的地方，一个叫‘哥尔康达有限公司’的地方。表面上看非常规矩，专门销售高级仿制首饰。有个名叫保罗·瓦莱斯库的下流坯——哈，看来你认识他？”

“我见过他，在‘地狱’里。”

“那正是我希望能见到他的地方，是他真正出没的地方！他要多坏就有多坏。可是女人，就连正派的女人都对他言听计从！他跟哥尔康达有限公司有些联系，而且我敢肯定，他就是‘地狱’的后台。那里是他物色目标的理想地点。什么人会去那里？社交名媛啦，职业骗子啦，那里是他们最好的见面地点。”

“你认为那种交易——珠宝换毒品，是在那里进行的吗？”

“是的。我们知道哥尔康达那边的情况。我们想要另一边，毒品那边的情况。我们想知道是谁在供货，以及毒品是从哪儿来的？”

“到目前为止你们还没有头绪？”

“我认为是那个俄国女人。可没有证据。几个星期以前我们以为有了进展。瓦莱斯库去了哥尔康达公司，在那里取了几块宝石，然后就径直前往‘地狱’。史蒂文斯一直监视着他，可他没看见他把东西送出去。瓦莱斯库一离开那里我们就把他抓了起来——宝石已经不在他身上了。我们突袭了那家夜总会，把所有人都搜查了一遍！结果是，没有宝石，没有毒品！”

“实际就是……一场惨败？”

贾普不自在地说：“还用你说！还差点儿惹出麻烦，走运的是，搜查的时候我们逮住了佩维瑞尔——就是白特西凶杀案的凶手。纯属运气，我们原以为他逃到苏格兰去了，一名机灵的警官把他认出来了。所以也算是皆大欢喜吧。我们获得了表扬，那家夜总会也声名大振——自那以后，那里的生意就更火爆了！”

波洛说道：“但是，毒品案的调查却没有获得进展。也许那里还有个隐蔽的地方？”

“肯定是这么回事，可我们没有找到。我们就像是用筛子把那地方筛了一遍。另外，只限于咱们俩之间说说，我们还打算进行一次非法搜查……”他眨了眨眼，“秘密进行。我们打算闯进去，但没成功。那名‘暗探’差点儿被那条该死的大狗撕成碎片！它就睡在那里，守卫着！”

“啊哈，是刻耳柏洛斯吗？”

“是的，给狗取这么一个蠢名字。活像盐的牌子。”

“刻耳柏洛斯。”波洛若有所思地喃喃道。

“你也来帮把手如何，波洛？”贾普建议道，“这是一个不错的案子，值得一干。我憎恨贩毒这种勾当，毁灭人的肉体和灵魂。那真称得上是‘地狱’！”

波洛沉思着，说道：“这样一来就圆满了……没错。你知道赫拉克勒斯的第十二件差事是什么吗？”

“不知道。”

“制伏恶犬刻耳柏洛斯。这正合适，对不对？”

“我不明白你在胡说些什么，老家伙，不过要记住，‘狗吃人’可是条大新闻。”贾普身子向后一仰，哈哈大笑起来。

3

“我想非常严肃地跟您谈一谈。”波洛说道。

时间还早，夜总会里还差不多是空的。女伯爵跟波洛坐在靠近门口的一张小桌旁。

“可我没觉得有什么需要严肃谈一谈的啊。”她反驳道，“那个小艾丽丝倒一直很严肃，咱们俩之间说说啊，我觉得她相当乏味，我可怜的尼基跟她在一起能有什么乐趣呢？什么也不会有。”

“我对您是很有感情的，”波洛坚定地继续说道，“我不愿看到您惹上所谓麻烦。”

“您这话可真够荒唐的！我现在正处于世界的顶峰，财源滚滚来啊！”

“这地方是您的吗？”

女伯爵的目光变得有点躲躲闪闪。

“当然是啊。”她答道。

“您还有个合伙人吧？”

“这是谁告诉你的？”女伯爵厉声问道。

“那位合伙人是不是保罗·瓦莱斯库？”

“哦！保罗·瓦莱斯库！亏您想得出！”

“他有很坏的——有犯罪的记录。您知道不少罪犯经常光顾这里吗？”

女伯爵扬声大笑。

“中产阶级的那套陈词滥调！我当然知道！您没发现这正是这个地方吸引力的来源吗？那些住在梅菲尔区的年轻人，他们厌倦了在伦敦西区天天见到和自己一类的人。他们到这儿来，来见识一下各种罪犯——小偷、敲诈犯、花言巧语的骗子，也许还有杀人犯，没准儿下周就会出现在周末版报纸上的家伙！这多刺激，他们以为自己是在观察生活！还有整天忙着推销女性内裤、长筒袜和紧身胸衣的生意兴隆的商人也一样！这跟他过的那种体面的生活、交的体面的朋友是多么不一样啊！还有更令人惊喜的，那边那张桌子旁坐着的、正在摸小胡子的，是位苏格兰场的警督，一位穿燕尾服的警督！”

“这么说，您其实早就知道了？”波洛轻声问道。

他们俩的目光相遇，她微微一笑。

“我亲爱的朋友，我可不像您想得那么单纯！”

“您这里也提供毒品吗？”

“哦，绝不！”女伯爵厉声说道，“那种事太可恨了！”

波洛凝视她片刻，然后叹了口气。

“我相信您。”他说道，“可如果是这样的话，您就更要告诉我，谁是这儿真正的所有者。”

“我是所有者。”她简短地说道。

“文件上也许是。但是您背后还有个人。”

“您知道吗，我的朋友，我发现您太好奇了。他是不是太好奇了，杜杜？”

她说到最后一句话时，声音变成了轻轻的呼唤，接着她把盘子里的鸭骨头扔向那条大黑狗，它张嘴凶狠地一下咬住。

“您管那只畜生叫什么？”波洛岔开话问道。

“这是我的小杜杜！”

“叫这么一个名字，真有点荒唐！”

“但它可爱极了！它是条警犬，什么都会干，什么都会。您等着瞧！”

她站起来，四下环顾，突然从旁边的桌子上拿起一盘刚端上来的、作为晚餐的美味多汁的牛排。她走到大理石壁龛前，把盘子放在狗面前，同时嘟囔了几句俄语。

刻耳柏洛斯两眼凝视前方，好像那块牛排并不存在似的。

“您看见了吗，这不仅仅是几分钟的事！不，如果需要的话，它可以这样待上几小时！”

然后她又轻声说了句话，刻耳柏洛斯就闪电般飞快地弯下长脖子，那块牛排像变戏法儿一样一下子就没影儿了。

维拉·罗萨科娃张开两臂抱住狗脖子，热情地拥抱它——她这样做时不得不踮起脚。

“您看它多温柔！”她大声说道，“对我，对艾丽丝，对所有它的朋友都这样。他们想干什么都行！不过如果你对它说那句话，它就会‘嗖’——我向您保证，它能把一个，譬如说，警探，撕成碎片！对，撕成碎片！”

她放声大笑。

“我只要对它说一句——”

波洛急忙打断了她。他不信任这位女伯爵的幽默感。史蒂文斯警督也许会真有危险的！

“李斯基德教授要跟您说句话。”

那位教授不满地站在她身旁。

“您把我的牛排拿走了，”他抱怨道，“您为什么拿走我的牛排？那是一块很好的牛排啊！”

4

“星期四晚上，老伙计！”贾普说道，“那是战斗打响的时刻。当然这是安德鲁的任务，缉毒大队，不过他很乐意有你参加。不，谢谢，我可不想喝你这些甜甜的咳嗽药水。我得照顾好我的胃。那边放着的是不是威士忌？这还差不多！”

放下杯子以后，他接着说道：“我想我们已经解决了那个问题。那个夜总会还有一条通道通到外面，我们已经找到了！”

“在哪儿？”

“就在那个烤架后面。有一部分可以移开。”

“可说真的，你会看到——”

“不，老伙计。上次突袭开始的时候，灯就全灭了——总闸拉了，我们得花上一两分钟才让灯重新亮起来。没人从前门跑出去，因为肯定有人在那儿守着呢，不过现在我们知道了，有人带着东西从秘密出口溜走了。我们一直在检查夜总会后面的房子，这才弄明白这个花招。”

“那你们打算……怎么办呢？”

贾普眨了眨眼。

“将计就计。警察出现，灯全灭掉，但是有人在秘密出口的另一头盯着看谁从那里出来。这一次我们就可以把他们逮住了！”

“为什么要在星期四？”

贾普又眨了眨眼。

“我们对哥尔康达公司进行了窃听。星期四会有货从那里送出。卡林顿夫人的绿宝石。”

“请允许我也做一两个小小的安排，好吗？”波洛说道。

5

星期四晚上，波洛坐在他平时常坐的离入口很近的那张小桌子边，打量着四周。像往常一样，“地狱”的生意非常红火！

女伯爵比往日打扮得更加艳丽。今天晚上的她更具俄国风情，她拍着手，放声大笑。保罗·瓦莱斯库也来了。他有时穿着无可挑剔的晚礼服，有时就像今晚，一身阿帕奇人的装束[①]，上衣扣子紧扣，脖子上围着围巾，看上去邪恶又极具吸引力。他从一个佩戴着许多钻石的矮胖中年女人身旁脱身，屈身邀请艾丽丝·库宁汉跳舞，后者坐在一张小桌旁，忙着在一个小笔记本上写东西。那个胖女人恶狠狠地瞪了艾丽丝一眼，又用爱慕的眼神望着瓦莱斯库。

库宁汉小姐的目光里没有爱慕，只流露出纯粹的科学兴趣。他们俩跳舞经过波洛身旁时，他听到了两人交谈的片段。她已经跨过了那位保姆，现在正在了解保罗当年就读的预科学校里的女舍监的情况。

音乐停止，她坐到波洛身边，显得既高兴又激动。

“太有趣了，”她说道，“瓦莱斯库将会是我那本书中最重要的实例之一。象征意义是不会被弄错的。譬如说对背心的困扰，因为背心及其各种联系象征着刚毛衬衣[②]——整个事情就变得很清楚了。他绝对是个罪犯型的人，不过能治好……”

“女人最喜爱的幻想就是她能改造一个流氓。”波洛说道。

艾丽丝·库宁汉冷冷地看着他。

“这与个人情感无关，波洛先生。”

“确实无关，”波洛说道，“永远只是纯粹无私的利他主义——不过目标通常是一位很有吸引力的异性。譬如说，您会对

①阿帕奇是一个印第安部落。

②刚毛衬衣是基督教苦修者或忏悔者贴身穿着的特殊衣物，意在以对肉体的惩罚忏悔自己的罪孽。

我在哪儿上的学或者女舍监对我是什么态度感兴趣吗？”

“您不是那种罪犯型的人物。”库宁汉小姐说道。

“您看到一个人就能分辨出他是否是个罪犯型的人吗？”

“当然能。”

李斯基德也来到他们俩的桌旁，坐在波洛身边。

“你们是在讨论犯罪吗？您应当研究一下公元前一千八百年的《汉谟拉比法典》，波洛先生，非常有趣。‘趁火打劫者应当被扔进火里’。”

他兴高采烈地望着前方的电烤架。

“还有更古老的苏美尔法典。‘妻子如果憎恨她的丈夫，并对他说“你不是我的丈夫”，人们就会把她扔进河里。’这比离婚诉讼更省钱省事。不过如果丈夫对妻子说这样的话，那他只需付给她一些银子就行了，谁也不会把他扔进河里。”

“还是那老一套。”艾丽丝·库宁汉说道，“法律对男人是这一套，对女人则是另一套。”

“当然，女人更欣赏金钱的价值。”那位教授沉思着说道，“要知道，我喜欢这个地方，多数夜晚我都到这儿来。我不需要付钱，女伯爵都安排好了。她真是体贴周到。她说这是感谢我对这里的装饰提过建议，可这真的跟我一点关系都没有，我当时根本不知道她问我那些问题是要干什么，她和那些艺术家显然把一切都搞错了。我真心希望永远没人知道我跟这可怕的事情有任何关系，我永远也无法接受这事。不过她是个很了不起的女人，我总觉得她像一个巴比伦人。巴比伦女人都很会经商，你知道——”

教授的话突然被一阵叫喊声淹没了。有人在喊“警察”，女人们站了起来，一片喧嚣。电灯熄灭了，电烤架也灭了。

在这阵骚动中，那位教授依然在沉稳地背诵《汉谟拉比法典》的片断。

灯再次亮起时，赫尔克里·波洛已经走在宽阔的台阶中间了。站在门口的警官们向他敬了个礼，他走了出去，来到街上，转向拐角那边。拐角处，一个浑身散发着臭气、红鼻头的小个子紧靠着墙站着。那人用焦急而沙哑的声音悄声说道："我在这里哪，老板。是我该干活儿的时候了吗？"

"是的，干吧。"

"这附近可有不少警察哪！"

"没关系。我已经跟他们交代过你了。"

"我希望他们别干涉，行吗？"

"他们不会干涉的。你肯定能办成你要干的事吗？那条狗可是又大又凶。"

"它对我不会凶的，"小个子很有信心地说，"我有这玩意儿！有了这个，让任何一条狗跟我下地狱都行！"

"这一回，"赫尔克里·波洛轻声说道，"它得跟着你走出地狱！"

6

凌晨时分，电话铃响了。

波洛拿起话筒。

贾普的声音说道："你让我给你打电话。"

"对，没错。怎么样了？"

"没发现毒品，但我们找到了那些绿宝石。"

"在哪儿找到的？"

“在李斯基德教授的口袋里。”

“李斯基德教授？”

“你也没想到吧？坦率地说，我也闹糊涂了！他看上去像个被吓坏了的娃娃，瞪着眼看着宝石，说他根本不知道这些东西是怎么进了他的口袋。可是妈的，我相信他说的是实话！瓦莱斯库可以在灯灭的时候轻而易举地把东西塞进教授的口袋。我看不出老李斯基德这样的人怎么会跟这种事搅到一块儿去。他属于那种精英知识分子阶层，要知道他甚至跟大英博物馆也有关系！他唯一的花费就是买书，还是那些发了霉的旧书。不，他不可能干这种事。我现在开始觉得我们对整件事的判断是错的，那家夜总会里压根儿就没有贩卖毒品那回事儿。”

“哦，有的，我的朋友，昨天夜里就在那里。告诉我，没人从你说的那个秘密出口走出去吧？”

“有，斯堪德伯格的亨利亲王和他的随从。他昨天才抵达英国。内阁大臣维塔米安·伊文斯——当一名工党的大臣可不好干，得特别小心！没人理会一名保守党政客生活放荡、花天酒地，因为纳税人会认为他花的是自己的钱，可要是一位工党的人，公众就会认为花的是他们的钱！总的来说就是这么回事。贝阿特丽斯·万纳女士是最后一位，她后天就要嫁给那位年轻而自命不凡的莱姆斯特公爵了。我想这群人里不会有谁搅在这起案子里。”

“你说得对。但是毒品昨晚就在夜总会里，有人把它带出来了。”

“是谁？”

“是我，我的朋友。”波洛轻轻说道。

他把话筒放了回去，切断了贾普气急败坏的叫喊声，这时门铃响了。他走过去打开了前门，罗萨科娃女伯爵昂然走进来。

“要不是咱们俩，唉，都太老了，这传出去影响多不好！”她喊道，“您看，我照您写在字条上的吩咐到这儿来了。我想，还有个警察跟在我后面呢，不过他可以待在街上。好吧，我的朋友，到底是什么事？”

波洛殷勤地帮她解下狐皮围脖。

“您干吗把那些绿宝石放进李斯基德教授的口袋里啊？”他说道，“您这样做，多不好呀！”

女伯爵的眼睛瞪大了。

“我当然是想把那些绿宝石放进您的兜里呀！”

“哦，放进我的兜里？”

“当然，我急忙跑到您常坐的那张桌子前，可当时灯灭了，我可能阴差阳错地放进教授的兜里了！”

“那您为什么要把偷来的绿宝石往我的兜里放呢？”

“当时我——我得立刻拿个主意，您明白，这是最好的办法！”

“说真的，维拉，您可有点过了！”

“可是，亲爱的朋友，您为我想想嘛！警察来了，灯熄了，我们为了照顾一些身份不太方便的贵宾的隐私——这时有只手把我的手提包从桌上拿走了。我又夺了回来，可是隔着丝绒料子我摸到里面有什么硬东西。我把手伸进去，一摸就知道是珠宝，而我立刻就明白是谁放进去的了！”

“哦，是吗？”

“我当然知道！就是那个流氓！那个追逐富婆的游手好闲的家伙，那个恶魔，那个两面派，叛徒，蠕动的毒蛇，猪崽子，保罗·瓦莱斯库！”

“就是您在‘地狱’的那位合伙人吗？”

“是的，是的，他是那里的所有人，是他出钱开设的。直到现在我都没有背叛他，我是很忠诚的！可他居然出卖我，他想把我跟警察搅和到一起去，哼！我要把他抖搂出来——对，抖搂出来！”

“冷静一下，”波洛说道，“现在跟我到隔壁房间去一下。”

他打开房门。那是一间小屋，猛地进来会让人觉得这里被一条大狗完全占满了。刻耳柏洛斯即便在“地狱”那么宽敞的地方都显得巨大无比，在波洛公寓里的这间小小的餐厅里，就越发显得屋里除了狗什么都没有了。不过，这里还有个散发着臭味的小个子。

“我们按照计划到您这里来了，老板！”小个子声音沙哑地说道。

“杜杜！”女伯爵嚷道，“我的宝贝杜杜！”

刻耳柏洛斯用尾巴拍打着地板，但它没有动。

“让我介绍您认识一下威廉·希格斯先生，”波洛大声喊着，好盖过刻耳柏洛斯尾巴拍打地板那雷鸣般的声音，“他是他们那一行里的大师。在昨天晚上那阵喧嚣中，希格斯先生引诱刻耳柏洛斯跟着他走出了‘地狱’。”

“您把它引诱出来了？”女伯爵难以置信地瞪着那个耗子一样的小个子，“可您是怎么办到的？怎么办到的？”

希格斯先生窘迫得垂下双眼。

“我不太想在一位太太面前说这种事。不过有一样东西任何一条狗都无法抗拒，只要我想，它就会跟随我到任何地方去。当然，您明白，这法子对母狗不起作用……对，那就不同了，就是那样。”

女伯爵转向波洛。

“可为什么呢？为什么？”

波洛慢慢说道：“一条训练好的狗可以把东西叼在嘴里，不接到命令就绝不松口。如果需要的话，它能叼在嘴里好几个小时。您现在让您的狗把嘴里的东西吐出来，好吗？”

维拉·罗萨科娃瞪大了眼睛，她转过身，清脆地喊出了两句话。

刻耳柏洛斯便张开巨大的嘴。接下来的一刻令人非常震惊，刻耳柏洛斯的舌头似乎从嘴里掉了出来。

波洛走上前去。他捡起了一个用粉色的橡胶制盥洗用品袋包着的小包，把它打开，里面是一包白色的粉末。

“那是什么？”女伯爵厉声问道。

波洛轻声说道：“可卡因。看起来就这么一点，可是对那些愿意付钱的人来说，它值上万英镑……足以给几百人带来毁灭和灾难……”

她屏住了呼吸，喊道：“您认为是我——可不是那样的！我向您发誓不是那样的！过去，我会弄些珠宝、古玩、小玩意儿什么的解解闷，您明白，那是为了生活。而且我也觉得，凭什么不行？凭什么一个人该比别人拥有更多的东西？”

“我对狗就是那样的感觉。”希格斯先生插嘴道。

“您没有是非观念。”波洛难过地对女伯爵说道。

她接着说道：“可是毒品……不！这种东西会造成灾难、痛苦、堕落！我没想到……一点都没想到，我那个那么迷人、那么无辜、那么令人高兴的小‘地狱’竟被人用来干这种勾当！”

“我同意您对毒品的看法，”希格斯先生说道，“可是用猎犬贩毒，可太卑鄙了！我绝不会干那种事，我也从没干过！”

“可您说过您相信我，我的朋友。”女伯爵向波洛央求道。

“我当然相信您！难道我没花工夫费心思去抓出那个贩毒的真正元凶吗？难道我没完成赫拉克勒斯的第十二件艰巨任务，把刻耳柏洛斯带出‘地狱’，来证明我的推断吗？因为我要告诉您，我不愿见到我的朋友遭到陷害——没错，陷害，因为如果案发了，将会是您去承担罪责！因为绿宝石会在您的手提包里搜出来，如果再有人足够聪明——像我这样，怀疑到毒品的藏匿地点是在一条凶狠的狗的嘴里。没错，这条狗又是您的，对不对？即使它也已经认可小艾丽丝到了听从她的命令的地步！对，您现在可以睁开眼睛明辨是非了！从一开始我就不喜欢那个满口科学术语、身穿带大口袋的上衣和裙子的年轻女人。没错，口袋。竟有女人对自己的仪表如此不注意，这很不对头！她还跟我说什么来着——重要的是本质！啊哈，所谓本质就是那些口袋。通过那些口袋，她可以带来毒品并取走珠宝，这个小小的交换可以在她跟同伙跳舞时轻而易举地进行，而那个同伙却被她装作是一个心理学研究对象来对待。啊，这个伪装真是太棒了！没人会怀疑这位戴眼镜、有医学学位、认真、科学的心理学家。她可以偷运毒品入境，诱使她那些有钱的病人成瘾，然后出钱开设一家夜总会，并且安排好由一个——我们可以这样讲——过去有些小缺点的女人来公开经营！可她藐视赫尔克里·波洛，她以为自己可以用谈论童年时代的保姆和马甲背心等鬼话来欺骗他！好的，我准备好了等着她。灯熄了。我立刻起身离开桌子，站到了刻耳柏洛斯旁边。在黑暗中，我听见她走了过来。她掰开了它的嘴，把那个小包硬塞进它的嘴里，而我——小心翼翼地，没让她感觉到，用一把小小的剪刀剪下了她袖子上的一小块衣料。”

他戏剧性地举起了一小片衣料。

"您看，标志性的格子花呢布。我会把它交给贾普，让他去跟它的出处比对，然后就把她逮捕归案。再说一次，苏格兰场是多么聪明能干啊！"

女伯爵目瞪口呆地望着他，突然像雾角那样地恸哭起来。

"可我的尼基……我的尼基。这对他会是个很大的打击……"她停了一下，问道，"您认为不会吗？"

"美国有的是姑娘。"赫尔克里·波洛说道。

"要不是因为您，他的母亲就会进监狱——进监狱。头发都被剪掉，坐在一间牢房里，还有消毒水的味！哦，您真是太棒了——太棒了。"

她冲上去，把波洛搂到怀里，以斯拉夫人的热情紧紧拥抱他。希格斯先生赞赏地观望着。刻耳柏洛斯使劲用尾巴敲着地板。

在这一片喜庆之中，忽然传来了门铃的颤声。

"贾普！"波洛喊道，连忙从女伯爵的拥抱中脱身出来。

"也许我到隔壁那间屋子里去更好些！"女伯爵说道。

她通过相连的门溜进了那个房间。波洛往大厅的门走去。

"老板，"希格斯着急地喘着粗气说道，"您最好先照照镜子，看看您自己那副模样！"

波洛照办了，然后退了回来。口红和睫毛膏把他的脸涂得花里胡哨。

"如果来的是苏格兰场的贾普先生，他肯定会往最坏里想——肯定会的。"希格斯先生说道。

门铃又响一声，波洛正疯狂地努力擦掉唇髭尖上油腻腻的口红，希格斯又问了一句："您还要我干些什么？也走开吗？这条'地狱'大狗怎么办？"

"如果我没记错的话，"赫尔克里·波洛说道，"刻耳柏洛斯回到了‘地狱’。”

“就依您说的。”希格斯先生说道，“实际上，我喜欢上这条狗了。不过，它不是我会留下的那种，没法一直养着，太扎眼啦，如果您明白我的意思。想想看，我得花多少钱买牛肉和马肉养活它啊！我料想它像一头小狮子那样能吃。”

“从涅墨亚的狮子到刻耳柏洛斯，”波洛喃喃道，“全部完成了！”

7

一周以后，莱蒙小姐给老板拿来一张账单。

“对不起，波洛先生，我要不要照付这笔款子？丽奥诺拉花店，红玫瑰，十一镑八先令六便士，送至西中央一区终端街十三号‘地狱’，维拉·罗萨科娃女伯爵收。”

赫尔克里·波洛的脸变得像红玫瑰一样红了，连脖子都红了。

“照付，莱蒙小姐。是对……对一件喜事的……一点……嗯……小意思。女伯爵的儿子刚在美国跟他老板的女儿订婚了，女孩的父亲是一位钢铁大王。我好像记得，她最喜欢的花……是红玫瑰。”

“不错。”莱蒙小姐说道，“可这个季节玫瑰的价格相当昂贵。”

赫尔克里·波洛挺直了身子。

“有些时候，”他说道，“人不必考虑节约。”

他哼着小曲儿走出了房门。他的脚步轻快，近乎欢快。莱蒙小姐呆呆地注视着他的背影，忘记了自己的文件分类系统。她作为女人的天性一下子被激发了起来。

“老天爷，”她喃喃道，“我真怀疑……说真的，他都这把岁数了！……不至于吧……”

图书在版编目（CIP）数据

赫尔克里·波洛的丰功伟绩 /（英）阿加莎·克里斯蒂著；六翼天使译. -- 北京：新星出版社，2023.6
（阿加莎·克里斯蒂侦探小说全集：精装典藏版）
ISBN 978-7-5133-4914-7

Ⅰ. ①赫… Ⅱ. ①阿… ②六… Ⅲ. ①侦探小说－英国－现代 Ⅳ. ① I561.45

中国国家版本馆 CIP 数据核字 (2023) 第 054569 号

谢刚 主持